HEYNE <

Christoffer Holst

GEFÄHRLICHE MITTSOMMERNACHT

EIN
SCHÄREN
KRIMI

Aus dem Schwedischen
von Kerstin Schöps

WILHELM HEYNE VERLAG
MÜNCHEN

Die Originalausgabe *Söta, Röda Sommardrömmar* erschien erstmals 2018
bei Lovereads, Bokförlaget Forum, Stockholm.

MIX
Papier aus verantwortungsvollen Quellen
FSC® C014496

Penguin Random House Verlagsgruppe FSC® N001967

Deutsche Erstausgabe 06/2021

Redaktion: Janine Malz
Printed in Germany
Umschlaggestaltung: ZERO Werbeagentur, München,
unter Verwendung von FinePic®, München
Satz: Uhl + Massopust, Aalen
Druck und Bindung: GGP Media GmbH, Pößneck
ISBN: 978-3-453-42545-3

www.heyne.de

1

Mittsommer, 2017

Es ist herrlich warm, als ich die Fähre in mein neues Leben besteige. Das Schiff, das mich ganz weit weg bringen soll. Auf zu neuen Ufern! Endlich all das hinter mir lassen, was in den letzten Monaten passiert ist: die unzähligen Tränen, die schlaflosen Nächte vor dem Fernseher, den Löffel tief vergraben in den Eisbechern von Ben & Jerry's. Oder sagen wir lieber: So hätte es jedenfalls aussehen *sollen.* Zumindest habe ich mir früher immer vorgestellt, dass ich genau das tun würde, wenn mein Freund plötzlich Schluss mit mir machen sollte. Schon klar, manche fahren natürlich auch nach Australien, andere machen Bungeejumping oder paddeln auf einem Krokodil den Nil hinunter, um sich selbst zu finden. Aber es gibt doch eigentlich nur eine filmreife Form, mit einer Trennung umzugehen, so viele Tränen zu vergießen, bis keine mehr übrig sind, und so viel Eis zu essen, wie man nur kann. Also eine ganze Menge.

Und ich habe es wirklich versucht. Ich habe mir unfassbar viel Eis gekauft. Aber mein Magen hat schon nach zwei Bechern gestreikt. Die Laktose hat mir in puncto filmreife Trauer einen Strich durch die Rechnung gemacht. Also bin ich einfach auf meinem Sofa liegen geblieben. Allein. Habe die Welt angeglotzt, die sich auf dem Fernseher vor mir abspielte. Eine Welt, die mir auf einmal außerirdisch und fremd vorkam.

Der Tag, an dem Danne, mit dem ich drei Jahre zusammen war, mit mir Schluss gemacht hat, begann schon mit denkbar schlechten Vorzeichen: mit einer Blasenentzündung. Irgendwie scheint mein Körper immer zu spüren, wenn sich etwas Schlimmes ankündigt. Man könnte es auch als die seltsamste Superkraft der Welt bezeichnen. So war es auch, als meine Mutter mir an Weihnachten vor etwa fünfundzwanzig Jahren erzählte, dass sie krank sei. Sehr krank. Eine Blasenentzündung bedeutet schlechte Neuigkeiten. Die irrt sich nie.

Ich muss allerdings zugeben, dass Dannes Schlussmach-Monolog mich ebenso kalt erwischte wie die Verkündung der unheilbaren Krankheit meiner Mutter. Denn es gab überhaupt keinen Grund dafür. Außer dem Umstand, dass er mich nicht mehr liebte. Zumindest erklärte er mir das so, während ich ihn an diesem Abend im April von der anderen Seite des Tisches im Texas Longhorn anstarrte. Er sagte eben nicht *Ich habe jemanden kennengelernt* oder *Wir haben zu wenig Sex*. Er sagte einfach nur, dass er mich nicht mehr liebt.

Was soll man darauf antworten?

Nichts.

Noch am selben Abend sah ich ihm dabei zu, wie er seine Sachen packte und ging. Eine Woche später kam ein Umzugswagen und nahm neben ein paar Umzugskisten unser Sofa mit, das streng genommen ihm gehörte.

Dann herrschte nur noch Stille. Es flossen Tränen. Und

natürlich führte ich unzählige aufbauende Telefonate mit Zacke, meinem allerbesten Freund.

Und jetzt bin ich plötzlich hier. An einem Junimorgen auf dem Weg über das glitzernde Wasser der Ostsee. Es ist schon sonderbar, welche Wege das Leben manchmal einschlägt.

Es ist Sommer in Stockholm. Niedliche Segelboote und protzige, dröhnende Motorboote schaukeln neben meiner Fähre, der S/S Silberpfeil, im Wasser. Der Boden des Fährdecks vibriert unter meinen Füßen, und der kühle Wind streichelt sanft über meine Wangen.

In meinen Ohren wird *Wanted Man* von NEEDTOBREATHE gespielt. *Come and get me* singt Bear Rineheart mit seiner wunderbar kratzigen Stimme, und vor mir taucht die grüne Schäreninsel auf: Bullholmen. Die Insel, die für die kommenden Monate mein Zuhause sein wird.

Mein Puls steigt, als ich sehe, wie der Landungssteg vorbereitet wird. Jetzt gibt es kein Zurück mehr. Ich bin angekommen. *Verdammt.*

Mein überdimensionaler Rollkoffer rattert über den Kiesweg. Ich laufe an Eisläden und kleinen Geschäften vorbei, die gebratenen Hering und frische Krabben verkaufen. Hinter mir liegt der Gästehafen, in dem alle Besucher, die zum Mittsommerfest auf die Insel gekommen sind, mit ihren Booten angelegt haben. Ich habe gelesen, dass es hier auch ein uriges Lokal geben soll. Und sogar einen kleinen Supermarkt und ein Restaurant, in dem man Pizza und Burger mit eingelegten roten Zwiebeln bekommt (ich habe die Speisekarte mehrmals gegoogelt – ich *liebe* eingelegte rote

Zwiebeln.) Da taucht auch schon das Schild über dem Eingang zur Schrebergartenkolonie von Bullholmen auf. Ich bleibe vor der blumenberankten Pforte stehen, die in das wilde Durcheinander von Schrebergärten führt, und lehne mich gegen meinen Rollkoffer. Dann hole ich mein Handy aus der Tasche und mache ein Foto, das ich Zacke mit den Worten schicke: *Angekommen!*

Sekunden später habe ich seine Antwort.

Nichts als Büsche und Bäume. Gruselig. Sei vorsichtig!

Hinter der Pforte erwarten mich unzählige Häuschen und Gärten. Ein Potpourri aus Pastellfarben, blühenden Apfelbäumen und Pumpen, an denen die Mitglieder des Kleingartenvereins Wasser für ihre Pflanzen holen können. Ich laufe die Gurkengasse hinunter, mein Häuschen steht im Radieschenweg. Ich weiß, das klingt total verrückt. Und es *ist* auch verrückt. Und damit meine ich die Tatsache, dass ich jetzt hier bin. Vor wenigen Wochen noch war ich ein ganz normales Stockholmer Mädchen ohne Pläne für den Sommer. Mit einer Mietwohnung in Södermalm, einem Vollzeitjob und dreihunderttausend Kronen auf dem Konto. Nein, das Geld habe ich nicht von einem Raubüberfall oder so. Versprochen! Hoch und heilig! Ich habe gespart. Das hat zwar ein paar Jahre gedauert, aber das war ja der Plan. Dass Danne und ich beide was ansparen und uns davon dann ein Sommerhaus kaufen. Ein Sommerhaus irgendwo am Wasser.

An dem bereits erwähnten Abend im Texas Longhorn hatte ich sogar eine Anzeige dabei, die ich im Netz gefunden und ausgedruckt hatte. Ein Häuschen in Östhammar.

An diesem Abend wollte ich Danne meinen Fund zeigen. Mir war klar, dass die letzten Monate nicht optimal gelaufen waren. Ich hatte viel zu viele Überstunden gemacht, um bei meinem Chef zu punkten, nachdem einige meiner Kollegen gefeuert worden waren und die Aufträge für die Freien stark reduziert worden waren. Mir war auch nicht entgangen, dass Danne häufiger lange im Büro blieb und sich viel öfter als sonst abends mit seinen Kumpeln traf. Aber wir waren ja schließlich auch schon eine ganze Weile zusammen. Kein Paar trifft sich nach so langer Zeit jeden Abend zu einem romantischen Dinner, oder? Und es ist auch nicht weiter verwunderlich, dass man nicht jeden Tag Lust darauf hat, aufwendige italienische Gerichte zu kochen? Nein, hatte ich mir gesagt. Es ist vollkommen in Ordnung, dass es nach ein paar Jahren Beziehung öfter mal asiatisches Lieferessen, Falafel oder Tütensuppen gibt. Und es ist ja wohl auch nicht komisch, dass man nicht jede Nacht in einem Bett schläft. Wer ist schon so ein Superheld?

Das kleine Häuschen in Östhammar hatte sogar einen Holzfußboden. Dazu eine Wandvertäfelung, eine Küche im Landhausstil und im Wind flatternde Gardinen. Das alles stand in der Annonce, die in meiner Stofftasche lag. Aber dann sagte er diesen einen Satz.

Cilla, wir müssen reden.

Ich wusste sofort, was das bedeutete. Der Inhalt meiner Tasche gefror zu Eis. Die Blumenbeete verwelkten auf der Stelle, die Sommersonne verschwand hinter den Wolken, und die weißen Spitzengardinen fielen von ihren Stangen.

An dem Tag, als der Umzugswagen vorfuhr, habe ich also nicht nur Daniel für immer verloren, sondern auch meinen

Traum. Den Traum von einem eigenen Häuschen auf dem Land. Wo ich Gemüse anbauen, im Liegestuhl Bücher verschlingen und zu ausgedehntem Brunch einladen wollte. Nach mehreren Tagen intensiver Recherche auf den einschlägigen Immobilienportalen musste ich schließlich einsehen, dass ich mit meinen dreihunderttausend Kronen allein nicht weit kommen würde. Dabei fühlten sie sich für mich wie ein kleines Vermögen an.

Mir kamen die Tränen, und ich heulte mich bei Zacke am Telefon über mein vollkommen misslungenes Leben aus. Da sagte er: *Hör auf zu jammern und kauf dir verdammt noch mal einen Schrebergarten!*

Auf diesen Gedanken wäre ich im Leben nicht gekommen. Aber plötzlich googelte ich wie eine Verrückte alles Wissenswerte über Schrebergärten. Schnell begriff ich, dass die meisten der Ansicht waren, dass ein Schrebergarten ein Verlustgeschäft ist. Denn er kostet Geld, und da man den Boden, auf dem er steht, technisch gesehen gar nicht *besitzt*, sondern nur pachtet, kann man keinen großen Gewinn erzielen, wenn man ihn wieder verkauft. Ich fand auch viele Kommentare, die darauf hinwiesen, dass so ein Schrebergarten eine Heidenarbeit macht. Man muss ihn pflegen, wässern, Unkraut jäten und in Ordnung halten.

Ehrlich gesagt, war ich schon kurz davor, meinen Traum endgültig zu begraben, als ich in einer weiteren schlaflosen Nacht in meiner Wohnung in der Bastugatan auf eine Annonce in den Kleinanzeigen stieß.

Kleiner Schrebergarten in Schärenidylle zu verkaufen!

Die Stockholmer Schären waren für mich bis dahin ein völlig unbekanntes Gebiet. Ich bin mal auf der Inselgruppe

Fjäderholmerna und auf Sandhamn gewesen. Aber von Bullholmen zum Beispiel hatte ich noch nie gehört. Eine kleine, hübsche Insel, auf der nur wenige Menschen das ganze Jahr über dauerhaft wohnen, die aber in den Sommermonaten bei den Touristen sehr beliebt ist. Und auf ihr befindet sich eine Kleingartenkolonie mit zweiundsechzig Schrebergärten.

Mein Schrebergarten – ich spürte bereits in jener Nacht, dass er zu mir gehört – befindet sich also im Radieschenweg 14. Ich habe mich beim Ansehen der Fotos sofort in das Häuschen verliebt. Zwanzig Quadratmeter groß mit einer winzigen Küche, einem Schlafboden unterm Dach und einer Toilette mit fließend Wasser (aber ohne Dusche). Die Monatsmiete liegt bei knapp tausend Kronen und die Ablösesumme bei zweihundertneunzigtausend Kronen. Das war einfach Schicksal.

Ich biege in den Radieschenweg ein und mustere die Häuschen, an denen ich vorbeikomme. Dort liegen ältere Herrschaften in ihren Liegestühlen, sonnen sich und hören das Sommerprogramm im Radio. Kinder hüpfen durch Rasensprenger und lachen. Ein Mann mit nacktem Oberkörper und knallrotem Nacken mäht den Rasen. Und dann bin ich da. Vor der Hausnummer vierzehn.

Oh Gott, ich bin wirklich da. Zum ersten Mal sehe ich meinen Garten in echt. Ich schlucke. Das Häuschen ist winzig. Ich wusste ja, dass es nicht besonders groß ist, aber Mannomann, es ist *tatsächlich* winzig. Petite. Passe ich da überhaupt rein? Oder wurde dieses Haus nur für Schneewittchen und die sieben Zwerge gebaut?

Unentschlossen bleibe ich an der Gartentür stehen. Ich nehme mein Handy und wechsle von der Musik aus meiner Playlist zu meiner jüngsten Obsession: dem Hörbuch *Auf eigenen Füßen* von einer angeblich superbekannten TV-Psychologin, von der ich allerdings noch nie gehört habe. Zacke hatte es mir empfohlen. Die Schauspielerin Babben Larsson liest es, und ihr gotländischer Dialekt sorgt dafür, dass die Botschaft des Buches direkt in mein Herz trifft. *Wenn die Angst dich übermannt – lass sie zu. Jag sie nicht weg, lauf nicht davon. Lass dich von ihr überfluten. Denn sie wird wieder weichen.*

Das Eisentor quietscht, als ich es langsam aufschiebe. Zu meiner Rechten ist ein Rasenstück, auf dem ein großer Apfelbaum steht, ein paar Büsche sowie ein kreisrundes Beet, in dem in Reih und Glied verwelkte Blumen stehen. Zu meiner Linken findet sich ein ehemaliges Gemüsebeet, in dessen Reihen grüne, aber ziemlich schlappe Triebe aus der schwarzen Erde wachsen. Und ich sehe die Außenküche. Zumindest war in der Anzeige von einer Außenküche die Rede. In Wirklichkeit steht dort eine Bank. Und davor ein Wassereimer.

Ich habe die Haustür erreicht und hole den Schlüssel aus der Tasche, den mir die ehemalige Besitzerin des Schrebergartens, Anita Larsson, im Hauptbahnhof von Stockholm überreicht hatte. Dann schließe ich für einen Moment die Augen und atme die Gerüche von Sommer und Erde ein. *Umarme deine Angst, sie ist deine Freundin*, sagt Babben.

Vielleicht sollte ich mir neue Freunde suchen, denke ich. Dann stecke ich den Schlüssel ins Schlüsselloch.

2

Später am Abend

Caroline Axén trägt ihr neues Kleid. Es ist weiß, eng anliegend und hat einen tiefen, V-förmigen Rückenausschnitt, der von lila Spitze gesäumt ist. Es hat fast sechstausend Kronen gekostet, und sie war beim Kauf fest davon überzeugt, dass es sein Geld wert sei. Ihrer Familie fehlt es nicht an Geld, im Gegenteil, aber Caroline ist erst neunzehn. Sie ist gerade erst mit der Schule fertig geworden und hat keinen Job, kein eigenes Geld und muss deshalb bei allem, was sie kaufen will, ihren Vater um Erlaubnis fragen.

Und bei diesem weißen Kleid von der angesagten Designerin Nathalie Schuterman war es nicht anders gewesen. Schließlich brauchte sie ein Kleid für Mittsommer. Ihre Familie feierte dieses Fest seit ihrem siebten Lebensjahr auf der Insel Bullholmen, und jedes Jahr hatte sie ein besonders schönes Kleid bekommen, nur für diesen einen Abend. Der einzige Unterschied zu früher ist, dass sie sich das Kleid heute selbst aussucht.

Vor einer Woche hatte sie in dem Laden gestanden und ihre Finger über den weichen weißen Stoff gleiten lassen. Die seelenlose Loungemusik in der Boutique summte in ihren Ohren, und sie hatte sich erträumt, wie Mittsommer dieses Jahr werden würde. Sie würde in der milden Sommernacht tanzen – mit Benjamin, ihn küssen und dann mit ihm hinunter ans Wasser rennen, und gemeinsam würden sie nackt schwimmen gehen.

Mittsommer auf Bullholmen ist immer fantastisch. Und da sie jetzt auch einen Freund hat, kann es dieses Jahr ja eigentlich nur magisch werden, oder?

Obwohl, irgendetwas stimmt nicht. Etwas fühlt sich nicht richtig an.

Aber Caroline kann nicht sagen, was es ist.

Sie haben wie immer unten am Steg zu Abend gegessen. Caroline, ihr Vater Ludvig, seine neue Frau Lena und ihre Tochter Jenny. Obwohl, so richtig neu war Lena auch nicht mehr. Die beiden hatten vor zwei Jahren geheiratet.

Sie hatten wie immer allen alten Bekannten Hallo gesagt. Dann waren sie ins Lokal hochgegangen und hatten sich Champagner bestellt, so wie jedes Jahr.

Aus dem Speisesaal ist inzwischen eine Tanzfläche geworden. Es ist kurz vor zehn, und aus den Lautsprechern dröhnt der Partyhit *Sommerzeit*. Ihre sogenannte Stiefmutter tanzt, und es sieht ziemlich peinlich aus. Auch das ist nicht anders als sonst. Aber Benjamin ist nicht da. Zumindest nicht so, wie sie es sich in ihren Tagträumen ausgemalt hatte.

Er steht draußen. Und raucht, obwohl er genau weiß, dass Carolines Vater das hasst. Außerdem redet er mit *ihr*. Mit Ina. Ina trägt ein Kleid, das sie unverkennbar bei Gina Tricot von der Stange gekauft hat. Ina, die keine Ahnung davon hat, wie man Mascara richtig aufträgt, und aussieht wie der Joker bei *Batman*. Ina, die Caroline seit ihrem zehnten Lebensjahr kennt. Die sie früher ihre beste Freundin genannt hat.

Die beiden stehen viel zu nah beieinander. Caroline weiß, dass es dumm von ihr ist. Aber sie fühlt sich wie eine eifersüchtige Loserin. In Wirklichkeit versteht sie Benjamin nicht. Warum unterhält sich dieser Typ, mit dem sie seit fast einem halben Jahr zusammen ist, mit Ina, anstatt hier mit ihr zu tanzen? Wahrscheinlich, weil Ina auch raucht. *Scheiß Zigaretten.*

»Carro!«

Ihre Stiefmutter kommt von hinten auf sie zugetanzt. Sie hat einen neongelben Drink in der Hand, der aussieht wie ein Glas mit Nasenschleim.

»Warum tanzt du denn gar nicht, Carro?«

»Mach ich gleich.«

»Bist du traurig?«

»Nein.«

»Bist du wütend?«

Caroline seufzt.

»Nein, mir geht es gut, lass mich in Ruhe.«

Ihre Stiefmutter hebt ihre Hand in einer ironischen Geste der Entschuldigung.

»Sorry! Ich wollte nur helfen.«

»Danke, aber das musst du nicht.«

»Dann geh doch runter zu deiner Schwester aufs Boot, wenn dir langweilig ist. Sie freut sich bestimmt über ein bisschen Gesellschaft. Sie liegt ja nur auf dem Bett und liest die ganze Zeit.«

Caroline verdreht die Augen, und Lena tanzt zurück zu den anderen, zum nächsten Song, dem schwedischen

Achtzigerjahre-Klassiker *Sommer in der City*. Als würde Caroline jemals zu Jenny aufs Boot gehen. Zu Jenny, die den ganzen Tag in ihrer Kabine verbringt und komplizierte Bücher liest, deren Rückseitentexte Caroline noch nicht einmal versteht. Außerdem kann Caroline es nicht leiden, wenn Lena sie ihre Schwester nennt. Sie beide verbindet kein einziger Blutstropfen. Sie sind von zwei verschiedenen Planeten. Nein, *Sonnensystemen*. Galaxien. Aber vor allem passt Jenny nicht hierher, nach Bullholmen. Das ist Carolines Welt. Nicht Jennys.

Aber ein bisschen frische Luft kann nicht schaden. Es stinkt sowieso nur nach Alte-Leute-Schweiß, weil jetzt alle tanzen.

Caroline trippelt auf ihren hohen Absätzen die Steintreppe vor dem Eingang hinunter und geht an der dichten Mentholrauchwolke vorbei, die Benjamin und Ina umgibt.

»Ich gehe«, sagt sie kurz angebunden. »Bis dann.«

Benjamin unterbricht sein Gespräch auf der Stelle.

»Hey, Carro, wo willst du denn hin?«

»Ich mache einen Spaziergang.«

»Aber Süße, jetzt warte doch …«

Aber Caroline wartet nicht. Sie hat nicht vor, jemals auf irgendjemanden zu warten. Niemals. Weder auf Benji noch auf Ina noch auf irgendjemanden sonst. Sie wird jetzt spazieren gehen. Und sie wird auch ihren Plan, in dieser Sommernacht nackt baden zu gehen, in die Tat umsetzen. Wenn nicht mit Benjamin, dann eben allein.

3

Ein schöner Sommerabend ist wie ein Chardonnay aus dem Eichenfass. Mild, weich und mit einer süßen Fruchtnote. Daran muss ich denken, als ich mich in meinen Gartenstuhl in meinem neuen Schrebergarten sinken lasse. Es ist warm und wunderbar, und ein lieblicher Wind streicht mir über Gesicht und Haare.

Ich bin da. Ich bin wirklich hier.

Ich habe mein altes Leben hinter mir gelassen, habe noch mal ganz von vorn angefangen. Genauso wie es diese Frauen in den Büchern machen, die ich immer lese. Meistens haben ihre Ehemänner sie betrogen oder sind bei einem schrecklichen Autounfall ums Leben gekommen (nicht, dass Autounfälle nicht per se schrecklich sind). Danach sind sie am Boden zerstört, aber sie rappeln sich wieder auf, kaufen sich ein pflaumenblaues, renovierungsbedürftiges Haus in der Toskana, ziehen dorthin und verlieben sich in einen italienischen Handwerker. Ich liebe solche Geschichten einfach.

Diese Frauen wirken immer so wahnsinnig mutig. Und auch wenn sie das am Anfang noch nicht sind, sind sie es dann am Ende. Im Laufe der Geschichte lernen sie, ihr

Leben in die Hand zu nehmen. Ich sollte mich an Babben Larssons weise Worte halten. Dann schaffe ich das vielleicht auch. Wenn das Leben nur nicht so schrecklich … unheimlich wäre.

Ich nehme einen Schluck von meinem Chardonnay (aus Kalifornien – richtig feines Zeug) und sehe mich um. Wie viele italienische Handwerker hier wohl in der Gegend wohnen? Wenn ich meine Situation mit den Szenarien in den Romanen vergleiche, fällt natürlich auf, dass Danne mich weder betrogen hat noch bei einem schrecklichen Autounfall umgekommen ist. Er ist einfach nur verschwunden. Einfach so aus meinem Leben verschwunden. Von einem Tag auf den anderen. Als hätte es ihn nie gegeben. Als hätte ich ihn mir ausgedacht, und als hätte er nur in meinem Kopf existiert.

Ich beiße mir auf die Lippe. Atme tief durch die Nase ein. Ich werde *nicht* weinen. Das hier ist der erste Abend von meinem neuen Leben, und ich werde ihn NICHT damit verplempern, in meinem Garten zu sitzen und zu flennen.

Neben mir steht meine tragbare rosa Boom-Box und spielt leise *The Killers*. Der Rest der Insel feiert Mittsommer. Ich habe die Leute schon seit heute Nachmittag singen hören. Es riecht nach gekochten Kartoffeln und Dill. Alle feiern Mittsommer. Außer mir.

Ich habe mir schon vorgenommen, eine Runde durch die Kolonie zu drehen und mich bei meinen neuen Nachbarn vorzustellen. Aber nicht heute. Das wäre ein bisschen distanzlos. *Tachchen, ich heiße Cilla und bin gerade verlassen worden und eine einsame Seele in dieser grausamen Welt. Ich werde den Sommer hier auf der Insel verbringen. Toll, oder? Habt ihr noch was zu essen übrig? DARF ICH MICH DAZUGESELLEN?*

Oh Gott, wie schrecklich. Damit warte ich bis morgen. Oder übermorgen. Oder noch länger.

Ich nehme einen Schluck von meinem Wein und greife nach meinem Handy.

Zwei neue Nachrichten. Für einen Moment spüre ich ein Flattern in meiner Brust. Die eine ist (keine Überraschung) von Zacke, der wie immer in seiner Weinbar arbeitet, und die andere ist … von meinem Vater. Mein Puls beruhigt sich wieder.

Hallo, Cilla. Mir fiel ein, dass wir ganz vergessen haben, über Impfungen zu sprechen. Die Schären sind ein ausgewiesenes Zeckengebiet. Erinnerst du dich an Amelie? Die Tochter von Barbro, Sussies Freundin, die hat Borreliose bekommen. Heute kann sie ihr Baby nicht hochheben, ohne danach einen Schwächeanfall zu bekommen. Sie sieht aus wie eine lebende Tote. Bist du geimpft? LASS DICH BLOSS NICHT VON EINER ZECKE BEISSEN, MEIN HERZCHEN!
Wie ist dein Häuschen?
Papa

Ich seufze. Mein süßer, besorgter Papa. Wie immer geht er vom Schlimmsten aus.

Eine Eule heult in der Nähe, und plötzlich fühlt sich meine Einsamkeit noch schlimmer an. Hier sitze ich also, eine frischgebackene Dreißigjährige, und trinke allein Wein und höre Musik, während alle anderen feiern.

Ist das tragisch?

Bin *ich* tragisch?

Ich lege das Handy wieder weg, stelle die Musik etwas

lauter und nehme den letzten Schluck Wein. Dann lehne ich mich gemütlich in meinem Liegestuhl zurück und schließe die Augen.

*

Ich wache auf, weil ich einen Schrei gehört habe. Zumindest glaube ich das. Das Echo des Schreis hängt in der Luft. Ich setze mich auf, neben mir zersplittert etwas. Mein Weinglas. *Shit.* Verwirrt sehe ich mich um. Ich befinde mich noch auf meinem Liegestuhl in meinem Garten. Wie spät ist es? Es muss schon mitten in der Nacht sein. Eine durchgedrehte Fliege hüpft auf meinem Bein herum. *Um Gottes willen, die Alkitante ist schon wieder auf dem Sofa eingeschlafen.*

Ich stehe auf, vermeide es, auf die Scherben zu treten, die sich auf den Schieferplatten verteilt haben. Ich schwanke leicht und bleibe auf dem kühlen Rasen stehen. Es ist dunkel, aber nicht so, dass man gar nichts mehr sehen könnte. So dunkel wie Mittsommernächte in Schweden eben sind. Ich kann den Himmel sehen, und wenn ich über die Hecke und den Weg hinuntergucke, der zum Ausgang der Kolonie führt, kann ich sogar das Meer sehen. Es glitzert spiegelglatt in der Stille.

Da höre ich es ein zweites Mal. *Benji, nein!*

Das ist die Stimme eines Mädchens, das schreit. Sie klingt jung. Ich erstarre, kann nicht mal meinen kleinen Finger rühren.

Verdammt.

Was soll ich jetzt tun?

Wenn ich ehrlich bin, hatte ich schon immer Angst davor, dass mir so etwas eines Tages passiert. Denn ich besitze keine Zivilcourage. Ich wünschte, ich hätte sie. Man *muss* Zivilcourage haben. Gute Menschen haben Zivilcourage. Aber ich bin viel zu konfliktscheu. Ich wäre der Traum eines jeden Mafiabosses. Wäre ich Zeugin eines Mordes, würde ich nur atemlos keuchen »Wir vergessen einfach, was da eben passiert ist, okay?«, ihm ein Lächeln schenken und dann seine schwarzen Lackschuhe ablecken.

Leise schleiche ich zur Tür meines Häuschens, öffne sie, schiebe mich lautlos hinein, schließe sie so leise wie möglich hinter mir und verriegele sie. Dann lehne ich mich von innen dagegen und bleibe eine ganze Weile reglos so stehen.

Ich lausche, hoffe aber tief in meinem Inneren, dass ich nichts mehr hören werde. Eine Reihe von angsteinflößenden Worten schießt mir durch den Kopf. *Räuber. Vergewaltiger. Serienmörder.* Verschwinde. Bitte verschwinde einfach.

Mein Handy liegt noch draußen. Auch die Boom-Box ist noch an und spielt leise Musik. Das kann ich ausgezeichnet hören. Marianne Faithful. *The morning sun touched lightly on the eyes of Lucy Jordan.*

Ich schlucke.

Ich will einfach nur, dass das alles schnell vorbeigeht.

Es sind doch bestimmt noch andere Nachbarn wach? Kann nicht jemand anderes hinlaufen und nachsehen, ob alles in Ordnung ist?

Plötzlich meldet sich eine Erinnerung.

Es war vor etwa einem Monat, Ende Mai. Zacke hatte mich überredet, mich vom Sofa aufzuraffen, zu duschen und mit ihm einen trinken zu gehen. Wir waren in der Folkbaren in der Hornsgatan, wo ein Glas Cava nur neunundfünfzig Kronen kostet. Deswegen wurde es dann auch mehr als ein Glas an diesem Abend, und als ich mich gegen ein Uhr von Zacke verabschiedete, war ich ziemlich angeschickert.

Die Hornsgatan war ungewöhnlich leer. Und als ich an dem Einrichtungshaus am Bysistorget vorbeikam, hörte ich jemanden hinter mir husten. Ein Mann. Als ich mich umdrehte, sah ich ihn, nur wenige Meter von mir entfernt.

Er trug einen Kapuzenpulli. Ich konnte sein Gesicht nicht sehen. Aber ich wusste sofort, was er vorhatte.

Ich bog in eine Seitenstraße, er folgte mir. Ich bog erneut ab, er tat es mir nach. Ich lief schneller und hörte, dass auch er seine Schritte beschleunigte.

Ich hatte mich auf Stockholms Straßen noch nie zuvor unsicher gefühlt. Vielleicht hat das auch an Danne gelegen, der mich immer begleitet hat. Jetzt war ich plötzlich auf mich allein gestellt. Ganz allein.

Die letzten Meter bis zu meiner Haustür in der Bastugatan rannte ich, so schnell ich konnte. Ich schloss mit zitternden Händen auf, sprang rein und knallte die Tür hinter mir zu. Als ich mich umdrehte, sah ich sein Gesicht vor mir. Wir sahen uns durch die Glasscheibe an. Ich werde seinen Blick niemals vergessen. Seine Augen waren so unerbittlich dunkel. Ich konnte in ihnen sehen, was er alles mit mir vorgehabt hatte. Und bei dieser Erkenntnis blieb mir fast das Herz stehen.

Ich stürzte hoch in meine Wohnung, schloss die Tür hinter mir ab und zitterte am ganzen Körper. Ich wusste, dass ich diese Nacht kein Auge zutun würde. Aber viel schlimmer war, dass ich wusste, dass Zacke wie immer *schon längst* tief und fest schlief.

Also verbrachte ich die Nacht vor dem Fernseher. Mit dem Telefon in der Hand, unter Hochspannung und mit gespitzten Ohren. Ich wartete darauf, dass jemand am Türgriff rüttelte. Oder mit der Faust gegen die Tür hämmerte. Oder im Treppenhaus flüsterte. Aber nichts dergleichen geschah. Gott sei Dank.

Eine Stimme aus der Gegenwart holt mich zurück in die milde Sommernacht. Es ist wieder die Stimme des Mädchens. *Benji, lass es einfach! Hör auf damit!*

Ich würde am liebsten heulen. Gleichzeitig aber passiert etwas mit mir. Vielleicht liegt es an der Erinnerung an jene Mainacht und an meiner Enttäuschung, dass offenbar keiner bemerkt hat, dass ich verfolgt wurde und mir niemand zu Hilfe gekommen war.

Als würde mein Körper die Führung übernehmen und sich nicht dafür interessieren, was mein Kopf davon hielt. Ich muss ja nicht gleich mit meinem Pfefferspray im Anschlag dorthin stürmen, ich kann einfach in Ruhe mal … nach dem Rechten sehen?

Also öffne ich meine Tür wieder und schleiche hinaus. Eine Waffe! Sollte ich eine Waffe mitnehmen? Vielleicht zur Sicherheit. Ich schnappe mir mein Handy und den abgebrochenen Fuß meines Weinglases. Ich verlasse meinen sicheren Garten und schleiche weiter über den Weg zum Ausgang. *Du wirst das hier bitter bereuen, Cilla. Dein Vater wird dich dafür umbringen.*

Ich passiere den dunklen Supermarkt, der in Wirklichkeit nicht mehr ist als ein kleines rotes Häuschen, und folge dem Weg, der hinunter zum Hafen führt. Das nächtliche Bullholmen ist relativ trostlos, trotz Mittsommer. Aber ich höre die Musik oben vom Lokal.

Und dann sehe ich die beiden.

Ein junges Mädchen in einem weißen Kleid, das in der Nacht förmlich funkelt.

Hinter ihr läuft ein junger Kerl mit einem Cappy her, der etwa im selben Alter ist wie sie.

Ich spüre, wie sich eine unglaubliche Dankbarkeit in mir ausbreitet.

Sie liegt also nicht hilflos zappelnd im Graben.

Ich verstecke den abgebrochenen Glasfuß hinter meinem Rücken und verlasse den Weg, damit mich das junge Paar nicht sieht. An der Ecke eines roten Gebäudes verharre ich und sehe, dass sie die Straße vom Lokal hinunter zum Hafen laufen. Am Hauptsteg bleibt das Mädchen stehen und dreht sich so schwungvoll um, dass ihre blonden Haare durch die Luft fliegen.

»Kannst du bitte aufhören, mich zu verfolgen?!«

»Ja, wenn du aufhörst wegzurennen!«

Schweigend stehen sie sich gegenüber. Ich wage es kaum, Luft zu holen.

»Ich habe doch gar nichts getan«, sagt der Junge. »Warum sollte mich Ina interessieren?«

»Mir doch egal!«

»Natürlich ist dir das nicht egal, sonst würdest du ja nicht weglaufen!«

»Ich will ALLEIN sein. Kapierst du das nicht?«

»Aber ich will mit dir reden, Carro. Du bist immer so verdammt dramatisch. Ich … ich liebe …«

»Hör doch auf. Du liebst gar nichts. Und schon gar nicht

mich. Und ich habe keinen Bock mehr darauf. Was ist das mit dir und den Frauen. Du bist wie ein Tier. Ein Tier, Benji!«

Dann wirft das Mädchen ihre Haare ein zweites Mal über die Schulter und geht. Am Bootshafen entlang und auf die Straße zu, die auf die andere Seite der Insel führt. Der Junge mit Namen Benji bleibt stehen und kratzt sich im Nacken.

»Carro, Mann! Jetzt beruhig dich mal.«

»Wir können morgen reden. Ich gehe jetzt schwimmen.«

Und kurz darauf ist sie verschwunden. Der Junge bleibt unschlüssig stehen, dann hebt er den Kopf, sieht in den Himmel. Ich will nur, dass er geht, damit auch ich mein Versteck verlassen und in mein neues Zuhause zurückkehren kann. Nach einer gefühlten Ewigkeit geht er den Hügel zum Lokal hoch. Und ich kann zum ersten Mal seit mehreren Minuten endlich wieder richtig Luft holen.

*

Kurz darauf liege ich in meinem neuen Bett. Es ist nicht so weich wie mein Bett zu Hause. Genau genommen handelt es sich gar nicht um ein *Bett* im technischen Sinne. Es ist eine dünne Matratze, die auf dem Schlafboden liegt. Aber es reicht.

Ich habe mich davon überzeugt, dass die Tür auch ordentlich verschlossen ist. Mehrmals. Schon irgendwie verrückt. Das war doch nur ein Streit zwischen Teenagern. Nichts weiter. Aber ich bin von Natur aus ängstlich und schreckhaft. So ist das nun einmal. So ist es schon mein ganzes Leben lang und wird aller Wahrscheinlichkeit nach auch immer so bleiben.

Bevor ich einschlafe, werfe ich einen letzten Blick auf das Display meines Handys. 02:44. Und keine neue SMS. Ich öffne den Messenger. Auch dort keine neue Nachricht. Ich aktualisiere. Dann noch ein zweites Mal. *Oh Gott, Cilla, er wird sich nicht mehr melden, komm endlich damit klar.*

Ich lege das Handy neben mich und schließe die Augen.

Es wird alles gut.

Umarme die Angst, Cilla. Sie ist deine Freundin.

Irgendwann bestimmt.

4

Mittsommernacht

Der Schlag trifft sie von hinten, sie fällt vornüber. Ihre Knie und Handflächen schaben über den Boden und fangen sofort an, zu bluten. So wie früher als kleines Kind, wenn sie mit dem Fahrrad gestürzt ist. Aber Caroline ist kein kleines Kind mehr. Trotzdem tut es so weh wie damals. Fast so weh wie die große Wunde an ihrem Hinterkopf.

Alles dreht sich, ihre Kopfhaut brennt wie Feuer, und etwas Rotes läuft ihr den Nacken hinunter auf das Kleid, das sie extra für diesen Anlass gekauft hatte. Weil sie in dieser Mittsommernacht schön aussehen wollte.

Sie krabbelt auf allen vieren über den Felsen, dreht sich um und starrt mit weit aufgerissenen Augen hoch.

»Aber … warum tust du das?«

Sie kennt die Person, die sie von hinten angegriffen hat, aber versteht nicht, warum sie es getan hat. Über ihnen explodiert ein Feuerwerk. Jemand muss es oben beim Lokal gezündet haben. Der Himmel ist grün erleuchtet, und das Licht spiegelt sich in dem spitzen, scharfen Gegenstand, der sie getroffen hat. Aber es war kein Messer, kein Hammer, sondern ein … Eiffelturm. Aus Eisen. Ein wahnsinnig hässliches Exemplar von einem Flohmarkt in Paris. Sie hat ihn sofort erkannt.

Caroline kriecht rückwärts weiter. Sie hört das Meer hinter sich. Sie hatte vorgehabt, schwimmen zu gehen. Um ihren Rausch abzukühlen und danach schlafen zu gehen. Aber sie war nicht weiter gekommen als bis zu den Felsen, als der Angriff kam. Ihr Hinterkopf brannte so sehr, dass sie sich am liebsten übergeben hätte.

Ihre Ellenbogen tun weh, aber sie hat keine Wahl. Sie muss so schnell wie möglich vor diesem Eiffelturm fliehen. Aber was soll sie tun, wenn sie den Rand des Felsens erreicht hat? Sich ins Meer stürzen? In Sicherheit schwimmen?

Weiter kommt sie nicht, denn plötzlich packt eine Hand ihr Bein. Sie spürt, wie etwas um ihren Knöchel gewickelt wird. Ein Seil? Panik überfällt sie und erfasst ihren ganzen Körper. *Werde ich jetzt sterben?*

»Was machst du da? Hör auf damit. Nein, nein!«

Aber das Seil wickelt sich unerbittlich um ihr Bein. Und wird fest zugezogen. Da sieht Caroline, woran das Seil befestigt ist. Ein großer, durchsichtiger Wasserkanister. Zehn Liter. In diesen Kanistern transportieren Segler ihr Trinkwasser, für den Fall, dass sie außerhalb eines Hafens anlegen oder ihr Wassertank zu klein ist. Und dieser Kanister ist bis obenhin voll. *Oh Gott, ist das Benzin? Werde ich bei lebendigem Leib verbrennen?*

Caroline laufen die Tränen übers Gesicht, vor ihrem inneren Auge sieht sie, wie ihr Körper in den Flammen schmort. Sie stellt sich vor, wie ihre Haut aufplatzt und wie es zischt, wie die Haut einer Bratwurst. Ihr platzt der Kopf vor Schmerz, ihre Hände bluten. Sie hat kaum noch Kraft, die Worte herauszupressen.

»B… bitte, bitte nicht!«

Aber es kommt keine Antwort. Der Wasserkanister wird an den Felsenrand getragen. Sein Inhalt schwappt gluckernd hin und her. Vielleicht ist es doch nur Wasser. Zehn Liter Wasser.

Eine Hand drückt Carolines Hals zu und wird von ihren warmen Tränen benetzt.

»Hast du mir noch was zu sagen?«

Caroline keucht.

»Und? Hast du?«

Caroline sammelt alle Kraft, es *muss* funktionieren. Sie versteht zwar nicht, warum sie es sagen soll, aber es ist das Einzige, was ihr einfällt. Das muss die Rettung sein.

»Verzeih … verzeih mir, bitte.«

Die Reaktion ist nicht wie erwartet. Sie hört nur ein höhnisches Lachen.

»Zu spät. Viel zu spät.«

Es sind die letzten Worte, die Caroline hört, bevor sie einen Tritt gegen die Brust bekommt und rücklings ins Meer stürzt, gefolgt von dem schweren Wasserkanister.

Das Meer verschlingt sie augenblicklich. Der schwere Kanister sinkt mit ihr in rasendem Tempo auf den Meeresgrund. Sie strampelt panisch mit dem freien Bein, versucht, nach oben zu schwimmen, aber der Kanister ist viel zu schwer.

Es rauscht in ihren Ohren, das Wasser schießt in Mund und Hals. Ihre Lunge fühlt sich an, als würde sie gleich platzen. Sie verschluckt sich. Hustet und hustet, aber hört kein

Geräusch. Sie befindet sich in einer lautlosen Welt. Wie ein Schleier breitet sich ihr blondes Haar über ihr aus, und das fahle Licht der Mittsommernacht verschwindet immer mehr, je tiefer sie sinkt.

Und dann stirbt Caroline Axén.

5

Der Tag nach Mittsommer

Ich wache davon auf, dass jemand gegen die Tür hämmert. Es dauert einen Augenblick, bis ich begreife, dass ich nicht mehr träume. Wo bin ich? In meiner Wohnung in Södermalm? Ist das der Müllwagen, der vor dem Haus steht, klappert und piept?

Nein, jemand klopft gegen die Tür. Ich setze mich kerzengerade im Bett auf und knalle mit dem Kopf gegen die Dachschräge. Aua, tut das weh! Der Dachboden – richtig, ich schlafe zurzeit auf einem Schlafboden unterm Dach. Wie konnte ich das vergessen. Das Klopfen lässt nicht nach, und ich klettere, so schnell ich kann, die Leiter hinunter. Da fällt mir siedend heiß ein, dass ich nur eine Unterhose anhabe. Also werfe ich mir schnell meinen heiß geliebten seidenen Morgenmantel über – das Kleidungsstück, das in den vergangenen Monaten, nachdem Schluss war, meine Depression buchstäblich eingehüllt hat. Mit wenigen Schritten stehe ich an der Tür und öffne diese.

»Oh, Hallöchen! Camilla, stimmt's?«

Vor mir steht eine ältere Dame. Sie hat kurzes weißes Haar und trägt eine große türkiseTunika.

»Äh … ja?«

»Ich bin Rosie! Deine Nachbarin von nebenan. Da rechts.«

Sie zeigt auf den Schrebergarten, der an meinen mit einer etwa taillenhohen Hecke grenzt. Ich strecke ihr die Hand entgegen.

»Hallo, ich heiße Cilla.«

»Aber eigentlich doch Camilla?«

»Ja, stimmt genau.«

»Wie schön. Die vorherige Besitzerin hat mir schon erzählt, dass du hier einziehst. Und dass du Camilla heißt. Ich wollte sichergehen, dass alles seine Richtigkeit hat. Anita und ich waren gut befreundet.«

Ich reibe mir den Schlaf aus den Augen und hoffe, dass ihre Enttäuschung sich in Grenzen hält, weil ihre beste Freundin weggezogen ist und durch eine Dreißigjährige ersetzt wurde. Ich habe nur einen kurzen Eindruck von Anita gewinnen können, als sie mir am Bahnhof die Schlüssel übergeben hat. Sie war eine elegante Frau in rotem Blazer mit einem schwarzen Pagenkopf. Ganz leise hatte sie gesprochen, so, dass man sich ganz weit vorbeugen und total anstrengen musste, um alles zu verstehen. Vielleicht war sie einfach schüchtern oder vorsichtig. So wie ich.

»Oh, das tut mir leid, dass sie weggezogen ist.«

»Ach was, es ist, wie es ist. Sie hatte den Garten fast dreißig Jahre lang und ist wohl zu dem Schluss gekommen, dass es höchste Zeit war, die Geranien hinter sich zu lassen und ein bisschen öfter ins Kino zu gehen.«

Rosie lächelt. Ich schiele rüber zu meinen Beeten, in denen die Blumen schlapp und farblos auf der Erde liegen. Um die muss ich mich schnellstens kümmern. Ein bisschen aufräumen, mich als tatkräftige und geschickte Gärtnerin beweisen. Obwohl ich praktisch nicht einmal weiß, wie Geranien aussehen, geschweige denn wie man sie pflegt.

»Schläfst du immer so lange?«, fragt Rosie.

»Äh, warum, wie spät ist es denn?«

»Halb zwölf.«

»Oh Gott! Ich konnte gestern nicht einschlafen, normalerweise schlafe ich nicht … meistens stehe ich sogar ziemlich …«

Rosie unterbricht mich: »Klar, das geht mich ja auch gar nichts an. Ich wollte dich nur wecken und dir mitteilen, was hier gerade los ist.«

Ich runzele die Stirn. *Verdammt.* Habe ich was verpasst? Ein kollektiver Putztag? Der alljährliche Flohmarkt auf Bullholmen? Hassen mich jetzt alle Nachbarn? Werden sie mich aus dem Verein werfen? Ich spüre, wie mir unter dem Morgenmantel der Schweiß ausbricht.

»Entschuldige, habe ich was verpasst?«

Da lehnt sich Rosie vor. Ihr Atem riecht nach Kaffee. Ihre Stimme ist zu einem Flüstern geworden.

»Es ist etwas ganz Entsetzliches geschehen.«

Ich werde innerlich ganz ruhig, schüttele nur fassungslos den Kopf.

»Was ist passiert?«

»Sie haben auf der anderen Seite der Insel eine Tote gefunden, ein junges Mädchen.«

»Hier? Auf der Insel?«

»Japp. Sie wurde heute früh entdeckt, ist also aller Wahrscheinlichkeit nach gestern Nacht gestorben. Das war eine von den *Austernbräuten*.«

Ich starre Rosie sprachlos an. Es ist, als hätte sie mich ohne Vorwarnung in einen stockfinsteren Raum gestoßen, ohne Taschenlampe, und ich muss jetzt versuchen, aus eigener Kraft den Ausweg zu finden.

»Austern…«

»'Tschuldige, ich rede immer so einen Schwachsinn. Das ist mein Problem, musst du wissen. Zwischendurch muss man mir den Mund verbieten. Das ist vollkommen in Ordnung, ich nehme das nicht persönlich, Ehrenwort. Austernbräute nennen wir die Luxusgören, die unten im Hafen einlaufen. Teenager, die jeden Sommer mit ihren Familien hier einfallen. Sie haben die dicksten Boote und grölen nachts am lautesten.«

»Aha. Okay.«

»Und jetzt ist eine von ihnen tot. Ist das nicht schrecklich?«

»Doch, furchtbar, aber…«

»Neunzehn, stell dir das mal vor. Sie hatte doch das ganze Leben noch vor sich. Und dann ausgerechnet an Mittsommer. Das ist wie in so einem Thriller oder Horrorfilm! Die Familie ist am Boden zerstört. Was nicht weiter verwunderlich ist, das *würde ja jedem* so gehen. Aber…«

Rosies Stimme verschwimmt in meinem Kopf. Mich hat eine Übelkeit gepackt, als wenn man schon frühmorgens gestresst viel zu viele Tassen Kaffee hintereinander trinkt. Ich drücke mir die Hand vor den Mund. Rosie mustert mich neugierig.

»Was ist los?«

»Dieses junge Mädchen«, sage ich. »Ich habe gestern…«

Ich sehe sie vor mir, das weiße Kleid, die blonden Haare,

die durch die Luft schwebten, wie ein Schwarm leuchtender Mücken in der Sommernacht. Ich höre, wie der Junge ihren Namen ruft.

»Hieß sie Carro?«, frage ich.

Rosie reißt die Augen weit auf.

»Ja, stimmt. Oder vielmehr, Caroline. Caroline Axén. So ein richtiges Societygirl.«

Sie macht einen Schritt zurück, als wäre ihr in dieser Sekunde aufgegangen, dass sie vielleicht doch ein bisschen zu aufdringlich gewesen ist.

»Kanntest du die?«

Ich schüttele den Kopf.

»Nein. Aber ich glaube, dass ich sie gestern Nacht gesehen habe.«

*

Der Tag nach Mittsommer zeigt sich von einer ähnlich strahlenden Seite wie der gestrige Tag. Die Sonne steht an einem pudrig blauen Himmel und wärmt mein Gesicht. Nachdem Rosie zu dem Schluss gekommen war, dass ich bereits viel zu viel von dem morgendlichen Drama verpasst hatte, forderte sie mich auf, mir was Ordentliches anzuziehen, während sie drüben bei sich frischen Kaffee aufsetzte. Fünf Minuten später trafen wir uns draußen auf dem Kiesweg. Sie hatte zwei große Becher mit Kaffee und Milch gefüllt, und damit machten wir uns auf den Weg hinunter zum Hafen. Quasi so, als würden wir uns schon seit Ewigkeiten kennen. Aber ich war sowieso viel zu erschüttert, ich konnte ihr nur blind folgen.

Je näher wir den Stegen mit den Booten kommen, desto deutlicher sehen wir die Menschen, die in großen Gruppen zusammenstehen und miteinander tuscheln. Ich fühle mich nach wie vor wie eine Traumwandlerin. Gleichzeitig aber bin ich sehr dankbar, dass sich meine Nachbarin um alles kümmert und die Führung übernommen hat.

»Sie wurde heute früh gefunden. Von Gästen einer Bewohnerin der Kleingartenkolonie, die baden gehen wollten«, erzählt Rosie.

»Wer, Caroline?«

»Ja, ganz frühmorgens. So gegen sieben, glaube ich. Und wie gesagt: auf der anderen Seite der Insel. Frühaufsteher, diese Badegäste. Es sind immer Frühaufsteher, die diese makabren Funde machen. Oder Hundebesitzer. Ein Haustier zu haben ist gefährlich.«

»Und wo wurde sie gefunden?«

»Hinten bei den Badefelsen auf der anderen Seite der Insel. So etwa einen Kilometer entfernt von hier. Sie lag im Wasser. Unter Wasser, um genau zu sein.«

»Oh Gott. Unter Wasser? Sie ist nicht an der Oberfläche geschwommen?«

»Nein.«

»Aber sie ist ertrunken, oder nicht?«

Rosie bleibt abrupt stehen. Und sieht mir tief in die Augen. Dann senkt sie erneut ihre Stimme zu einem Flüstern.

»Camilla ...«

»Cilla. Bitte nenn mich Cilla.«

»Cilla, du darfst das, was ich dir jetzt sage, nicht weitererzählen. Das bleibt unter uns. Aber Frau Larsson, die Nachbarin mit dem Badebesuch, hat ihren Schrebergarten direkt neben meinem. Und ich habe zufällig heute früh mitangehört, wie sie sich mit ihrem Mann unterhalten hat. Sie war noch ganz erschüttert.«

»Okay …«

»Also, ich habe gehört, wie sie gesagt hat, dass um Carolines Knöchel ein Seil gebunden war, an dem ein voller Wasserkanister hing. Verstehst du, was das heißt? Man hat sie auf dem Meeresboden *versenkt.*«

Ich kann Rosie nicht ansehen. Alles, was ich vor mir sehe, ist das blonde Haar im Sommerwind. Ein junges Mädchen. Auf dem Meeresboden. Unvorstellbar. Salzwasser in der Kehle, die Panik, die Angst. Ich schaudere.

»Ja, das ist wirklich schrecklich«, sagt Rosie. »Und ausgerechnet hier auf Bullholmen. Auf unserer süßen, kleinen Insel. Aber eins kann ich dir versichern, Cilla. Das ist nicht das erste Mal.«

»Wie meinst du das? Dass *so was* passiert?«

Rosie schüttelt den Kopf, und wir setzen unseren Weg fort. Ich nehme einen großen Schluck von meinem warmen Kaffee. Vielleicht weckt mich das Koffein ja auf und befreit mich aus diesem absurden Vormittag. Funktioniert aber nur so la la.

»Vor zwanzig Jahren hat ein Mann seiner Frau in den Kopf geschossen«, fängt Rosie ihren Bericht an. »Das war noch vor meiner Zeit, aber ist eine vollkommen verrückte Geschichte. Darüber wird heute noch geredet. Und vor zehn Jahren ereignete sich ein anderer tragischer Vorfall. Dabei ist ein kleines Mädchen unten bei den Gruben gestorben. Ich weiß nicht mehr genau, was da passiert ist, es war wohl ein Streit unter Kindern. Auf jeden Fall starb das Mädchen dabei.«

»Wie fürchterlich.«

»Ja. Du bist aus Stockholm, stimmt's?«

Ich nicke.

»Und hast bestimmt gedacht, du könntest endlich mal dem Lärm der Großstadt entfliehen, um die Ruhe auf dem Land zu genießen, oder?«

Ich nicke erneut.

»Stell dir vor, so ging es mir auch einmal. Aber dann habe ich erkannt, dass der eigentliche Wahnsinn gerade in der Ruhe und Abgeschiedenheit zu Hause ist.«

Sie zwinkert mir theatralisch zu, packt mich am Arm und zieht mich weiter, zu der Menschenmenge am Hafen.

»Wohin gehen wir?«, frage ich.

»Zur Polizei.«

Ich erstarre.

»Zur Polizei?«

»Ja, du hast doch gesagt, du hättest sie gesehen. Caroline. Letzte Nacht. Du musst natürlich eine Aussage machen.«

»Aber ... ich weiß doch gar nicht ... was soll ich denn ...«

»ADAM!«

Rosie ruft so laut, dass ich zusammenzucke. Auf dem Steg, an dem die vertäuten Boote in den Wellen schaukeln, steht ein Mann und winkt uns zu. Als wir näherkommen, sehe ich, dass er einen dunkelblauen Anzug trägt. Maßgeschneidert. Auf der Nase sitzt eine Brille mit runden Gläsern. Sollte das der zuständige Beamte sein, sieht er auf jeden Fall nicht aus wie ein Polizist. Eher wie jemand, der einiges über die nächste Herbstkollektion von Armani zu sagen hat. An den Füßen trägt er braune Lederschuhe, und unter dem Jackett leuchtet ein Hemd, das in seiner Hose steckt und so blendend weiß ist wie der Schaum auf den Kronen der Wellen, die gegen die Mole schlagen. Neben ihm steht eine Frau um die vierzig mit einem langen Pferdeschwanz, die wiederum *genau* so aussieht, wie man sich eine Polizistin vorstellt.

»Adam, das hier ist Cilla«, sagt Rosie. »Sie ist ganz neu auf der Insel und hat den Schrebergarten neben meinem gekauft. Die grüne Hütte, du weißt schon.«

Er schiebt sich die Sonnenbrille in die Haare, und wir sehen uns in die Augen. Und für einen kurzen Moment vergesse ich, warum ich hier stehe. Seine Augen sind groß, und sein Blick ist durchdringend. Ich habe Schwierigkeiten, mich zu konzentrieren. Ach ja, stimmt, es geht um Mord. Ich bin womöglich Zeugin eines Mordes geworden. Hätte ich fast vergessen.

»Ja, ich weiß welche. Herzlich willkommen, Cilla. Schön, dich kennenzulernen. Ich heiße Adam Ångström und bin Kommissar bei der Polizei von Nacka.«

Er streckt mir die Hand entgegen. Sie ist warm. Nicht schwitzig, nur warm. Ich lächle und nicke ihm stumm zu.

»Und das ist meine Kollegin«, sagt Adam.

Er zeigt auf die Frau neben sich, der ich auch die Hand schüttele.

»Hallo, ich bin Tilly, Polizeianwärterin.«

»Hallo, ich bin Cilla, freut mich.«

Während Tilly zu einer Gruppe von schaulustigen Inselbewohnern geht, um sie zu befragen, lehnt sich Rosie vor.

»Adam, Cilla will mit dir sprechen.«

»Ja, das ist sehr nett, und ich hoffe, dass es ihr in der Kolonie gefällt. Aber ich bin gerade ziemlich beschäftigt, Mama.«

Ich runzele die Stirn. *Mama?* Ich glotze Rosie an, die Adams Äußerung schlichtweg ignoriert.

»Wir haben sehr wichtige Informationen«, sagt sie geheimniskrämerisch.

»Mama, ich danke dir für dein Engagement – wie immer –, aber ich muss dich bitten …«

»Cilla hat sie gesehen.«

Adam verstummt augenblicklich und wendet seine Aufmerksamkeit mir zu. Sein neugieriger Blick durchbohrt mich. Mir wird bewusst, dass ich seit Minuten nicht mehr richtig geatmet habe, und ich sauge gierig Luft ein.

»Du hast sie gesehen?«, wiederholt Adam.

»Ja«, sage ich und atme dabei aus. »Ich habe sie gesehen.«

»Wen denn?«

»Caroline.«

6

Wir sitzen in Rosies Schrebergarten, der wesentlich gepflegter ist als meiner. Der Gartenzaun ist gelb gestrichen, und zwischen den Latten ranken sich rote Rosen und lila Blumen, deren Namen ich nicht kenne. In einem Hochbeet wachsen Tomaten, und während wir an ihrem runden Rattantisch Platz nehmen, erzählt sie mir, dass sie zwanzig Tomatensorten züchtet. *Zwanzig!* Ich dachte immer, es gibt nur normale Tomaten und Cocktailtomaten. Fertig, aus! Offensichtlich aber gibt es Tausende. Rosies Traum ist es, eines Tages eine Tomatenreise nach Italien zu machen und Tomatenzüchter zu besuchen.

Auf dem Tisch stehen eine Kaffeekanne mit gehäkeltem Kannenwärmer, ein paar Tassen, eine Schale mit süßen Mohnbrötchen (aus der hiesigen Bäckerei), Frischkäse und ein Glas Blaubeermarmelade. Da ich noch nichts gefrühstückt habe, greife ich dankbar nach einem Brötchen, schneide es auf und bestreiche es mit dem Belag.

»Vielen Dank, dass du dir die Zeit nimmst für dieses Gespräch«, sagt Adam, der mir gegenübersitzt.

Ich lächle und beiße gierig ab. *Himmel, ist das lecker.*

Nachdem Rosie ausgeführt hatte, dass ich die Tote wahrscheinlich letzte Nacht gesehen habe, beschloss Adam, dass er eine halbe Stunde später bei seiner Mutter im Garten vorbeikommen würde. Ausreichend Zeit für Rosie, um Kaffee zu kochen und was zu essen vorzubereiten.

Ich muss gestehen, dass mich die Tatsache sehr überrascht, dass die beiden Mutter und Sohn sind. Was den Kleidungsstil betrifft, trennen sie jedenfalls Welten. Er sieht aus, als wäre er einer Espressowerbung mit George Clooney entsprungen, und sie wie das Ergebnis eines Sommerschlussverkaufs der Ökomarke Gudrun Sjödén. Aber ihre Stimmen ähneln sich sehr, heiser und ein bisschen kratzig. Und beide haben große, neugierige Augen.

»Meine Mutter hat gesagt, du bist hier gerade eingezogen?«, beginnt Adam das Gespräch.

»Ja, das stimmt. Ich bin gestern angekommen.«

»Gestern? Aha. Dann muss ich mich dafür entschuldigen, dass dir Bullholmen keinen schöneren Empfang bereitet hat. Ein Todesfall ist nicht wirklich das, was man ein herzliches Willkommen nennt, oder? … Normalerweise ist es hier nämlich sehr gemütlich und ruhig.«

»Sag das nicht«, schnaubt Rosie hinter ihm.

»Doch, meistens schon, Mama. Kannst du uns bitte kurz allein lassen, damit wir uns in Ruhe unterhalten können?«

Rosie zieht eine Schnute.

»Selbstverständlich. Ich habe dir ja auch nur eine Zeugin auf dem Silbertablett serviert. Und Frühstück gemacht. Ich werde jetzt mal gehen, damit ich nicht ›im Weg‹ bin.«

Sie schnappt sich ihren Kaffeebecher, der auf dem Tisch steht, und stapft beleidigt in die Hütte. Adam lächelt mich an.

»Entschuldige bitte. Meine Mutter hat chronisches *fomo*.«

»Bitte was? Fomo?«

»*Fear of missing out*. Du weißt schon – panische Angst, was zu verpassen.«

»Ach so, verstehe. Ich hingegen hätte das hier sehr gern verpasst, wenn ich ehrlich bin.«

Er nickt.

»Das kann ich verstehen. Todesfälle sind nie besonders angenehm.«

»Und trotzdem machst du das beruflich?«

»Tja. Miserable Berufswahl. Hätte mich doch lieber auf die Entwicklung von neuen Apps spezialisieren sollen. Damit wäre ich wenigstens reich geworden.«

Ich lache und nehme einen Schluck von meinem Kaffee. Ein Polizist mit Humor. Ich bin bisher davon ausgegangen, dass alle Polizisten ihre Zeit damit verbringen, allein in düsteren Bars Whiskey zu trinken und einen neuen Leichenfund mit träger Stimme zu kommentieren: *Verrrdammmmt!* Adam sieht nicht aus, als würde er so etwas tun. Außerdem trägt er einen Anzug. Ich dachte immer, Polizisten tragen Uniformen.

»Ja. Du bist also … ein Polizist? Ohne Uniform.«

Er lächelt. Und in meinem Kopf taucht ungefragt ein Bild auf. *Ohne Uniform*. Habe ich das wirklich gerade gesagt? Aber ich habe ja nicht gesagt *ohne Kleidung*? Ich schlucke. Er hat seinen Blazer ausgezogen, ihn über die Stuhllehne gehängt und sitzt jetzt in dem blendend weißen Hemd vor mir. Seine Brille steckt in der Brusttasche. Der oberste Knopf seines Hemdes ist offen. Der Kragen ist zu einer Seite aufgeklappt und gibt den Blick auf seine gebräunte Haut frei. Ich versuche, nicht dorthin zu gucken.

»Ich arbeite hauptsächlich vom Büro aus, deshalb bin ich so angezogen.«

Er sieht an sich herunter, dann zuckt er mit den Schultern.

»Ich mache das jetzt seit acht Jahren, die haben sich mittlerweile an meinen Stil gewöhnt.«

»Verstehe. Und gefällt dir die Arbeit? Ist es spannend?«

»Ab und zu. Der Rest ist viel Papierkram.«

»Du meinst, wenn niemand stirbt?«

»Ganz genau. Das wirft immer alles über den Haufen. Ansonsten haben wir hauptsächlich mit Diebstählen und Bootsunfällen in den Schären zu tun. Auch wenn *meine Mutter* etwas anderes behauptet.«

»HAHA!«

Ich lache sehr laut, ein bisschen zu schrill für meinen Geschmack. Das liegt zum einen daran, dass ich mir Adam noch immer ohne Anzug vorstelle, zum anderen, weil ich wahnsinnig nervös bin.

Ich habe noch nie zuvor mit einem Polizisten an einem Tisch gesessen. Ich hoffe doch sehr, dass er wegen meiner Zeugenaussage hier ist? Ich muss mir doch keine Sorgen machen, oder …? Nicht, dass ich etwas zu verbergen hätte, wobei *jeder* hat doch eine Leiche im Keller? Mit elf habe ich mal eine Packung Lebkuchenteig im Supermarkt geklaut. Damals habe ich den Teig noch toller gefunden als die Kekse, die dabei herauskamen. Und dann habe ich die Rechnung von der Gebühreneinzugszentrale weggeworfen und behauptet, dass ich niemals eine erhalten hätte. Und dann habe ich dem Hersteller meiner Lieblingskäseflips einen ausgedachten Beschwerdebrief geschrieben, ich hätte einen Käfer in meiner Packung gefunden, woraufhin sie mir eine Woche später dreißig neue Tüten schickten. Ich hatte ein total schlechtes Gewissen, habe aber sämtliche Tüten leer gefuttert. Und einmal …

»Und was machst du beruflich, Cilla …?«, fragt Adam.

»Storm. Ich heiße Cilla Storm und bin Journalistin.«

Er sieht mich zufrieden lächelnd an und legt sein Diktafon auf den Tisch.

»Hm. Da sieh mal einer an. Du bist also auch gewissermaßen eine Ermittlerin?«

»Ja, das kann man so sagen. Aber bei mir geht es hauptsächlich um Liebesgeschichten und Scheidungsgerüchte.«

»Für welche Zeitschrift?«

»*Chance*. Ich weiß nicht, ob du die kennst …«

»Doch, natürlich. Die liegt bei jedem Friseur, stimmt's?«

»HAHA, ganz genau!«

Cilla, beruhig dich und komm mal wieder runter.

»Ohne Friseure würden wir pleitegehen.«

Er lächelt. Wie alt er wohl ist? Bestimmt ein paar Jahre älter als ich. Seine Haare sind so schwarz wie Lakritz, und er trägt sie zurückgegelt, im Fünfziger-Jahre-Stil. Überhaupt passt er viel besser in die alten Krimis aus den Fünfzigern. Neben seinen Kollegen sieht er bestimmt aus wie eine Flasche Acqua di Parma neben einer Reihe von Deosprays von Axe.

»Aber ich habe reduziert, Teilzeit, und habe vor, in den Sommermonaten von hier aus zu arbeiten.«

»Das klingt doch sehr gut, Cilla.«

»Hm. Mal sehen.«

Wenn jemand meinen Namen sagt, löst das immer ein

ganz bestimmtes Gefühl in mir aus. Es ist ein magischer Moment. Besonders, wenn ein Mann es tut. Ein Mann in meinem Alter. Ein Mann, der einen Mord löst, und das in einem dunkelblauen Anzug.

»Wollen wir uns dann mal dem Wesentlichen zuwenden?«, sagt Adam da.

»Ja, natürlich. Das Wesentliche. Der Mord.«

Adam sieht mich ernst an.

»Wer sagt, dass es sich um einen Mord handelt?«

»Würden wir sonst hier sitzen?«

Er schweigt, dann räuspert er sich.

»Lass uns über Caroline Axén sprechen.«

Das Gefühl allerdings, wenn jemand den Namen einer kürzlich Verstorbenen sagt, ist ein vollkommen anderes.

Ich erzähle Adam haarklein, was in der letzten Nacht passiert ist. Um wie viel Uhr ich aufgewacht bin, was ich gehört habe, wo ich langgeschlichen bin und was ich gesehen habe. Ich lasse nichts aus, obwohl es sich mittlerweile wie ein Traum anfühlt. Ihr weißes Kleid, die langen blonden Haare, wie sie den Jungen, den sie Benji nannte, angeschrien hat, dass er sie in Ruhe lassen soll. Adam macht sich in seinem winzigen Block Notizen, ohne mich zu unterbrechen. Kaum bin ich fertig, greife ich nach einem zweiten Mohnbrötchen. *Zeugenaussagen machen so was von hungrig.*

»Habt ihr schon eine Spur?«, frage ich.

»Eine Spur?«

Oha. Das war eine sehr dumme Frage. Ich versuche, so lässig wie möglich auszusehen, was überhaupt nicht zum Gegenstand unserer Unterhaltung passt.

»Ich kann im Moment leider keine Angaben zu einer laufenden Ermittlung machen. Die Pressemitteilung ist noch nicht freigegeben worden. Aber …«

Er sieht irgendwie unschlüssig aus.

»Wir haben jemanden verhaftet.«

Ich beiße von meinem Brötchen ab und weiß in der Sekunde, wer diese Person ist. Ich sehe ihn vor mir. Das Cappy, das er falsch herum aufhatte, und die Zigarette in seiner Hand. Die Jeans, die ihm etwas zu locker um die Hüfte hing. Wie er abwinkte, als sie davonstürmte, die nonchalante Körpersprache eines Teenagers.

»Ihren Freund?«, frage ich.

Adam reagiert nicht, macht sich Notizen.

»Benji, heißt er, oder?«

Überrascht hebt Adam den Kopf.

»Kennst du ihn?«

»Nein, ich habe nur gehört, dass sie ihn Benji genannt hat. Deshalb gehe ich davon aus, dass er wahrscheinlich Benjamin heißt.«

»Ich wäre dir sehr dankbar, wenn du mit niemandem darüber redest. Ich kann das weder bestätigen noch dementieren.«

Ich nicke. Das ist bestimmt nicht einfach als Polizist. Darf man eigentlich mit seinen Liebsten über die Dinge reden, die man tagsüber erlebt hat? Als Boulevardjournalistin läuft das genau andersherum ab. *Zweitausend Wörter pro Stunde! Stimmen die Fakten? Scheiß drauf, eine Deadline ist eine Deadline!*

»Weiß man denn schon, … *wann* Caroline ermordet wurde?«

»Nach der Obduktion wissen wir mehr. Oder zumindest

haben wir dann einen Anhaltspunkt. Aber sie wurde das letzte Mal gegen halb zwölf gesehen.«

»Ja, von wem?«

»Von dir, Cilla.«

Mir bleibt fast das Brötchen im Hals stecken.

»Warte mal … heißt das, ich bin die Letzte gewesen, die sie lebend gesehen hat?«

»Solange wir den Täter nicht gefasst haben, ja.«

Adam nimmt einen Schluck von seinem Kaffee.

»Und ihr geht also davon aus, dass ihr Freund der Schuldige ist?«

»Nun ja …«

»Es ist leider nicht ungewöhnlich, dass die naheliegendste Erklärung häufig auch die richtige ist«, ruft Rosie hinter uns.

Sie steht in der Tür und versucht, sich eine Sonnenbrille aufzusetzen, was ihr anscheinend schon öfter misslungen sein muss, da die Bügel in unterschiedliche Richtungen zeigen. *Wie um Himmels willen kann diese Frau die Mutter dieses Mannes da vor mir sein?*

»Mama …«

»Ich sage doch nur, was *ich* glaube, Adam«, fährt Rosie unbeirrt fort. »Ich bin nur eine einfache Pensionärin und muss weder bestätigen noch dementieren. Cilla hat es *gesehen*, wie die beiden sich angeschrien haben. Vielleicht hatten Caroline und Benjamin …«

»Bitte, Mama, keine Namen!«

»Entschuldige, vielleicht hatten X und Y ein stürmisches Verhältnis. Und dass Männer gewalttätig sein können, ist jetzt auch nichts Neues. Egal wie alt sie sind. Stimmt's?«

Adam seufzt. Ich muss an Danne denken. Offenbar hatte

ich riesiges Glück, dass er einfach nur einen Umzugswagen gemietet und mich verlassen hat, statt mir einen Wasserkanister an den Fuß zu binden und mich in den Fluss zu werfen. Ich sehe das junge Paar noch genau vor mir, ich stand ja nicht weit entfernt. War der Junge wirklich zu so etwas fähig? Hätte ich eingreifen müssen? Hätte ich die Tat verhindern können?

Aus diesem Gedanken wird auf einmal ein dicker, beängstigender Kloß in meinem Hals.

Adam wirft einen Blick auf sein Handy.

»Okay, ich muss los, zurück aufs Festland. Die Fähre legt in einer Viertelstunde ab. Ich habe heute Nachmittag noch Termine.«

»Mit Be… der Familie des Freundes?«, frage ich.

Er sieht mich amüsiert an.

»Du bist ganz schön neugierig, Cilla Storm.«

»Hast du schon mit Carolines Familie gesprochen?«

Adam nickt und steht auf.

»Das sind immer die schlimmsten Momente in diesem Job.«

»Ja, das verstehe ich gut.«

»Auf jeden Fall war es sehr nett, dich kennenzulernen, Cilla.«

Er streckt mir die Hand entgegen, ich stehe ebenfalls auf und erwidere seinen Händedruck. Seine Hand ist groß, meine verschwindet darin wie in einem Hockeyhandschuh. Vielleicht ist es nur Einbildung, aber es fühlt sich an, als würde er meine Hand ein paar Sekunden länger als notwendig halten. Oder machen das Polizisten so? Um Vertrauen einzuflößen?

»Bis bald«, sagt Adam. »Ich danke dir für deine Zeugenaussage, das war sehr hilfreich. Hier ist meine Karte, ruf mich an, wenn dir noch etwas einfällt.«

Ich nicke und nehme seine Visitenkarte.

»Und viel Glück mit dem Garten«, sagt er.

»Vielen Dank, das werde ich gebrauchen können.«

Adam leert seinen Becher, als wäre es ein Tequila am Samstagabend, und verabschiedet sich von seiner Mutter. Sie gibt ihm einen Kuss auf die Wange.

»Komm bald wieder. Es wäre schön, dich auch mal ohne Leiche im Gepäck zu sehen.«

»Ich gebe mein Bestes, Mama.«

Er wirft mir einen letzten, schwer zu deutenden Blick zu. Daraus wird ein Lächeln, das ich erwidere. Dann verlässt er den Schrebergarten, winkt uns an der Gartenpforte noch einmal zu und verschwindet schließlich zwischen den Holunderbüschen, die den Weg säumen. Rosie lässt sich in den Sessel fallen, auf dem er zuvor gesessen hat. Wir sitzen einen Augenblick schweigend beieinander, die etwas angespannte Atmosphäre der Verhörsituation ist mit Adam verschwunden, geblieben ist nur das Zwitschern der Vögel.

»Du hast einen sehr netten Sohn«, sage ich nach einer Weile.

»Ja, er ist ein Schatz. Aber er findet, dass ich mich immer zu sehr einmische. Selbst schuld, das liegt an seinem aufregenden Job.«

Rosie schüttelt schwärmerisch den Kopf, und ihre langen glitzernden Ohrringe tanzen im Sonnenlicht.

»Ich hingegen habe mein Leben lang hinterm Tresen beim Fischhändler geschuftet.«

»Kein Mordfall?«, frage ich.

»Doch, wir hatten den Tod von ein paar Fjordlachsen zu beklagen, aber ansonsten nichts.«

Ich lache und kratze mich im Nacken, der ganz verschwitzt ist. Das wird ein heißer Tag. Kein Zweifel, der Sommer hat Einzug gehalten und ist gekommen, um zu bleiben.

»Noch Kaffee?«, fragt Rosie.

»Gern, danke.«

Und so verbringe ich die nächsten Stunden mit meiner neuen Nachbarin im Kleingartenverein von Bullholmen. Wir trinken noch mehr Kaffee, essen noch mehr Mohnbrötchen mit Blaubeermarmelade, quatschen und genießen es, am Leben zu sein, was offensichtlich keine Selbstverständlichkeit ist. In mir allerdings überwiegt die Dankbarkeit, dass ich nach all diesen Ereignissen auf der Insel nicht allein bin.

Ich habe soeben die erste Zeugenaussage meines Lebens abgegeben. Bisher war ich davon überzeugt, dass ich dazu gar nicht in der Lage sein würde. Was hatte Adam gesagt? *Du bist ganz schön neugierig, Cilla Storm.* Peinlich, aber wahr. Ich *bin* neugierig. Das ist mein Job. Und ich gebe zu: Ich liebe Intrigen. Und Drama. In meiner Zeitschrift *Chance* haben wir eine Kolumne für alte Verbrechen. Einblicke in die Kriminalgeschichte. Meistens stammen die Fälle aus den Achtzigerjahren, fast alles aus England. Dafür ist unsere Freie zuständig, die Finnlandschwedin Marga. Ich verschlinge ihre Kolumne immer mit großem Interesse, mein Herz schlägt dabei bis zum Hals. Vielleicht weil sie so spannend und gut geschrieben ist. Aber ich könnte niemals Adams Job machen. In richtigen Fällen zu ermitteln, das würde ich mich nicht trauen. *Niemals!*

Ganz schön mutig von ihm! Wie kommt man bloß auf die Idee, Polizist zu werden? Wird man von einem Gerechtigkeitssinn angetrieben? Oder vom Willen, anderen zu helfen? Kann man dort seine Abenteuerlust ausleben? Oder liegt es einzig und allein an seinen breiten Schultern? *Er hat sehr breite Schultern.* Oh Gott, ich höre mich ja schon an wie in einem dieser Arztromane, die ich gern mal lese. Über die sich Zacke dauernd lustig macht. Aber mal ganz ehrlich: Wenn man so breite Schultern hat, sind bei der Berufswahl Polizist oder Feuerwehrmann vielleicht die einzig infrage kommenden Optionen? Es wäre doch die reinste Verschwendung, wenn man damit zum Beispiel nur Pensionen in Fonds anlegen würde.

Ich muss kichern und registriere erst da, dass Rosie mich die ganze Zeit anstarrt.

»Worüber lachst du?«

»Was? Ich? Nein, nichts.«

Ich schüttele den Kopf, auch, um meine Gedanken loszuwerden. Ich kann doch nicht hier in Rosies Garten sitzen und an breite Schultern denken. *An Adams Schultern.* Ich muss an das Wesentliche denken: Caroline.

Während ich an meinem Kaffee nippe, taucht wieder ein Bild auf. Von ihrem Körper, wie er unten im Wasser schwebt, in Zeitlupe, wie ein Wassergespenst. Und dann denke ich an Benjamin. Der jetzt auf der Wache in Nacka sitzt und des Mordes verdächtigt wird. Dieser junge Kerl mit schief sitzendem Cappy, den ich letzte Nacht gesehen habe. Ein ganz gewöhnlicher Teenager, wie alle anderen auch. Vielleicht mag er Musik, spielt Fußball, lacht mit seinen Kumpeln über vollkommen idiotische Witze und surft nachts durchs Netz und klickt sinnlose Clips auf YouTube an.

Und dann erinnere ich mich, wie Caroline ihn am Steg hat stehen lassen. Er ist ihr *nicht* hinterhergegangen, sondern ist umgedreht und zum Lokal zurückgelaufen. In die entgegengesetzte Richtung.

7

Ina Zethraeus wohnt in einem Haus, das aussieht, als würde es darin spuken. Ein richtiges Geisterhaus. Ihre Eltern haben es vor ihrer Geburt gekauft, vor über zwanzig Jahren. Lange bevor der Hafen von Bullholmen ausgebaut wurde und die Touristen in Scharen auf die Insel strömten.

Das Haus hat zwei Stockwerke, seine Fassade ist weiß gestrichen, und die Eingangstür ist von Marmorsäulen eingerahmt. Es wurde als Renovierungsprojekt deklariert, als die Familie Zethraeus dort einzog. Ehrlich gesagt, hat sich daran bis heute nichts geändert. Denn Inas Mutter liebt solche Projekte. Das Haus war weder ihr erstes noch wird es ihr letztes sein. Sie hat immer große Pläne, alles soll neu gemacht werden, renoviert, tapeziert und eingerichtet. Aber kaum ist der Vertrag unterschrieben, und die provisorischen Möbel sind aufgestellt, scheint ihr Interesse wieder zu versiegen. Und kurz darauf sucht sie sich ein neues Renovierungsprojekt.

Allerdings hatte Ina in den vergangenen Jahren durchaus davon profitiert, dass ihre Mutter dieses Haus auf Bullholmen gekauft hatte. Während die Eltern ihrer Freunde viel

Geld für den Liegeplatz im Hafen bezahlen müssen, hatten Ina und ihre Familie das große Haus am Wasser, in dem man nicht nur seine Ruhe hat, sondern auch große Partys feiern kann. Je nach Lust und Laune. Und weil das Haus ohnehin in einem ziemlich maroden Zustand ist, muss man sich auch keine Sorgen machen, dass etwas kaputtgehen könnte oder es zu unordentlich wird.

Wenn sie zu Beginn des Sommers mit ihrer Familie nach Bullholmen kam, hatte das Haus fast ein ganzes Jahr lang unbewohnt gestanden. Es wurde zwar ab und zu über Airbnb vermietet und danach von einer Putzfrau wieder auf Vordermann gebracht, aber es verströmte ein ganz bestimmtes Gefühl, wenn Anfang Juni der Schlüssel im Schloss umgedreht wurde. Es roch nach altem Staub. Nach Einsamkeit und verlassenen, hallenden Räumen.

Ina wäre nie auf die Idee gekommen, allein nach Bullholmen zu fahren. Ihre Eltern hatten das ab und zu gemacht, ohne sie. Ein kurzes, romantisches Herbstwochenende. Dann hatten sie ein Feuer im Kamin entzündet, ein paar Gläser feinen Amarone getrunken und waren dann selig eingeschlafen, zum Geräusch der Wellen, die gegen die Felsen schlugen.

Vor einer Woche aber hatte Ina den Entschluss gefasst, allein nach Bullholmen zu fahren. Schließlich war sie schon neunzehn und würde ja wohl eine Woche oder zwei allein in einem Haus verbringen können, das sie in- und auswendig kannte. Aber ihre Eltern hatten trotzdem Bedenken. *Willst du Mittsommer wirklich allein auf Bullholmen verbringen? Warum kommst du nicht mit uns nach Dubai, Süße? Hast du keine Angst, ganz allein in dem großen Haus zu schlafen?*

Klar, Dubai wäre supercool gewesen. Und auch wenn es

doch nicht so cool geworden wäre, hätte sie sich die Zeit mit zwei Staffeln *Keeping up with the Kardashians* vertreiben können, die sie noch nicht gesehen hatte. Sie kann einfach nicht genug davon bekommen, den armenischen Schwestern dabei zuzusehen, wie sie in ihren millionenschweren Villen Eistee von Starbucks trinken.

Aber Ina war wild entschlossen. Sie *musste* Mittsommer auf Bullholmen verbringen, und dafür gab es nur einen einzigen Grund.

Und dieser Grund hieß Benjamin Hamrén.

Ina hatte auf Carolines Blog gelesen, dass sie Mittsommer auf dem Segelboot mit ihrer Familie auf Bullholmen verbringen würde. Und wenn Caroline auf die Insel käme, dann wäre auch Benjamin dort. So viel stand fest.

Ein warmer Sommerregen prasselt gegen das Küchenfenster. Ina hat einen Becher Tee in der Hand. Der heiße Dampf hat ihre Mascara verwischt, aber es ist ihr vollkommen egal, ob sie aussieht wie ein Waschbär. Ihr platzt schier der Kopf, so viele Gedanken drängen sich darin. Sie war mit einem konkreten Plan auf die Insel gefahren. Und dann ist alles aus dem Ruder gelaufen.

Denn ihre beste Freundin aus Kindertagen wurde ermordet.

Und heute früh hat die Polizei den Jungen verhaftet, in den sie seit vier Jahren verliebt ist.

Sie nimmt einen Schluck von dem heißen Tee. Es brennt im Hals. Ihr iPhone liegt vor ihr auf dem Küchentisch (die Schutzhülle ist übersät mit Auberginenemojis), neben einem Fotoalbum. Ihre Mutter hat noch nicht angerufen, was nur bedeuten kann, dass sie kein gutes WLAN in Dubai haben. Sonst hätte sie längst gelesen, dass auf Bullholmen ein neunzehnjähriges Mädchen ermordet wurde. Und ihr wäre der Rauch ihrer Wasserpfeife im Hals stecken geblieben.

Eigentlich müsste sie ihrer Mutter schreiben und sagen, dass es ihr gut geht. Aber sie kann nicht. Denn das hieße, sich einzugestehen, dass es tatsächlich passiert ist. Und bislang war sie nicht bereit, der Wahrheit ins Auge zu sehen. Sie konnte sich nicht überwinden, die Worte zu schreiben. Zu buchstabieren.

Caroline ist tot.

Am liebsten würde sie Benji schreiben, aber das geht auch nicht. Die Polizei hat hundertprozentig sein Handy einkassiert, und Ina will nicht, dass jemand anderes ihre Nachricht an ihn liest.

Wenn Ina die Augen schließt, schießen die Erinnerungsfetzen vorbei. *Sein braun gebrannter Körper, die zerzausten Haare, die sein Gesicht einrahmten, der durchtrainierte Bauch, seine lila Unterhose* … Sie seufzt.

Gestern Nacht ist sie ihrem Traum *so nah* gewesen. So nah. Fast hätte sich das erfüllt, wonach sie sich seit Jahren sehnte. Immer, wenn sie mit anderen Männern schlief, dachte sie an ihn. Und er war in ihren Träumen, wenn sie morgens aufwachte und so schnell wie möglich wieder einschlafen wollte.

Nachdem Caroline gestern abgerauscht und Benjamin ihr hinterhergelaufen war, hatte sie sich eine Zigarette angezündet und wollte zurück ins Lokal und ihren Frust mit Gin Tonic ertränken. Aber da hatte er ihren Namen gerufen. Er war zurückgekommen. Stand vor ihr. Benjamin. Eine ganze Weile hatten sie so gestanden und sich angesehen. Er war betrunken, das wusste sie. Sie hatte gehört, wie er sein konnte, wenn er zu viel getrunken hat. Hatte es mit eigenen Augen gesehen. Alle Grenzen verwischten, alle Regeln wurden außer Kraft gesetzt.

Dann hatte er seine Lippen auf ihre gedrückt. Er schmeckte nach Tabak und Zucker und Speichel. Er schmeckte nach allem, was sie haben wollte. Er hatte ihre Hand genommen und war mit ihr hinters Lokal gegangen, bei den hohen Johannisbeersträuchern. Dort hatten sie sich ins weiche Gras fallen lassen. Sie hatte gewusst, dass es falsch war, aber es hatte sich fantastisch angefühlt. Zumindest am Anfang. Aber dann, ganz plötzlich, hatte er aufgehört. Sie hatte sich noch nicht ganz ausgezogen, als er aufstand, sich die Hose zumachte, den Kopf schüttelte und sich sein Cap aufsetzte.

In Ina war Panik aufgestiegen. Ihr einziger Wunsch war, ihn wieder zu sich ins Gras zu ziehen. Sie wollte mit ihm schlafen, ihn in sich spüren, eins mit ihm werden. Sie wollte ihre Hände auf seinen Rücken legen und ihn noch näher an sich ziehen, das Gewicht seines Körpers auf ihrem fühlen.

Ich kann nicht. Das hatte er gesagt. *Ich kann nicht.* Und dann hatte er sie dort zurückgelassen.

Denn er wollte Caroline. Keine andere. Caroline Axén. Das Mädchen, das ohnehin schon alles hatte. Vor allem das, was sich Ina am sehnlichsten wünschte. Benjamin.

Aber jetzt hatte Caroline Axén gar nichts mehr. Nicht einmal einen Puls.

Ina griff nach ihrem Handy. Starrte lange auf das Fotoalbum vor ihr. Dann wählte sie eine Nummer, die sie sehr lange nicht mehr angerufen hatte.

8

Die Songs von Dolly Parton sind genau das Richtige, wenn die Sonne scheint. Aber man kann sie auch sehr gut bei Regen hören.

Denn am Ende kam er doch noch. Der traditionelle Mittsommerregen. Wie schön, dass er gewartet hat und nicht in der Mittsommernacht gefallen ist. *Du machst echt Fortschritte, Schweden!*

Musik strömt aus meinen Minilautsprechern. Ich sitze auf dem weißen Ektorp-Sofa in meinem kleinen neuen Wohnzimmer-Küche-Flur-in-Einem-Zuhause und habe meine Füße auf den Glastisch gelegt, der im Kaufpreis mitinbegriffen war. Mein Laptop liegt in meinem Schoß. Ich nehme mir eine Handvoll Käseflips, schiebe sie mir alle auf einmal in den Mund und spüle sie mit Cola Zero herunter. Eine ganz wunderbare Kombo.

Dann starre ich eine ganze Weile auf mein leeres Word-Dokument. Obwohl, ganz leer ist es nicht. Ich habe die Überschrift »Harald und Sonja« getippt. Ich weiß, der Titel ist super cheesy. Ich bin ganz bestimmt nicht die erste Journalistin, die sich für ihre Überschriften in der Welt des Films bedient. *Harry und Sally* ist ein Klassiker. Ein abgedroschener noch dazu. Aber er muss leider als Arbeitstitel herhalten. Vielleicht fällt mir später noch etwas Besseres ein.

In zwei Tagen soll der Text bei Gunilla auf dem Tisch liegen. Sie ist die Chefredakteurin von Chance und seit drei Jahren verantwortlich für die Zeitschrift, seit sie das Ruder von Johanna Flod übernommen hat. Ich habe Johanna echt geliebt. Das haben wir alle. Sie war umgänglich und ruhig und blieb es auch, wenn die Deadlines manchmal ziemlich eng wurden. Es war eine Freude für jemanden wie Johanna zu arbeiten, sie war ein echtes Medien-Urgestein, dem es immer um eine gute Geschichte ging. Sie machte die Zeitschrift zu dem, was sie heute ist. Ein Magazin, das wie ein geschliffener Diamant aus dem Meer aus Revolverblättern hervorsticht. Selbstverständlich findet man auch in unseren Ausgaben den wichtigsten Tratsch und Klatsch. Aber wir melden eher »Der Starkoch Carl-Jan Granqvist kauft sich ein weiteres Anwesen!« als so Sachen wie »Mit wem hat der Schauspieler Mikael Persbrandt da wieder gekokst?«. Also vollkommen harmlos.

Ich wollte schon immer Journalistin werden. Es gab praktisch keine Alternative für mich. Ich gehöre zur *Sex and the City*-Generation, das hat mich wahrscheinlich verdorben. Ich meine, wer will denn *nicht* Carrie Bradshaw sein und in ihrer coolen Wohnung Kolumnen schreiben, während draußen das Herbstlaub zu Boden fällt? Das war mein Ziel, als ich mich damals bei der Journalistenschule bewarb und tatsächlich genommen wurde.

Das Studium hat sehr viel Spaß gemacht und wurde begleitet von reichlich billigem Rotwein und sehr wenig Schlaf, während ich mich die ganze Zeit danach sehnte, endlich ins Berufsleben starten zu können. Vor meinem inneren Auge sah ich es bereits vor mir: Wie ich auf High Heels über die Straße laufen und das Leben als Autorin genießen würde, in der einen Hand einen Latte Macchiato, in der anderen meinen Laptop. Es ist beeindruckend, wie viel man sich vormachen kann. In Wirklichkeit sehe ich auf hohen Schuhen nämlich aus wie der Glöckner von Notre Dame. Aber als ich meinen Abschluss endlich in der Tasche hatte, war es sehr viel schwerer, einen Job zu finden, als ich mir vorgestellt hatte …

Insgesamt habe ich *fünfzig* Bewerbungen geschrieben. Und wurde zu genau *einem* Vorstellungsgespräch eingeladen. Bei einer Zeitschrift, die Motor hieß und in der es um, nun ja, Motoren ging. Ich hatte keine Ahnung von Motoren, was die natürlich sofort bemerkten. Den Job habe ich selbstredend nicht bekommen. Zu diesem Zeitpunkt wohnte ich in Hornstull, auf zwanzig Quadratmetern in einer Einzimmerwohnung. Zur Untermiete. Sie kostete achttausend Kronen im Monat, und mit meinem Job im Supermarkt kam ich so gerade eben über die Runden. Ich war kurz davor, mich von der Brücke zu stürzen, als ich Zacke traf.

Es war an einem warmen Sommerabend. Wir saßen beide, getrennt voneinander, mit unseren Freunden im Loopen, einem coolen Café unten am Wasser, als es anfing, zu regnen. Ich hatte ein paar Bier zu viel intus, und er war so zauberhaft gewesen, mir seine Jacke zum Schutz vor dem Regen anzubieten.

Das Erste, was mir auffiel, waren seine Augen. Eisblau. Er hat ganz besondere Augen, bildschön. Ich war gerade mit

Danne zusammengekommen, sonst hätte ich wahrscheinlich versucht, ihn zu küssen. So ist das leider immer, wenn ich Bier trinke. Normalerweise bin ich total schüchtern und feige, aber nach ein paar Bier werde ich hemmungslos und will knutschen. Was für ein Glück, dass ich es gar nicht erst versucht habe. Zacke hatte nämlich gerade geheiratet. Einen Mann. Aber wir haben trotzdem unsere Nummern ausgetauscht, waren ein paarmal essen und haben dabei sehr viel gelacht. Mit Zacke gibt es immer was zu lachen. Wenn man sich mit ihm unterhält, hat man das sichere Gefühl, dass alles in Ordnung ist. Dass alles gut wird.

Zacke war damals Art Director bei Chance und verriet mir, dass die Chefredakteurin Johanna eine Redaktionsassistentin für die Buchhaltung und Fotorecherche suchte. Er organisierte ein Vorstellungsgespräch, und eine Woche später fing ich an. Ich bekam zwar nur Zweiundzwanzigtausend im Monat ohne Rentenansprüche, aber ich war trotzdem im Paradies. Ich hatte einen Job! Bei einer richtigen Zeitschrift!

Johanna Flod lebt inzwischen mit ihrem Mann in Florida, und alle in der Redaktion vermissen sie wahnsinnig. Ihr Ersatz, Gunilla Jones, ist kein besonders warmherziger Mensch. Würde man ein Parfüm nach ihr benennen, würde es wohl *Permafrost* heißen. Sie trägt ausschließlich weiße Hosenanzüge, lächelt nie und würde eiskalt eine klapperdürre Frau in einem Eisbärenfell auf die Titelseite setzen, wenn das die Auflage erhöht.

Aber wenigstens verdiene ich heute mehr als am Anfang und darf mich Reporterin nennen. Deshalb will ich mich nicht beschweren. Ich darf über Liebe und Partnerschaft schreiben. Schöne Themen, mit denen ich mich auskenne.

Oder sagen wir lieber: auskannte. Schließlich bin ich gerade erst verlassen worden. Und ich muss auch zugeben, dass mir trotz der leichtfüßigen Themen manchmal die Inspiration fehlt. Nicht selten denke ich dann an Zacke, der wenige Wochen, nachdem ich bei Chance angefangen hatte, kündigte, um sich seinen Lebenstraum zu erfüllen: eine winzig kleine Weinbar auf Södermalm. Das nenne ich mal mutig. Aber echt.

Als ich nach meinem Handy greife, donnert es draußen gewaltig. Ein Unwetter zieht auf. Mein Vater sagt immer, dass man bei Gewitter nicht telefonieren soll, aber ich glaube, es wird noch ein bisschen dauern, bis es Bullholmen erreicht. Oder sagen wir, ich hoffe es. Ich rufe Zacke an und genehmige mir einen großen Schluck Cola Zero, während ich den Klingelzeichen zuhöre.

»Hallöchen, mein Schatz.«

Seine Stimme ist wie Honig, und mir wird schlagartig bewusst, dass ich nicht in Stockholm bin und uns nur wenige hundert Meter trennen, sondern in den Schären, auf einer Insel, vollkommen allein.

»Hallo.«

»Ich warte schon die ganze Zeit auf deinen Anruf.«

»Echt? Warum?«

»Nun ja, es ist Mittsommer, und du bist in der Wildnis. Allein.«

»Kannst du Gedanken lesen?«

»Hast du dir schon die Pulsadern aufgeschnitten?«

»Nein, ich kann meinen Venus-Rasierer für die Göttin in mir nicht finden.«

Zacke lacht. Ich lächle, umgeben von meiner Einsamkeit.

»Was machst du gerade?«, frage ich.

»Ich überlege, in welchen Film wir gehen sollen. Hier in Stockholm ist Scheißwetter.«

»Hier auch. Es hat auch gerade gedonnert.«

»Schwedischer Sommer eben. Das überrascht mich jetzt nicht besonders.«

»Wie geht es Jonathan?«

»Bestens, außer dass die Pollen ihn quälen und er aussieht wie ein Achtzigjähriger. Er ist knallrot im Gesicht. Wahnsinnig sexy. Ich versuche, ihn so wenig wie möglich anzusehen.«

»Oh, der Arme. Gib ihm einen Knutscher von mir.«

»Niemals! Sonst schmiert er nur seinen Schnodder an mir ab. Was hältst du von *Es*?«

»Was?«

»*Es*. Der Film!«

»Du willst über Kino reden?«

»Ja.«

»Du weißt doch, dass ich mich mit Filmen nicht auskenne.«

»Ich weiß, du liest nur Romane, in denen sich Ärzte an Krankenschwestern ranmachen. Ganz hohe Literatur.«

»Vielen Dank auch. Besser sind Clowns, die Kinder essen, oder wie?«

Ich kann förmlich hören, wie Zacke am anderen Ende der Leitung eine Schnute zieht. Zacke kann das tatsächlich so gut, dass man das hören kann.

»Whatever … wie ist das Leben so an der Ostsee?«

»Na ja. Blutig.«

»Was? Wieso?«

Ich hole tief Luft, senke die Stimme, als würde ich überwacht werden.

»Zacke … letzte Nacht wurde ein Mädchen ermordet.«

Es herrscht Totenstille.

»Du machst einen Scherz, oder?«

»Nein.«

»Wie, was, auf … ähm … Kuhholmen?«

»Sehr witzig. Bullholmen heißt die Insel.«

»Aber … warum?«

Ich zucke mit den Schultern. Unsinnig und dämlich, weil mich Zacke ja nicht sehen kann.

»Sie haben ihren Freund festgenommen. Offenbar glaubt die Polizei, dass er sie ertränkt hat. Die sind beide erst neunzehn. Beziehungsweise, sie *war* neunzehn. Das ist alles total verrückt.«

Zacke ruft seinen Mann Jonathan zu sich und erzählt ihm alles brühwarm. Obwohl es in Zackes Version und in seinem Tonfall natürlich wesentlich dramatischer klingt, außerdem dichtet er neue Details hinzu: »Cilla sagt, dass die ganze Insel unter Schock steht« und »Sie wurde mit weit aufgerissenen Augen gefunden«. Jonathans Reaktion besteht aus Schnappatmung und verschiedenen Varianten von »Lieber Gott!«.

Ich grinse vor mich hin. Merke, wie sehr ich die beiden vermisse. Ich vermisse das gute Essen bei ihnen, ihre Wärme und ihre Wohnung am Mariatorget. Ich vermisse sogar Aretha Franklin, die ich im Hintergrund hysterisch bellen höre. Aretha Franklin, so heißt ihr Hund, obwohl wir ihn meistens nur Aretha nennen. Sie ist fast ein Jahr alt. Ein zotteliger Havaneser. Jonathan hat so lange genervt, bis sie sich einen angeschafft haben. Zacke wollte eigentlich nur ein schönes Zuhause, das möglichst frei von Störelementen ist. Aber Jonathan ließ nicht locker, und als er Zacke den kleinen Welpen vorstellte, verliebte der sich sofort. Aretha Franklin hat große Augen, weiches, warmes Fell und sieht aus, als wäre sie nur dafür gemacht worden, von allen geliebt zu werden. Deshalb haben die beiden sie auch gekauft. Aber kaum war Fräulein Franklin bei ihnen eingezogen, zeigte sie ihr wahres Gesicht. Sie übergab sich bevorzugt auf Teppichen, und das täglich, außerdem biss sie einem in die Zehen und pinkelte viel lieber in der Wohnung als draußen. Es existieren sogar Kratzspuren, weil Jonathan versucht hat, sie nach draußen zu schleppen, damit sie ihr Geschäft im Park verrichtet. Aber wenn man sich einen Hund anschafft, dann muss man sich auch darum kümmern. Und ich bin davon überzeugt, dass es Zacke sehr guttut, sich um etwas kümmern zu müssen. Ich sage immer, dass es seine Kanten schleift, ihn weicher macht. Aber das hört er nicht gern.

»Wie schrecklich, Cilla!«, ruft er laut, und ich zucke zusammen und bin wieder in meinem Schrebergarten auf Bullholmen und telefoniere mit ihm.

»Ja, es ist wirklich schlimm. Der Sohn meiner Nachbarin Rosie arbeitet bei der Polizei von Nacka. Deshalb fühle ich mich hier ziemlich sicher.«

»Aha, oho. Ein Polizist. Nicht übel …«

Ich schnaufe. Zacke hat ein geradezu verstörendes Faible für uniformierte Männer. Vor allem für Polizisten und Feuerwehrmänner. Männer, die andere retten oder ihnen zu Hilfe eilen.

»Aber er trug keine Uniform«, sage ich.

»Oh, seid ihr euch gleich schon so nah gekommen?«

»Er *hatte* was an. Aber eben keine Uniform.«

»Wie schade. Sieht er heiß aus?«

Ich muss automatisch lächeln und sehe das weiße Hemd und die gebräunte Haut vor mir. Adam ist groß. Nicht riesig, aber groß. *Sein schwarzer Anzug saß ziemlich stramm, wenn man das so sagen kann.* Ich verdrehe die Augen und weise mich selbst zurecht. Was soll das? Das passiert, wenn man sitzen gelassen wurde. Man wird wahllos und willenlos. Ich werde mich *auf keinen Fall* dem Polizistensohn meiner Nachbarin an den Hals werfen.

»Ja, doch … er sah … nett aus.«

»Nett?«, wiederholt Zacke. »Tschuldigung, sind wir über Nacht achtzig geworden oder wie? Er sah *nett* aus?«

»Du würdest ihn bestimmt heiß finden, Zacke.«

»Das hat leider nichts zu sagen, ich bin überhaupt nicht anspruchsvoll.«

Ich kratze mich am Kopf und höre Jonathan im Hintergrund mürrisch sagen: »Ich kann dich hören!«

»Hatte er so eine sexy Dienstmarke?«

»Hm.«

»Auch eine Waffe?«

»Das habe ich nicht gesehen.«

»Oder einen dicken Knüppel vielleicht?«

»Okay, ich lege jetzt auf.«

»Nein, verzeih! Ich … ich finde es nur so aufregend. Das wäre doch was, eine Inselromanze, nach der Sache mit Danne. Das ist vielleicht genau das, was dir jetzt guttun würde, Cilla. Meinst du nicht?«

Ich schüttle den Kopf, obwohl mich Zacke nach wie vor

nicht sehen kann. Ich weiß, dass er Danne nie leiden konnte. Nicht, dass er das jemals gesagt hätte, dafür ist er *viel* zu gut erzogen. Aber ich habe es gespürt, wenn wir zusammen was unternommen haben.

Zacke fand Danne zu lethargisch. Uninspiriert. Desinteressiert. *Oder ist das womöglich mein Blick auf Danne?* Er ist zwar kein Mann vom Format *Der Bachelor,* aber er war … meiner. Wir waren drei Jahre zusammen. Drei Jahre lang haben wir das Bett geteilt. Ich kann nicht einfach so tun, als hätte es die drei Jahre nicht gegeben. Wenn eine Beziehung endet, stirbt ein Teil von einem selbst. Ich kann mir nicht vorstellen, wie man das anders empfinden kann.

»Ich glaube, ich sollte es mit Männern erst einmal ruhig angehen lassen, Zacke.«

»Wenn du meinst. Es ist auf jeden Fall sehr beruhigend, zu wissen, dass du einen Polizisten in deiner Nähe hast. Ich mein' ja bloß … es war immerhin Mord! Wie gruselig. Du sperrst nachts bitte alle Türen und Fenster zu, ja?«

»Nein, ich lasse alles sperrangelweit offen und lege eine kleine Auswahl an Messern bereit.«

»Ich werte das als ein Ja.«

»Natürlich schließe ich die Tür ab.«

»Sehr gut.«

»Wir vermissen dich!«

»Ich vermisse euch auch. Aber ich versuche, nicht so viel darüber nachzudenken, weil ich sonst sofort zum Hafen rasen und mit der erstbesten Fähre nach Hause fahren würde.«

Zacke lacht.

»Nein, jetzt mal ehrlich. Ich finde, dein Schrebergarten ist das Beste, was du seit Langem gemacht hast.«

»Findest du?«

»Ja. Einen Sommer ganz für dich allein. Tapetenwechsel. Das hattest du wirklich nötig, nach dem, was alles passiert ist.«

Er sagt *alles*, aber meint eigentlich nur Danne damit. So tragisch sich das auch anhören mag, aber genau das war Danne für mich. Alles. Aber immerhin. Heute habe ich meinen Messenger nur fünfmal aktualisiert. Gestern noch mindestens zwanzigmal. *Du machst Fortschritte, Cilla! Echte Fortschritte!*

»Ihr habt mir versprochen, dass ihr mich besuchen kommt«, sage ich. »In ein paar Wochen, richtig?«

»Ja, das haben wir versprochen. Das wird herrlich.«

»Viel Barbecue, viel Wein, viel Badespaß.«

»Das klingt traumhaft!«

»Ist es auch. Es ist echt … süß hier.«

Ich drehe den Kopf und beobachte die Regentropfen, die gegen die dreckige Scheibe hinter mir prasseln. Höre den Donner in der Ferne grollen. Doch, es ist schon ganz schön hübsch hier. Vor allem, wenn man nette Gesellschaft hat. Wie zum Beispiel Zacke und Jonathan. Vielleicht auch Rosie.

»Süße, wir müssen jetzt mal langsam los, ins Kino«, sagt Zacke. »Wir sprechen ganz bald wieder, ja?«

»Absolut. Ich muss auch noch was tun.«

»Ja, woran sitzt du eigentlich gerade?«

»Die Liebesgeschichte von Harald und seiner Neuen, Sonja. Aus *Bauer sucht Frau.* Aber ich habe null Inspiration, mir will einfach nichts einfallen.«

»Geh vor die Tür und rieche an den Rosen.«

»Okay, bis bald. Tschüss.«

Ich lege mein Handy neben mich aufs Sofa, genehmige mir einen Schluck Cola und klappe den Laptop wieder auf. Der Text muss in zwanzig Stunden bei Gunilla auf dem Tisch liegen. Bei ihr und ihrem schrecklichen Rotstift. *Jetzt komm schon, Cilla.* Inspiration ist was für Anfänger.

9

»Hallo?«

Die Stimme klingt blechern. Ina erkennt sie kaum wieder. Wie versteinert sitzt sie da und bekommt kein Wort heraus. Die Stimme in der Leitung wiederholt die Frage.

»Hallo? Wer ist denn da?«

Ina schluckt.

»Hallo Ebba, ich bin es … Ina.«

Jetzt ist Ebba an der Reihe und schweigt.

»Ina?«

»Ja, hallo.«

»Hey.«

»Störe ich dich gerade?«

»Nein, überhaupt nicht. Alles gut. Ich bin nur überrascht.«

»Das verstehe ich. Tut mir leid. Ich brauchte nur jemanden zum Reden. Oder, nicht wirklich zum Reden, nur zum … Hallo sagen.«

Ina sieht aus dem Fenster. Das Gewitter hat die Insel gleich erreicht. Sie kann die Blitze sehen, die kurz hintereinander das Meer unterhalb des Grundstücks aufleuchten lassen, wo die schwarzen Wellen gegen das Ufer schlagen.

»Du hast es schon gehört, oder?«, sagt Ina.

»Ja, ich habe es schon gehört. Voll krass. Das ist doch voll … gestört.«

»Ich weiß. Es ist schon in allen Zeitungen.«

»Caroline. Echt jetzt? Und Benji soll es gewesen sein? Er wurde festgenommen, stimmt's? Das haben die in der Schul-Facebookgruppe gepostet. Bist du da? Also, ich meine auf Bullholmen?«

»Ja, ich bin im Haus meiner Eltern. Das liegt aber auf der anderen Seite der Insel.«

»Ah ja, stimmt. Bist du allein?«

»Hm.«

Erneutes Schweigen. Ina kann Ebba atmen hören. Sie weint aber nicht. Zum Glück. Weinen passt auch nicht zu Ebba. Ina kann sich nicht daran erinnern, sie überhaupt jemals getröstet zu haben. Anders als sie selbst. Sie ist jemand, der ständig getröstet werden muss. Sie ist nicht so stark wie Ebba. Hat nicht so ein dickes Fell.

»Wann hast du sie denn zum letzten Mal gesehen?«, fragt Ina.

»Caroline? Beim Abitur. Da haben wir kurz gequatscht. Aber danach habe ich sie nicht mehr gesehen. Und du?«

»Dasselbe.«

Sie hört der Lüge zu, wie sie einfach so aus ihrem Mund purzelt. Sie schmeckt wie heißer Tee. *Vanille & Karamell.*

»Bist du auch auf der Insel?«, fragt Ina.

»Ja, wir sind gestern ziemlich spät angekommen. Eigentlich wollten wir Mittsommer auf Bullholmen feiern, aber wir sind so spät losgefahren, dass wir dann auf dem Boot im Hafen geblieben sind und gegessen haben. Ich habe praktisch das Boot nicht verlassen, seit wir angekommen sind. Und schon gar nicht, nachdem das alles passiert ist … mit der armen Carro. Wollen wir uns für morgen verabreden? Zum Quatschen?«

»Oh ja, sehr gern. Das wäre toll.«

»Super. Wir schreiben uns morgen, okay?«

Sie beenden das Telefonat. *So viel dazu.* Sie hatte sich mit einer Freundin über den Tod einer gemeinsamen Freundin unterhalten, als wäre es das Natürlichste auf der Welt. Als wären sie alle fünfundachtzig, und Caroline Axén wäre an Altersschwäche gestorben. Oder an einem Schlaganfall.

Der Donner grollt, und die Blitze explodieren draußen, direkt vor dem Fenster. Es wird taghell, und Ina sieht das Fotoalbum, das aufgeschlagen auf dem Küchentisch liegt. Sie starrt wie gebannt auf eine der alten Aufnahmen. Darauf sind vier Mädchen, die Arm in Arm nebeneinanderstehen. Sie sehen fast aus, als wären sie in ein und derselben Fußballmannschaft. Vier fröhliche zehnjährige Mädchen in den Sommerferien auf Bullholmen. In Kleidchen und mit Zahnlücken. Sie waren ein Kleeblatt, das für immer halten würde. Daran hatten sie fest geglaubt. Aber heute sprachen sie kaum ein Wort mehr miteinander.

Ina wendet den Kopf ab. Die Erinnerungen tun weh.

Ina, Ebba, Caroline und Jossan.

Jossan.

Obwohl die jüngsten Ereignisse fast surreal und schrecklich waren, hatten sie Ina nicht wirklich schockiert. Es war nämlich nicht das erste Mal, dass eine Freundin von ihr ums Leben gekommen ist.

Das war schon einmal passiert.

10

Ich wache vom Piepen meines Handys auf. Ich habe eine SMS von meinem Vater bekommen.

Cilla, ruf mich an! Die Zeitungen sind voll davon: Auf Bullholmen ist ein Mädchen ermordet worden. ERMORDET! Was ist das bloß für eine Insel, auf die du da gezogen bist? Wie steht es um deine Schließanlage in deiner Hütte? Doch nicht etwa nur ein Vorhängeschloss, oder? Bist du auch vorsichtig? Hier in Älvsjö haben wir ein digitales Türschloss, und das klappt tadellos. Bist du auch vorsichtig? Bitte, ruf mal an, wenn du kannst. Sussi grüßt schön! Küsschen, PAPA

Ich antworte noch in derselben Sekunde.

Hallo Papa, mir geht es gut! Ich rufe dich später an. Es ist verrückt, dass es ausgerechnet hier passiert ist. Aber ich habe ein sehr gutes Schloss und sitze hier und schreibe meine Artikel über die Liebe – nichts Neues unter der Sonne! Alles wie gehabt. Aber schön ist es hier! Ihr müsst vorbeikommen, unbedingt! Küsschen, Cilla

Es ist wirklich verrückt, dass es ausgerechnet hier passiert ist. Ich hatte noch nie im Leben etwas mit einem Mord zu tun. Und jetzt fühle ich mich fast so, als wäre ich in der neuen TV-Serie »CSI Bullholmen« gelandet. Wenn es denn überhaupt ein Mord war. Aber weshalb sollte sich Caroline einen gefüllten Wassertank an den Knöchel binden und sich ins Meer stürzen? Weil sie sich mit ihrem Freund gestritten hat? Das ist doch ziemlich unwahrscheinlich.

Ich bleibe lange liegen und wälze mich im Bett herum. Nichts Versautes, sondern weil es einfach herrlich ist, sich unter der dicken Kuscheldecke zu räkeln und nicht aufspringen und in die Redaktion hetzen zu müssen. Ich bin gestern ganz gut vorangekommen und werde mich nachher in den Garten setzen und den Artikel fertig schreiben.

Das Gewitter von vergangener Nacht ist nicht mehr als eine blasse Erinnerung. Die Sonne scheint in die schmalen Fenster unterm Dach, und ich kann draußen die Vögel zwitschern hören. Ich starre an die Decke, betrachte die Maserung des weiß lasierten Holzes und überlege, was ich mir zum Frühstück machen soll. Ich könnte mir Scones backen. Im Küchenschrank habe ich mehrere Tüten Mehl gesehen, die meine Vorbesitzerin nicht mitgenommen hat. Ob man das noch benutzen kann? Als Erstes werde ich die Schränke ausmisten und dann einen Großeinkauf im Supermarkt machen. Mit Hinblick darauf, dass ich diesen Sommer nur die Hälfte meines Gehalts habe, weil ich nur Halbzeit arbeite, sollte ich ein paar Rezepte finden, um auf Vorrat zu kochen.

Am besten, ich rufe Zacke noch mal an, der macht die weltbeste Bolognese. Er lässt die Soße stundenlang köcheln.

Vor Kurzem habe ich der TV-Köchin Leila Lindholm dabei zugesehen, wie sie Palak Paneer gekocht hat. Was Indisches aus Spinat und Käse. Dazu ein bisschen Basmatireis. *Herrje, ist das lecker.* Außerdem hält es sich lange. Aber ich werde den Reis nicht einfach nur schnöde kochen, sondern ihn vorher mit Zwiebeln, Rosinen, Sonnenblumenkernen und ein bisschen Kurkuma anbraten, wegen der schönen Farbe. Mir läuft das Wasser im Mund zusammen, und ich strecke mich genüsslich aus, um meinen Körper darauf vorzubereiten, dass ich gleich aufstehe und mir etwas zu essen mache.

Da klopft es an der Tür. *Donk, donk, donk.* Rosie, vermute ich. Ich versuche, mir dieses Mal nicht den Kopf an der Decke zu stoßen. Während ich die Leiter hinunterklettere, beschleicht mich plötzlich ein ungutes Gefühl.

Ist was passiert? Ein zweiter Mord? Treibt womöglich ein Serienmörder sein Unheil auf der Insel? Das wäre so was von makaber.

Ich ziehe mir meinen Bademantel an, reibe mir den Schlaf aus den Augen und mache die Tür auf.

»Guten Morgen.«

Tatsächlich steht Rosie vor mir, ihre Tunika ist heute aus Jeansstoff. Sie scheint schon etwas länger wach zu sein, denn sie ist geschminkt. Ihre Lippen leuchten in Himbeerrot.

»Hallo«, sage ich. »Und täglich grüßt das Murmeltier!«

»Ich weiß! Entschuldige. Es ist niemand gestorben oder so, und ich schwöre, ich wecke nicht jeden Morgen alle Nachbarn. Ich bin ja keine Irre.«

»Alles klar.«

»Ich wollte dich nur darüber informieren, dass heute der

Sonntagsmarkt stattfindet. Ich gehe jetzt dorthin und dachte mir, ich mache unseren Neuzugang mit den Traditionen auf der Insel vertraut.«

Hinter Rosie herrscht Bewegung. Die anderen Bewohner der Kleingartenkolonie haben sich offensichtlich schon auf den Weg zu neuen Abenteuern gemacht. Ich scheine die Einzige zu sein, die gern ausschläft.

»Sonntagsmarkt klingt verlockend!«, sage ich.

»Das ist großartig da! Der findet immer auf der kleinen Wiese oben neben dem Lokal statt. Die Leute verkaufen ihr Gemüse, das sie hier in der Kolonie anbauen, und man kann auch Fleisch von den Höfen auf der Insel bekommen. Und es gibt Holundersaft.«

Ich bin hier in einem Astrid-Lindgren-Buch gelandet.

»Das klingt wirklich wunderbar«, sage ich.

»Prima, los geht's.«

Ich runzele die Stirn.

»Jetzt sofort?«

»Ja, man muss früh da sein, sonst ist alles weg. Ingrid aus der Spargelgasse verkauft ihre Karotten, und die sind unglaublich süß und aromatisch. Wenn du die mit Estragonöl einpinselst und auf den Grill legst – himmlisch! Leider sind die immer schon weg, wenn ich komme. Ich mache uns zwei Becher Kaffee, und dann gehen wir. Bist du in drei Minuten fertig?«

»Habe ich eine Wahl?«

»Nein.«

»Dann bin ich in drei Minuten fertig.«

*

Wir schlendern mit unseren Kaffeebechern den Hügel zum Lokal hoch. Dass Bullholmen gestern von einer Tragödie heimgesucht wurde, sieht man der Insel nicht an. Stattdessen ist die Luft mit dem Lachen spielender Kinder auf Rollern erfüllt, und Paare gehen Hand in Hand spazieren und halten ihre Gesichter mit den Sonnenbrillen in den Himmel. Ab und zu hört man das Horn der Fähre Silverpilen, die gerade unten am Hafen anlegt.

»Ich habe sie vorhin gesehen«, sagt Rosie, als wir oben angekommen sind.

»Wen?«

»Carolines Eltern. Ich war Powerwalken.«

»Du machst Powerwalken?«

»Ja, fünfmal die Woche. In Lycraklamotten und allem Pipapo.«

»Du bist voller Überraschungen, Rosie. Erzähl, wo hast du ihre Eltern gesehen?«

»Das war schrecklich. Ich bin am Hafen vorbeigekommen und habe sie dort auf dem Steg gesehen. Der Vater hat geweint, und Carolines Stiefmutter hat ihn getröstet.«

»Caroline hat eine Stiefmutter?«

»Ja, sie heißt Lena. Carolines leibliche Mutter ist vor ein paar Jahren gestorben. Ludvig, ihr Vater, hat es mir mal erzählt. Er hat heute früh fürchterlich geweint. Das tat mir so unendlich leid. Und nicht weit weg von ihnen saß die Tochter der Stiefmutter und hat gelesen. Diese Familie ist vom Unglück wirklich nicht verschont worden.«

Ich bin gezwungen, meine Sonnenbrille aus meiner dünnen Windjacke zu fischen, die ich mir über die Schulter geworfen habe. Die Sonne blendet zu stark.

»Hast du viel mit der Familie Axén zu tun gehabt?«

»Nicht besonders viel. Ich habe meinen Schrebergarten vor etwa zehn Jahren gekauft, und soweit ich weiß, sind sie seitdem jedes Jahr im Sommer nach Bullholmen gekommen. Die Mutter war zu dem Zeitpunkt schon tot, sie war Stewardess und ist in Thailand tödlich mit einem Taxi verunglückt. Schrecklich traurig das alles. Ludvig und ich haben uns immer nur an Mittsommer gesehen und gegrüßt. Viel weiter sind wir nie gekommen. Ich konnte ihn noch nie besonders gut leiden. Außerdem gibt es da ein Detail, Cilla, das du dir merken solltest. Die Segler bleiben gern unter sich. Und wir Laubenbesitzer verbringen gern Zeit miteinander. Wir spielen also nicht in derselben Liga.« Rosie verdreht die Augen, und ich muss lachen.

»Die schlürfen Austern, und ihr züchtet Karotten?«, fasse ich zusammen.

»Bingo!«

»Und das andere Mädchen, das gelesen hat: Ist sie Carolines Schwester?«

»Jupp. Aber Stiefschwester. Sie sind gleich alt. Lena ist ihre Mutter. Aber ich weiß leider nicht mehr, wie sie heißt. Jess…ika? Oder Jenny? Sie ist eher unauffällig. Ganz anders als Caroline. Die beiden sind grundverschieden.«

»Inwiefern?«

»Na ja, Caroline ist die blonde Partyprinzessin. Und Jenny ist… stiller. Mausgraues Haar, mürrischer Gesichtsausdruck. Ein sehr ungleiches Geschwisterpaar. Ludvig und Lena hingegen sind sich sehr ähnlich.«

»Weißt du, wie lange sie schon zusammen sind?«

»Ludvig und Lena? Mannometer, bist du neugierig!«

»Das ist dein Sohn auch. Verzeih. Berufsbedingt.«

»Schon gut. Ich bin ja genauso. Mein Sohn sagt immer: Wenn das FBI mich eingestellt hätte, um Bin Laden zu suchen, wäre der Fall am 12. September erledigt gewesen. Aber, um deine Frage zu beantworten: Sie sind noch nicht so lange ein Paar. Zumindest soweit ich informiert bin. Ich glaube, ich habe sie letztes Jahr im Sommer das erste Mal zusammen auf Bullholmen gesehen. Da Ludvig bis dahin immer nur allein mit Caroline gekommen ist, gab es viel Tratsch und Klatsch. Kannst du dir ja denken. Auf kleinen Inseln sind die Buschtrommeln noch schneller. Und unter uns gesagt ...«

Rosie lehnt sich zu mir und flüstert mir ins Ohr.

»... hat vor allem Lena davon profitiert, an Ludvigs Seite zu sein. Ich meine, das Boot, auf dem sie gekommen sind, ist allein schon zehn Millionen Kronen wert oder so.«

Mir bleibt fast der Kaffee im Hals stecken. Wie kann es sein, dass einige Menschen so unfassbar viel Geld haben? Haben die das in der Lotterie gewonnen? Saßen sie im Frühstücksfernsehen im Konfettiregen und wurden gefeiert? Oder haben sie das Vermögen geerbt?

Und wieder einmal werde ich erbarmungslos daran erinnert, was für eine unschöne Wendung mein Leben in jüngster Zeit genommen hat. Ich bin nicht mehr eine von zweien. Die Sicherheit – sowohl die ökonomische als auch die emotionale – ist dahin. Fortgeweht wie von einem frischen Sommerwind. Jetzt kann ich mich nur noch auf mich selbst verlassen. Und mit dem Kauf meiner Laube im Radieschenweg 14 sind auch meine Reserven verschwunden. Ich werde noch einige Artikel über die Teilnehmer von *Bauer sucht Frau* verfassen und noch sehr viel öfter das Hörbuch *Auf eigenen Füßen* einschalten müssen.

Rosie schüttelt den Kopf, als hätte sie meine Gedanken gelesen.

»Obwohl mir ja die Fantasie fehlt, was man mit so viel Geld anfangen kann. Ich für meinen Teil habe genug. Es reicht für guten Wein und schöne Bettwäsche.«

Ich lächele sie an.

»Aber weißt du, was ich komisch finde?«, sagt sie.

»Erzähl.«

»Sie ist bestimmt ein toller Mensch, diese Lena. Aber als ich sie das erste Mal sah, letzten Sommer, da kam sie mir irgendwie bekannt vor. Ich weiß nicht warum, aber … irgendwie kannte ich sie von irgendwoher.«

*

Rosie behielt recht. Damit, dass der frühe Vogel die Karotten bekommt, meine ich. Auf dem Sonntagsmarkt wimmelt es von Menschen. Wohin ich mich auch drehe, überall sehe ich farbenfrohes Gemüse, Blumen und Früchte. Es duftet süß und frisch, und mein Herz hüpft vor Freude über all das Schöne. Was für ein Luxus, seine Zeit in so einer Oase verbringen zu dürfen.

»Komm, wir holen als Erstes die Karotten.«

Rosie greift meinen Arm und zieht mich zu einem kleinen Stand mit einer weiß-rot karierten Decke, auf der lauter Körbe drapiert sind, in denen knallorangene Möhren liegen.

»Was machst du eigentlich heute Abend?«, fragt Rosie. »Hast du schon Pläne?«

Außer einer Deadline habe ich nichts vor, und die werde

ich vermutlich schon im Laufe des Nachmittags abhaken können, wenn mich nicht ein Schreibkrampf davon abhält. Ansonsten zeichnet sich mein Dasein gerade durch die Abwesenheit von Plänen aus. Keine Verpflichtungen und keine Zwänge.

»Ich bin frei wie ein Vogel.«

»Prima. Dann könnten wir doch ein paar Herrlichkeiten auf dem Markt kaufen und dann später in meinem Garten grillen. Ich habe eine tolle Flasche Roten da, Cabernet Sauvignon. Na, wie hört sich das an?«

»Traumhaft!«

Wir sehen uns die dünnen, langen Karotten etwas genauer an. Die sehen überhaupt nicht aus wie Karotten aus dem Supermarkt. Diese hier sind viel farbintensiver und auch erdiger. Hier auf dem Land muss man das Gemüse noch selbst sauber schrubben.

»Hallöchen, Rosie.«

Eine dralle Frau mit Strohhut begrüßt uns hinter dem Stand. Sie ist ein paar Jahre älter als Rosie, feine Falten zieren Wangen und Hals.

»Ingrid! Hallo! Wir sind ja so froh, dass es noch Karotten gibt. Wir hatten schon Angst, dass wieder alles ausverkauft ist. Darf ich dir unsere neue Nachbarin vorstellen? Das ist Cilla.«

Ingrid schüttelt mir die Hand.

»Wie schön, Sie kennenzulernen«, sage ich.

»Sie ist gestern in die Laube neben meiner im Radieschenweg gezogen, du weißt schon, die grüne.«

»Oh ja, eine sehr hübsche Laube. Ist das dein erster Sommer hier auf Bullholmen?«

»Ja. Genau. Ich muss zugeben, ich kannte die Insel vorher gar nicht. Ich hatte nur Glück und habe das Inserat in den Kleinanzeigen als Erste gesehen.«

»In diesen Kleinanzeigen findet man einfach alles«, sagt Ingrid. »Außer Männer. Leider. Denn die sind hier auf der Insel echte Mangelware. Hast du einen Mann an deiner Seite, Cilla? Oder eine Frau, kann ja auch sein?«

»Nein. Ich bin Single und versuche, mich gerade von einer Trennung zu erholen.«

Ich spüre Rosies neugierigen Blick und ärgere mich, etwas so Persönliches preisgegeben zu haben. Ich senke den Kopf und sehe mein Spiegelbild in der kleinen Kaffeepfütze, die noch am Boden meines Bechers schwimmt.

»Ja, aber dafür kannst du dich dann voll und ganz deinem Garten widmen.«

Wir plaudern noch eine Weile mit Ingrid und kaufen tatsächlich Karotten. Ich kaufe eine Tüte, Rosie nimmt zwei.

Ich will auch Gemüse anbauen. Meine bisherige Erfahrung mit Pflanzen ist allerdings nicht besonders berauschend. In meiner Wohnung befinden sich zwei kleine Kaktusse aus Plastik von Ikea, die im Wohnzimmerfenster hängen, sowie ein Topf Basilikum in der Küche, der seit März hinüber ist. Doch obwohl ich erwiesenermaßen keinen grünen Daumen habe (außer ich lackiere mir die Nägel grün), habe ich mich für die Insel entschieden. Das Ambiente hat mich hierhergelockt. Das Setting. Das hat gar nichts damit zu tun, dass es mir in meiner Wohnung in Södermalm nicht gefällt oder mir Stockholm auf die Nerven geht, wo ich aufgewachsen bin. Aber mich begleitet seit Langem eine tiefe Sehnsucht. Die Sehnsucht nach einer Welt, die nicht nach Chinarestaurant und Müllabfuhr riecht. Wenigstens für eine Weile. Sehnsucht nach einem farbenfrohen Paradies, in dem Nachbarn miteinander sprechen, Blumen blühen und man im Hintergrund das Meer rauschen hören kann. Geborgenheit. Wenn ich mehr Geld zur Verfügung gehabt hätte, hätte ich mir etwas auf Värmdö oder Dalarö gekauft. Ich habe gehört, dass es dort echt schön sein soll, aber die Häuser kosten eben auch gleich zwanzig Millionen Kronen. Da war mein Radieschenweg 14 deutlich günstiger.

Wir schlendern weiter über den sehr gut besuchten Markt und kommen an einem Stand vorbei, an dem ein Paar, das etwa in meinem Alter ist, selbst gemachten Senf und Zwiebeln verkauft. Rosie flüstert mir zu, dass es die beiden Hipster sind, die in Stockholm ein ökologisches Café eröffnen wollen und in den Sommermonaten auf der Insel Gemüse anbauen. Ein anderer Stand gehört *Tante Frida*, die bestickte Kissenbezüge verkauft, und ein dritter wird von einer Familie mit Kindern geführt, die hausgemachten Holunderblütensirup unter die Leute bringt. Rosie und ich kaufen je eine Flasche davon.

Als wir das Ende des Marktes erreicht haben, hören wir jemanden Rosies Namen rufen. Am letzten Stand in der Reihe steht ein Mann und fuchtelt mit den Armen.

»Komm her!«, ruft er.

Rosie rennt auf ihn zu und umarmt ihn stürmisch. Der Mann trägt ein knallbuntes Hawaiihemd. Die meisten Männer sehen mit diesen Hemden bescheuert aus. Aber diesem Bären von Mann steht es ziemlich gut. In seinem dunklen Vollbart kommen zwei Reihen strahlend weiße Zähne zum Vorschein, als er mich anlächelt und mir seine riesige Hand entgegenstreckt.

»Hey there! Ich heiße Paul.«

Seinem Akzent zufolge kommt er entweder aus den USA oder aus England.

»Hallo. Ich bin Cilla«, sage ich und erwidere den Händedruck.

»Paul gehört die Gaststätte unten am Hafen«, erklärt Rosie. »Du weißt schon, die direkt neben dem Supermarkt. Mit dem kleinen Biergarten.«

»Ja, natürlich. *Pauls* heißt die, oder?«

»Ganz genau«, nickt Paul. »Sie heißt so wie ich.«

»Wow, was für ein Zufall, oder?«

Paul sieht mich verwirrt an.

»Also, ich meine, dass deine Kneipe so heißt wie du? Das ist doch ein lustiger …«

Der Satz ist noch nicht beendet, als ich merke, wie beknackt das klingt. Ich könnte jetzt auch eine von meinen erdigen Karotten aus der Tüte holen und daran nagen. Denn genauso dämlich fühle ich mich.

»Verstehe. Die Kneipe hast *du* eröffnet, darum heißt sie auch wie du.«

»Oh, yes.«

»Entschuldige bitte, die Wärme bekommt mir offensichtlich nicht.«

Der große Teddybär lacht herzlich.

»Kein Problem. Komm doch mal vorbei und probier was von der Karte. Es gibt einige, die es *corky* finden, sein Restaurant nach sich selbst zu benennen. Aber ich verspreche dir, ich werde dem Hype gerecht.«

»Er hat recht«, sagt Rosie. »Da gibt es einen sensationellen Hamburger mit frittierten Zwiebeln und Trüffelmayonnaise. Der ist einfach göttlich. Als würde man an Jesus herumkauen. Oje, das war jetzt ein bisschen versaut …«

»Keine Sorge«, sage ich. »Aber ich finde, dieser Hamburger klingt mehr als göttlich, Paul.«

»Der hat es vielmehr teuflisch in sich. Hat man einen Bissen genommen, muss man ihn aufessen.«

Er lacht übers ganze Gesicht und klopft sich auf den Bauch.

»Das klingt sehr vielversprechend«, sage ich.

»Da fällt mir ein«, sagt Rosie. »Hast du was Neues über den Mord gehört, Paul?«

»Ach, ist das jetzt offiziell ein Mord gewesen?«

»Entweder war es Mord oder der ambitionierteste Selbstmord, von dem ich je gehört habe.«

Pauls Gesichtsausdruck verändert sich schlagartig. Betrübt schüttelt er den Kopf.

»Das ist so schrecklich, ganz furchtbar schrecklich. Dass ein junger Mensch so eine Schrecklichkeit erleben muss. Das ist *total madness*.«

Rosie und ich nicken beide bedeutungsvoll, etwas anderes kann man sowieso nicht tun, wenn es um Caroline Axén geht. Ich bin erst seit zwei Tagen auf der Insel, und trotzdem fühlt es sich an, als hätte ich mich in einem Spinnennetz verheddert. Dass ich mich in einem Schärenparadies befinde, hat überhaupt keine Bedeutung mehr. Seit hier jemand ums Leben gekommen ist, hat sich ein dunkler Schatten über das Idyll gesenkt.

»Allerdings …«

Paul senkt seine Stimme und sieht erst mich, dann Rosie durchdringend an.

»Ich glaube ja, dass sie den Falschen festgenommen haben.«

Rosie reagiert fast unanständig aufgeregt.

»Meinst du wirklich? Warum das denn?«

»Das ist eher ein Gefühl. Das klingt *cuckoo-crazy*, ich weiß. Als wäre ich *some kind of medium*. Aber ich habe Benjamin kennengelernt. Er war hier letzten Sommer, zusammen mit seinen Eltern. Er kam bei mir vorbei und hat gefragt, ob er bei mir jobben kann. Geschirr spülen oder so etwas. Wollte sich ein bisschen *pocket money* dazuverdienen.«

»Und hat er das?«

»Oh, yes. Und wie fleißig der war. Pünktlich, nett und sehr lustig. *He made me laugh, that kid.*«

»Aber… man weiß nie, wie die Leute wirklich sind«, werfe ich ein. »In solchen Situationen, meine ich.«

Ich hoffe sehr, dass mir das nicht als zu zynisch angelastet wird. Aber die vergangenen Jahre als Journalistin bei der Zeitschrift haben mich einiges gelehrt. Fassade ist das eine, die Wirklichkeit das andere. Manchmal erhalten wir Tipps und Hinweise auf dunkle Geheimnisse, die wir niemals veröffentlichen würden. Missbrauch, Racheaktionen und – ja, uns wurde sogar einmal etwas über einen Auftragsmord gesteckt.

»Da hast du natürlich vollkommen recht.« Paul nickt. »Und normalerweise würde ich auch denken: *Wow, das hätte ich wirklich nicht für möglich gehalten.* Aber bei Benjamin ist es anders. Er hat so freundliche, warme Augen. Er mag Mädchen, *that's for sure*, aber … ich glaube einfach nicht, dass er zu so etwas fähig ist. Er ist nicht der Typ dafür.«

Wir schweigen. Alle drei. Und denken an ihn, an Benjamin.

Einen jungen Mann, der eines Mordes beschuldigt wird, den er vielleicht gar nicht begangen hat. Oder aber doch. Vielleicht war doch er es, der Caroline einen Wasserkanister ans Fußgelenk gebunden und sie damit auf dem Meeresboden versenkt hat. Vielleicht ist er alles andere als der nette, pflichtbewusste junge Mann, den Paul in ihm sieht.

Ich muss an das denken, was ich vor zwei Tagen gesehen habe. In der Nacht von Mittsommer. Wie Caroline wutentbrannt davongestürmt ist. Und wie Benjamin in die entgegengesetzte Richtung gegangen ist. Zurück zum Lokal. Natürlich kann er es sich später anders überlegt haben und ihr gefolgt sein. Vielleicht hat er eine Abkürzung genommen, die ich nicht kenne. Aber die eine Frage will mir nicht aus dem Kopf. Warum ist er nicht sofort hinter ihr hergelaufen, wenn er vorgehabt hatte, sie umzubringen? Und was für eine Bedeutung hat der Wasserkanister?

»Außerdem habe ich ihn an dem Abend noch gesehen«, sagt Paul da.

Rosie und ich sehen ihn neugierig an.

»Tatsächlich?«

»Yes, oben beim Lokal.«

»Und wann war das?«

»Später – er war hinter dem Haus, bei den Büschen.«

»Hast du das der Polizei gesagt?«, fragt Rosie.

»God, yes! *Are you crazy?* Die haben doch fast alle auf der Insel verhört. Ich habe ihnen gesagt, dass ich ihn zusammen mit einem jungen Mädchen gesehen habe, die war in seinem Alter.«

»Aber das war nicht Caroline?«

»Nein. Ich hatte zwar auch einen sitzen, das ist so an

Mittsommer. Die Schweden schütten einen so voll mit Alkohol, dass man davon ohnmächtig wird. *Crazy Swedes!*«

»Du hast ihn also mit einem Mädchen gesehen, das nicht Caroline war?«

»Hm.«

»Und was haben die da gemacht?«

»Sie haben geredet. Ich war draußen, um eine zu rauchen. Da habe ich sie gesehen. *I promise you* – ich rauche nur, wenn ich *intoxicated* bin!«

»Ich auch!«, sage ich.

Rosie mustert Paul eindringlich.

»Und deine Aussage hat die Polizei nicht weiter interessiert?«

»Sie haben es notiert. Aber etwas sagt mir, dass sie davon überzeugt sind, den Richtigen schon geschnappt zu haben. Aber ich wollte es unbedingt zu Protokoll geben, damit sie nicht denken, ich halte was zurück. *Right?* Und ich habe Benjamin an dem Abend mit einem anderen Mädchen gesehen.«

»Aber woher weißt du denn, dass es nicht Caroline war?«, fragt Rosie erneut.

»Weil sie rote Haare hatte.«

11

Jenny liegt in ihrem Bett, aber kann nicht schlafen. Alles schaukelt. Schwerelos, wie im Weltraum. Sie hat sich noch nicht daran gewöhnt. An das Leben auf einem Segelboot.

Es ist ein sehr merkwürdiges Leben. Obwohl ihre Mutter (nach vielen Jahren der verzweifelten Suche) endlich einen Mann mit Geld gefunden hat, und obwohl das Segelboot viel geräumiger und luxuriöser ist als die meisten anderen im Hafen von Bullholmen, ist es auf einem Segelboot eng. Man muss sich immer bücken, überall, wo man hingeht. In der kleinen Küche ist nur Platz für eine Person, die Toilette hat die klaustrophobische Enge eines Schrankes (außerdem muss man sein Pipi und seine Scheiße eigenhändig abpumpen), und Jenny hat sich mehr als einmal den Kopf an der Decke gestoßen, auf dem Weg nach oben ins Cockpit.

Zu Hause in Västertorp wird ihr nie schwindelig. Die kleine Dreizimmerwohnung ist vielleicht nicht so gemütlich, dafür wird ihr dort wenigstens nie schlecht.

Das ist schon der zweite Sommer, den sie mit ihrer neuen Familie im Hafen von Bullholmen verbringt. Drei fast qualvolle Wochen auf einer Insel. Mit ihrer Mutter, einer neuen »Schwester« und einem neuen »Vater«.

Das Wetter letztes Jahr war unerträglich schön.

Jenny hasst gutes Wetter.

Das stellt zu hohe Anforderungen und macht ihr Angst. Sie findet dunkle Wolken, Regen und Gewitter viel besser. Witterungsverhältnisse, die wesentlich geeigneter sind, wenn man in Ruhe in seiner Koje liegen und lesen will. So würde Jenny am liebsten ihr ganzes Leben verbringen. Ungestört gute Bücher lesen. In Ruhe gelassen werden. Wegen des aufdringlich guten Wetters letzten Sommer hatte sich ihre Mutter mehrmals am Tag dazu genötigt gefühlt, sie aufzufordern: *Hallo? Es ist so schönes Wetter. Raus mit dir, mach einen Spaziergang, unterhalte dich mit den Leuten hier. Häng mit Caroline ab und geh schwimmen! Verhalte dich bitte einmal wie ein richtiger Teenager!*

Und das hatte Jenny auch getan. Aber nur, weil sie sich gezwungen fühlte und keine Szene machen wollte. Aber es war schrecklich gewesen. Sie stellte immer wieder fest, dass sie für so etwas einfach nicht gemacht war. Beziehungen. Soziale Interaktion. Genau genommen jede Art von Beziehung. Sie hatte tatsächlich gedacht, dass dieser Sommer nicht schlimmer werden konnte als der vergangene. Gestern waren sie im Hafen eingelaufen und hatten festgemacht, und heute Morgen war ihre neue »Schwester« Caroline Axén tot aufgefunden worden. Ertränkt.

Die beiden vergangenen Tage hatten sich angefühlt wie im Film. So merkwürdig. Alles fing damit an, dass sie von einem Schrei geweckt wurde. Ein Schrei, der ihr wie ein eiskalter Stich durch den Körper gefahren war. Jenny war aus ihren Träumen gerissen worden und aus dem Bett gesprungen. Als sie nach oben an Deck kam, war ihre Mutter dort zusammengesackt. Ihr Stiefvater Ludvig Axén hatte hilflos neben ihr gestanden und gezittert. Zwei Menschen, vermutlich Polizisten, hatten mit ihnen gesprochen.

Jennys Herz hatte so laut geschlagen, dass sie Angst gehabt hatte, es würde explodieren. Einfach aus ihrem Brustkorb geschleudert werden und als blutiger, zuckender Klumpen auf den feinen Lexingtonpolstern im Cockpit landen.

Caroline war so eine, die früher oder später in Schwierigkeiten geraten würde. Die eines Tages vom Meer verschlungen werden würde. Vielleicht, weil es ihr einfach viel zu gut ging. Weil sie *zu* schön war, *zu* viel Glück hatte. Es war nur logisch, dass eine höhere Macht sie eines schönen Tages beseitigen würde, um das Gleichgewicht auf der Erde wiederherzustellen.

Achtzehn Stunden waren vergangen, seit sie die Nachricht bekommen hatten. Mittlerweile war Carolines Freund festgenommen worden. Jenny hatte nie etwas *gegen* Benjamin gehabt. Ganz im Gegenteil. Aber ihr waren Menschen mit einer so glatten Fassade immer schon suspekt gewesen. Denn auch Benjamin war zu gut, um wahr zu sein. Zu gut aussehend, zu durchtrainiert, zu charmant. Immer einwandfrei angezogen und natürlich der Beste in seinem Fußballverein. Er roch sogar umwerfend gut. Der ultimative Freund, eine wandelnde Reklame für Aftershave. Und jetzt hat ihn die Polizei einkassiert. Das ist nur gerecht.

Auf dem Segelboot ist es in den letzten achtzehn Stunden verdächtig still gewesen. Leise und fast ängstlich schaukelt es am Pier. Ludvig redet in Abständen mit der Polizei.

Ihre Mutter sitzt oben und weint die ganze Zeit. Sie haben die Plane über den Sitzbrunnen gezogen, damit niemand ins Boot sehen kann. Dort oben sitzt ihre Mutter und starrt durch das durchsichtige Fenster der Plane in den Abendhimmel und hinaus aufs Meer.

Seitdem Ludvig und ihre Mutter sie über die Ereignisse informiert haben, herrscht Schweigen. Auch beim Abendessen gestern hatten alle geschwiegen. Räuspern, leises Schluchzen und schweres Seufzen. Jenny weiß nicht, wie sie sich dazu verhalten soll. Sie kannte Caroline nicht, nicht *wirklich*. Seit zwei Jahren waren sie Stiefschwestern, hatten aber in dieser Zeit nicht besonders viel miteinander zu tun gehabt. Sie waren wie von zwei verschiedenen Planeten. Deshalb trauert Jenny auch nicht um sie, sie hat eher das Gefühl, in der … Dunkelheit zu verschwinden. So dunkel wie die Welt. In der Menschen einfach auf dem Meeresgrund versanken.

Ihre Mutter stößt einen schrillen Schrei aus, und Ludvig geht hoch an Deck, um sie zu trösten. Jenny kann das alles durch die dünne Wand ihrer Kabine hören.

Sie steckt sich die Kopfhörer in die Ohren und macht Klaviermusik an – die einzige Musik, bei der man gleichzeitig lesen kann. Dann schlägt sie ihr Buch auf – *Sturmhöhe* von Emily Brontë – und taucht ab in eine Welt, die sie nicht überfordert.

12

»Und … erledigt!«

Ich sehe, wie meine Mail mit meinem Artikel an Gunilla Jones versendet wird, und klappe meinen Laptop zu. Dann drehe ich mich zu Rosie. Die jubelt laut auf und hebt ihr Glas in die Luft.

»Gut gemacht! Und perfektes Timing. Das Essen ist gleich fertig.«

»Wunderbar.«

Wir sitzen in Rosies zugewachsenem Garten. Sie hat zur Feier des Tages ihre beste Investition seit Jahrzehnten aus dem Schuppen geholt, eine Muurikka. Zuerst dachte ich, sie spricht von einer finnischen Stripperin, aber als Rosie eine gigantische Grillpfanne präsentierte, wurde mir ganz warm ums Herz. Sie sah aus wie die Antwort der Haute Cuisine auf ein Raumschiff. Eine große Grillplatte aus Stahl, die von unten mit Gas erhitzt wird und auf der man alles grillen kann, was das Herz begehrt.

In diesem Moment liegen zwei dünne Fladenbrote auf der Muurikka. Sie sehen aus wie Naanbrot, sollen aber am Ende zu Pizzen werden. Rosie pinselt die heißen Fladen mit

Öl ein und wendet sie. Es zischt und duftet himmlisch gut. Schlagartig befinde ich mich in der Toskana, neben mir eine italienische *Mamma*, die Essen kocht. Aber Rosies starker, jämtländischer Dialekt macht es unmissverständlich, dass wir weit entfernt sind von Weinranken und sanft geschwungenen Hügeln.

Ich schenke mir einen blumigen, fruchtigen Grauburgunder aus dem Elsass ein und proste Rosie zu.

»Das ist so ein gutes Gefühl, den Artikel abgeschickt zu haben«, sage ich. »Dieser Artikel war so sperrig, der ist mir richtig schwergefallen.«

»Verstehe. Gibt es dafür einen Grund?«

»Na ja, manchmal ist es einfach zäher. Unsere Beziehungsreportagen in der *Chance* sind immer fünf Seiten lang und folgen einem bestimmten dramaturgischen Muster.«

Rosie runzelt nachdenklich die Stirn.

»Was bedeutet das?«

»Es ist so: Zuerst schildert man, wie sich die beiden ineinander verliebt haben, dann welche Probleme auftauchten und wie sie kurz vor der Trennung standen. Dann folgen die Versöhnung und das Happy End.«

»Wie in so einer Liebesschmonzette?«

»Ganz genau, wie in so einer Liebesschmonzette.«

»Und was machst du, wenn dein Paar keine Probleme gehabt hat?«

»Alle Paare haben Probleme. Wenn sie nicht so deutlich zu erkennen sind, dann versuchen wir … gewisse Details zuzuspitzen.«

»Aha, verstehe. Ihr Intriganten!«

»Absolut!«

»Himmel, Cilla. Das ist ein Traumjob, den du da hast.«

»Ach Quatsch.«

»Doch, wirklich jetzt!«

Sie lässt die Muurikka allein und kommt mit ihrem Weinglas in der Hand auf mich zu.

»Und ich habe mein ganzes Leben hinter der Fischtheke im Supermarkt verbracht. Nicht, dass ich das bereue, mir hat das da ganz gut gefallen. Aber dreißig Jahre lang Dorsch zu filetieren, kann man jetzt nicht gerade als einen ›spannenden Job‹ bezeichnen.«

»Du hast da dreißig Jahre lang gearbeitet?«

»Ja, fast. Ich bin in einem Vorort von Östersund aufgewachsen, aber dann habe ich Lennart kennengelernt, meine große Liebe. Adams Vater. Er war so elegant und fesch, wie Adam heute aussieht. Außerdem kam er aus Stockholm, und deshalb bin ich mit dreißig in die Großstadt gezogen. Wir haben eine Wohnung in der Rindögatan gefunden, eine traumhafte Dreizimmerwohnung mit Balkon.«

Rosie sieht in den Himmel und bekommt einen verklärten Gesichtsausdruck.

»Wohnst du da heute nicht mehr?«, frage ich.

»Nein, ich habe mich verkleinert. Und zwar buchstäblich. Ich bin eine Etage tiefer gezogen. Als Lennart vor zehn Jahren an Krebs starb und Adam ausgezogen ist, wollte ich nicht allein in so einer großen Wohnung bleiben.«

»Oh, mein Beileid.«

Rosie wedelt meine Worte mit der Hand weg, als wären sie lästige Wespen.

»Ach was, das ist doch schon so lange her. Aber danke trotzdem. Meine kleine Zweizimmerwohnung ist auch sehr gemütlich. Und vor allem viel günstiger. Außerdem habe ich ja auch noch meine kleine Laube hier.«

Ihr Blick gleitet liebevoll über das Grundstück. Ich wünschte, ich würde meinen Garten auch eines Tages so ansehen.

»Hast du deshalb die Laube damals gekauft?«, frage ich. »Als dein Mann starb?«

»Ja. Das habe ich. Es war traumhaft, auf die Insel zu fahren. Nicht, dass ich es in der Innenstadt nicht schön finde, aber ich liebe es, mit der Fähre vom Nybrokai abzulegen und direkt in diesem kleinen Paradies zu landen. Wunderbar.«

Ihr Blick wandert zurück zur finnischen Grillplatte, und sie stemmt eine Hand in die Hüfte.

»Kann losgehen. Essen ist fertig!«

Eine Stunde später sitzen wir noch immer auf den großen Rattanstühlen an Rosies Tisch auf der Veranda. Es ist noch gar nicht so lange her, dass sich unsere Teller unter dem Essen bogen. Rosie hat zwei Sorten von Pizza gemacht – eine mit Mascarpone, eingelegten Zwiebeln und Rucola, die andere mit Philadelphia, gerösteten Tomaten aus dem Ofen und einem Haufen Basilikum. Die schmeckten beide herausragend gut. Dazu haben wir uns eine Flasche Wein aufgemacht – dieses Mal den versprochenen Cabernet Sauvignon – und lauschen dem Zwitschern der Vögel, die im Baum hinter uns herumhüpfen.

»Du hättest Koch werden sollen, Rosie. Das Essen war überirdisch gut. Ich kann mich nicht erinnern, jemals eine so leckere Pizza gegessen zu haben.«

»Du bist süß, Cilla. Es ist noch gar nicht so lange her, dass sich meine Kochkünste auf Fischstäbchen und Kartoffelbrei aus der Tüte beschränkt haben. Du kannst gerne Adam fragen, was es bei uns früher zu essen gab. Ich habe erst als Rentnerin mit dem Kochen angefangen. Jetzt habe ich Zeit dafür. Außerdem kann man nicht den ganzen Tag die Blumen gießen oder Unkraut jäten, stimmt's?«

Sie lacht. Und ich muss an Adam denken. Er scheint sein Aussehen von seinem Vater geerbt zu haben. Nicht, dass Rosie nicht reizend aussieht, aber als wir drei gestern hier im Garten zusammengestanden haben, wäre ich niemals auf die Idee gekommen, dass in den Adern der beiden dasselbe Blut fließt.

»Hat Adam Geschwister?«, frage ich.

Rosie schüttelt den Kopf.

»Nein. Es blieb bei dem einen Kind. Du musst wissen, Cilla, ich war nie so eine Frau, die am liebsten einen ganzen Kindergarten zu Hause gehabt hätte. In diesem Punkt habe ich mich gewaltig von den anderen Frauen in meiner kleinen Heimatstadt unterschieden. Dort bekamen die Leute so viele Kinder wie ihre Kühe Kälber. Dieses Leben fand ich nie besonders verlockend.«

»Aber mit Lennart hast du dann doch ein Kind bekommen?«

»Ja, das war nicht geplant. Aber natürlich trotzdem heiß geliebt.«

»Daran zweifle ich keine Sekunde.«

Ich nehme einen Schluck Wein und denke an schöne, breite Schultern … ich meine an Adam. Was er wohl gerade macht? Ob er noch arbeitet? In meiner Vorstellung arbeiten

Polizisten oft bis spätabends. Stehen die nicht immer vor Whiteboards, auf denen ein Haufen Fotos klebt, und malen Pfeile und Fragezeichen? Und lösen Fälle wie andere Leute Kreuzworträtsel? Oder er ist schon bei sich zu Hause? Und sitzt allein im Dunkeln und trinkt Whiskey? Nein, das ist nicht sein Stil. *Vielleicht ist er gar nicht allein?* Vielleicht ist er verheiratet, was weiß ich denn schon? Vielleicht sitzt er mit seiner Frau am Abendbrottisch? Erzählt ihr von den Ereignissen des Tages und dem neuesten Fall, und dann besprechen sie, ob sie nächstes Wochenende die Freunde in ihrem schönen Sommerhaus besuchen sollen?

Ich schiele rüber zu Rosie.

»Hat Adam eine Freundin?«

Rosie sieht mich mit gehobener Augenbraue an. Das hätte ich wahrscheinlich auch getan, wenn ich sie wäre. *Wo kam denn bitte diese Frage jetzt her?*

»Warum?«, fragt sie. »Bist du interessiert?«

»Was? HAHA! Nein. Nein, nein. Oh Gott, nein. Nein. Nein.«

»Was hast du gesagt? Nein?«

Sie grinst.

»Ich bin nur neugierig. Das liegt an meinem Job. Der Familienstand ist das A und O. Ich denke halt einfach immer in Infokästchen.«

»Verstehe, verstehe. Was mich anbetrifft, ist dieses Infokästchen leer. Wie du wahrscheinlich schon längst bemerkt hast, bin ich so sehr Single, wie man es nur sein kann. Mein Familienstand: Karotten.«

Ich lache.

»Aber, um deine Frage zu beantworten: ungewiss. Was

Adam anbetrifft, meine ich. Er hatte in den letzten Jahren eine On-and-off-Beziehung mit einer ›Frau‹ namens Sabina.«

Rosie macht Anführungszeichen in die Luft.

»Ich höre da raus, dass du von dieser Sabina nicht besonders begeistert bist?«

»Sie ist in Ordnung. Alles bestens. Aber sie ist eher ein Mädchen, wenn du weißt, was ich meine. Sie wohnt auf Östermalm und hat so lange Nägel, dass ihre Hände wie Krallen aussehen. Wie ein rosaroter Edward mit den Scherenhänden. Nur in hübsch. Sie ist ein Püppchen.«

Ich schlucke und nicke. *Natürlich hat er so eine Braut am Start.* Das hätte ich mir doch denken können. Ein Paar muss schließlich auch optisch zusammenpassen.

»Aber es ist nicht einfach, mit ihr zusammenzuleben, soweit ich das verstanden habe.«

»Warum? Inwiefern?«

»Du schreibst doch keinen Artikel darüber, oder?«

Ich schüttele den Kopf.

»Sie hat Stimmungsschwankungen. Schreit viel. Dann haut sie ab. Um kurz darauf zurückzukommen und ihm zu sagen, dass sie ihn liebt und mit ihm den Rest ihres Lebens verbringen will. Verstehst du, was ich meine? Ein hartes Stück Arbeit.«

Ich muss an Danne denken. Unsere Beziehung ist alles andere als dramatisch gewesen. Nicht, dass eine Beziehung zwangsläufig immer dramatisch sein muss. Aber Dramaqueens scheinen mir immer guten Sex zu haben. Ich kann Edward mit den Schere…, ich meine Sabina, regelrecht vor mir sehen. Wie alles an ihr nach Sex schreit, auch wenn sie

Adam zum Teufel schickt. Sie wird nach Honig und frisch gewaschener Kleidung riechen, und ich werde niemals so eine Frau sein.

Ich frage mich, ob sie zu der Sorte Paar gehören, die in der Dusche Sex haben, so wie in den Filmen. *Hundertprozentig.* Wetten? Danne und ich haben das einmal versucht – Sex in der Dusche. Beziehungsweise war es keine Dusche gewesen, sondern die winzige Sitzbadewanne in unserer Wohnung. Am Anfang war es lustig und schön gewesen, aber dann bin ich auf der Tube mit der Haarspülung ausgerutscht, und Danne ist der Duschkopf auf den Fuß gefallen. Er hat so laut geschrien, dass ich fest davon überzeugt war, einen Tinnitus zu haben.

Rosie und ich sitzen schweigend nebeneinander und lauschen den Vögeln und dem Zischen der Grillkohle auf dem Nachbarsgrundstück.

»Das ist hier wirklich ein kleines Paradies«, sage ich nach einer Weile. »Die Insel, meine ich.«

»Recht hast du. Allerdings ein Paradies mit einer dunklen Seite.«

»Meinst du Caroline?«

Rosie nickt und nimmt einen Schluck Wein.

»Ich kann es noch immer nicht glauben.«

»Geht mir genauso.«

»Statistisch gesehen, ist bei Gewaltanwendung in einer Beziehung – oder im schlimmsten Fall Mord – in der Regel immer der Mann schuld. Deshalb wundert es mich auch nicht, dass sie Benjamin verdächtigen.«

»Aber Paul war da anderer Meinung.«

»Stimmt. Das hörte sich vorhin an, als wäre Benjamin

ein Heiliger. Aber wir wissen ja alle, dass der Schein trügen kann. Manchmal wird mir ganz mulmig zumute, wenn ich mir vorstelle, wozu Menschen fähig sind.«

Mir läuft es kalt den Rücken hinunter. Warum muss es so viel Grausamkeit in der Welt geben. Und ich meine damit nicht nur Kriege, Fremdenfeindlichkeit und so weiter, sondern auch Menschen, die einfach den Verstand verlieren. Das sind Menschen, die ein paar Häuser weiter wohnen. Oder in der Wohnung unter einem. Oder es sind Kollegen. Das finde ich richtig gruselig. Aber auch ein bisschen aufregend. Und schon wieder muss ich an Marga denken, unsere freie Redakteurin, die bei Chance für die Kriminalreportagen zuständig ist. Das ist ein ziemlich harter Job. Sie kocht dramatische Schicksale auf das Niveau einer Boulevardzeitung mit hohem Unterhaltungswert herunter. Und wenn man das gut macht, dann hat das ganz viel mit Psychologie und Menschenkenntnis zu tun. Das ist schon verlockend. Marga ist echt taff, ich bewundere sie. Sie taucht tief in ihre Storys ein. Das habe ich zu Beginn auch getan, als ich mit den Liebesreportagen anfing. Aber wenn ich ganz ehrlich sein soll, dann muss ich zugeben, dass bei mir die Luft raus ist. Wie viele Jahre meines Lebens kann ich noch damit verbringen, die Teilnehmerinnen von *Single-Mamas suchen die Liebe* zu interviewen und sie nach ihren besten Urlaubstipps zu befragen? Soll ich das bis ans Ende meiner Tage machen? So wird es kommen, wenn ich nie den Mut haben werde, etwas Neues auszuprobieren.

Ich seufze. Rosie sieht mich an.

»Was ist los, Cilla? Woran denkst du?«

»Ich weiß nicht … an den Mord, glaube ich?«

»Wie meinst du das?«

»Na ja … an die Art und Weise, wie Caroline umgebracht wurde. Jemand hat sie … ertränkt, ihr etwas Schweres ans Bein gebunden und sie ins Wasser gestoßen. Das ist so … *brutal.*«

»Da gebe ich dir absolut recht.«

»Warum hat Benjamin sie so getötet? Das ist so kompliziert und ausgeklügelt … Wollte er die Leiche beiseiteschaffen? Damit ihn niemand findet?«

Rosie schüttelt mit Nachdruck den Kopf und nagt an einem Pizzarest, der noch auf ihrem Teller lag.

»Nein, das kann ich mir nicht vorstellen. Sie wurde auf der anderen Seite der Insel gefunden, wo das Wasser ziemlich seicht ist. Der Täter muss gewusst haben, dass sie dort schnell gefunden wird. An seiner Stelle hätte ich sie zerstückelt.«

Mir bleibt der Cabernet Sauvignon im Hals stecken.

»Rosie!«

»Tschuldigung! Ich meine ja nur, dass das die geschmeidigste Art und Weise ist, um eine Leiche *loszuwerden.* Das oder verbrennen. Aber damit hätte er zu viel Aufmerksamkeit erregt.«

»Allerdings.«

Erneutes Schweigen. Der Himmel hat jetzt die Farbe einer Moltebeere angenommen. Ein warmes, sattes Orange. Die letzte Fähre nach Stockholm legt bald ab. Das wissen wir, weil der heisere Ton des Gleich-geht-es-los-Horns über die Insel schallt.

»Aber sag mal, Rosie …«

»Ja, bitte?«

»Du hast von einer anderen Sache gesprochen, die vor

Jahren auf der Insel vorgefallen ist. Einem weiteren … Todesfall.«

»Ja, genau. Der Grubenmann.«

»Der Grubenmann?«

»Ja, so wurde er genannt. Eine richtige Bullholmenlegende. Nicht weiter bemerkenswert, weil jede Schäreninsel ihre eigene Legende hat.«

»Hat der Grubenmann hier auf der Insel jemanden umgebracht?«

Ich höre selbst, wie albern das klingt, aber Rosie antwortet todernst.

»Einige sind davon überzeugt. Aber meiner Ansicht nach ist das alles viel komplizierter gelagert.«

»Wer ist denn gestorben?«

»Ein junges Mädchen. Josefine hieß sie. Das war furchtbar tragisch, sie war nicht älter als zehn Jahre. Ich kann mich gerade nicht an ihren Nachnamen erinnern, aber sie war die Tochter einer dieser superreichen Familien, die den Sommer auf ihrer Jacht hier im Hafen verbracht haben. Ich weiß zufällig ganz genau, dass es zehn Jahre her ist, weil ich in dem Jahr meinen Schrebergarten gekauft habe. Oh Gott, stimmt ja. Ich hoffe nicht, dass du glaubst, Bullholmen begrüßt alle Neuankömmlinge mit einer Leiche?«

»Keine Sorge. Aber was ist damals passiert?«

»Der Fall ist bis heute nicht geklärt. Ich habe meinen zauberhaften Sohn schon des Öfteren terrorisiert, um an Informationen zu kommen, aber er ist in dieser Hinsicht sehr verschwiegen. Der Täter war kein Erwachsener, sondern ein Kind. Beziehungsweise waren es Kind*er*. Deshalb wurde es auch so kompliziert.«

Ich wische mir die Mascarponecreme aus den Mundwinkeln.

»Kinder? Wie schrecklich.«

»Ja, eine waschechte Tragödie. Die Geschichte kam nie in die Zeitungen, aber auf der Insel ist sie auch heute noch Gesprächsstoff. Die Leute fragen sich, was dem armen kleinen Mädchen passiert ist. Ich meine, ich weiß ja nicht, wie du so drauf bist, aber ich für meinen Teil traue Legenden nicht über den Weg. Es war auf jeden Fall nicht der Grubenmann, der Josefine umgebracht hat.«

Ich nicke. *Der Grubenmann*. Das klingt wie der Titel einer Geschichte, die mir meine Mutter in ihren klaren Momenten erzählt haben könnte, als ich klein war. Niemand konnte so spannende Geschichten erzählen wie meine Mutter. Sie hat mir beigebracht, wie man *richtig* erzählt. Bei ihr habe ich immer eine Gänsehaut bekommen, aber aus Wohligkeit. Mein Vater, dem ich leider viel zu ähnlich bin, hatte die Rolle des Übervorsichtigen. Meine Mutter hingegen stand für Abenteuer und Spannung.

Ich muss unwillkürlich an Carolines Vater denken. Ist man noch Eltern, auch wenn das Kind gestorben ist? Oder wird man dann wieder zu einem kinderlosen Menschen?

»Bei dieser Sache stimmt doch etwas nicht, oder?«, sage ich.

Rosie nickt.

»Du hast recht. Es stinkt zum Himmel. Ich kann mir beim besten Willen nicht vorstellen, dass dieser Benji es gewesen ist. Man versenkt niemanden spontan im Meer. Und es ist auch etwas vollkommen anderes, als jemanden aus Versehen oder so umzubringen. Gewalt in Liebesbeziehungen sieht auch in der Regel ganz anders aus, sie ist viel aggressiver, impulsiver. Das hier war von langer Hand geplant. Jemand …«

Sie holt tief Luft.

»Jemand wollte sie quälen.«

13

Ina und Ebba sitzen auf dem Pier im Hafen und essen Eis. Als wäre alles wieder so, wie es früher einmal war.

Aber sie sind keine zehn mehr. Sie sind neunzehn. Ihre Kindheit ist vorbei, die Welt liegt ihnen zu Füßen. Es wird Zeit hinauszugehen, das Leben in die Hand zu nehmen.

Ina trägt ein hellblaues Sommerkleid, Ebba ein Paar kurze Jeansshorts und ein kariertes T-Shirt, das sie unter der Brust geknotet hat. Ina schielt zu Ebba rüber. Warum muss sie bloß immer so verdammt gut aussehen? Obwohl ihre Freundin von früher gerade ermordet worden ist, schafft sie es, wie Ariane Grande auszusehen.

Weiter hinten liegen die Segelboote und schaukeln im Wasser. Eines davon gehört Carolines Familie, ein anderes Ebbas Familie.

Ina kann sich nicht erinnern, wann sie das letzte Mal mit Ebba zusammen Eis gegessen hat. Natürlich haben sie sich in den vergangenen Jahren in den Sommerferien mal *gesehen*, also sich zugewunken und gegrüßt. Was sie nur daran erinnerte, dass sich ihr Leben seit jenem Sommer vor zehn Jahren für immer verändert hatte.

»Und wie ist es? Wieder hier zu sein?«, fragt Ina.

Ebba zuckt mit den Schultern.

»Geht so. Ist wie immer.«

Sie leckt an ihrer Eiswaffel und lächelt, ein typisches Ebbalächeln, das nur sie beherrscht. Obwohl Caroline – rein objektiv betrachtet – eindeutig die Hübscheste in der Gang gewesen ist, hatte Ebba in Inas Augen schon immer eine besondere Ausstrahlung gehabt. Sie war schön, aber eher auf den zweiten Blick. Es umgab sie etwas Geheimnisvolles.

»Eigentlich wollte ich mit Abbe Bengtsson und seinen Leuten nach Kreta fahren«, sagt sie. »Die hatten ein Haus für zwei Wochen gemietet. Kennst du Abbe?«

»Nein, na ja, eigentlich schon, ich weiß, wer er ist.«

»Hmm. Aber meine Mutter hat rumgestresst und wollte unbedingt, dass ich mit segeln komme. Ich glaube, sie hat Panik, weil ich jetzt nach dem Abi sofort ausziehen werde.«

Vor drei Wochen hatte das Gymnasium Östra Real seine Tore geöffnet, und Hunderte von Schülern waren auf den Schulhof geströmt, hatten Sekt getrunken, Blumenkränze getragen und gesungen. Auch Ebba und Ina hatten dazugehört. Und Caroline. *Jetzt beginnt das richtige Leben.* Es fühlte sich komisch an, dass es für eine von ihnen jetzt für immer vorbei war.

»Du ziehst aus?«, fragt Ina.

»Wenn ich was finde. Aber das ist alles so irre teuer. Ich habe keinen Bock, außerhalb der Stadt zu wohnen.«

Ina nickt.

»Und was ist mit dir?«

»Ich auch. Als Erstes suche ich mir einen Job.«

»Klar. Wenn man nicht studiert. Mein Vater will unbedingt, dass ich Jura studiere, so wie er. Voll geil!«

Ina schnaubt. Wenn es einen Beruf gibt, der auf keinen Fall zu Ebba passt, dann ist das Anwältin. Sie hat nicht die richtige Aura. Sie sieht eher aus wie eine, die nach Bali zieht, Yogakurse besucht und sandigen Strandsex mit Surflehrern hat.

»Bist du eigentlich ganz allein in eurem Haus?«, fragt Ebba.

»Ja.«

»Ist das nicht ein bisschen creepy? So ganz allein?«

Ina zuckt mit den Schultern.

»Nö. Ich war da ja schon so oft.«

Sie hört selbst, wie komisch sich das anhört. Natürlich ist das *creepy*, so ganz allein in der alten Bruchbude auf der anderen Seite der Insel. Aber sie kann Ebba nicht den eigentlichen Grund nennen, warum sie allein auf die Insel gekommen ist. Das wäre maximal pathetisch. Und vielleicht auch ziemlich verdächtig.

»Hast du schon gehört, dass sie ihn wieder freigelassen haben?«

Ina erstarrt, mit der Zunge auf dem eiskalten Magnum.

»Was?« Sie reißt ihre Augen auf.

»Ja, Benji wurde freigelassen.«

»Ist das ein Scherz?«

»Nein. Das hat mir jemand aus der Schule gesagt. In der Östra Real gibt es auf Messenger jetzt megagroße Gruppen wegen des Mordes. Und die sagen, dass die Bullen ihn gleich wieder haben gehen lassen. Er versteckt sich in der Wohnung seiner Eltern. Niemand glaubt, dass er es war. Er ist der größte Softie auf der Welt. Der würde niemals heimlich seine Braut ertränken.«

Ina schluckt. Sie denkt an Benji. Wie es ihm jetzt wohl geht? Was für eine schreckliche Angst er gehabt haben muss? Ob er Caroline nachtrauert? Klar tut er das. Obwohl die sich immer nur angebrüllt haben. Er wird wahrscheinlich sein ganzes Leben um sie trauern. Ina spürt, wie die Wut in ihr hochkocht. *Warum hat er sich nicht gemeldet? Wenn er freigelassen wurde: Warum hat er mir nicht geschrieben?*

»Aber … wen verdächtigt die Polizei denn jetzt?«

»Keine Ahnung. Offenbar jemand anderen. Hast du eine Idee?«

Ein süßer weißer Tropfen löst sich vom Eis und landet auf Inas Hand. Er ist kalt und unangenehm. Inas Herz rast.

»Nein. Du?«

Ebba schüttelt den Kopf. Schweigend sitzen sie nebeneinander. Es knirscht hinter ihnen auf dem Kiesweg, und sie drehen sich gleichzeitig nach den Passanten um. Es sind auch Segler, ihr Boot liegt neben dem von Ebbas Familie, ist aber kleiner. Ebba hebt eine Hand und winkt ihnen zu.

»Du, Ebba …«

»Ja?«

»Findest du es nicht komisch, dass es ausgerechnet an Mittsommer passiert ist?«

Es dauert eine ganze Weile, bis Ebba tief Luft holt und antwortet.

»Doch, das war auch mein erster Gedanke.«

»Aber du glaubst doch nicht, dass …«

Ina verstummt, Ebba runzelt die Stirn.

»Was? Du meinst, dass sie …«

Sie kann den Satz nicht beenden, wirkt verwirrt. Ihr Blick flackert nervös. Es passiert nicht oft, dass jemand wie Ebba verunsichert ist. Aber wenn es eintritt, dann zieht Donner auf, dann neigt sich die Erde. So schnell, wie sie die Kontrolle verloren hat, gewinnt sie sie wieder zurück und räuspert sich.

»Jetzt reiß dich mal zusammen, Ina. Das hier hat jemand anderes getan.«

»Aber wer?«

»Da stehen einige zur Auswahl. Ich gehöre zwar nicht dazu, aber es gab nicht wenige, die Carro gern umgebracht hätten. Wir wissen beide, dass sie eine richtige …«

Sie verstummt. Man nennt eine Tote nicht *bitch*. Das weiß sogar Ebba.

*

Der Weg hoch zum Haus ist steil und anstrengend. Ina tun die Füße weh, sie hat sich viel zu kleine Schuhe gekauft. Wie immer. Voll dämlich. Als würde sie nicht einsehen wollen, dass sie keine 38, sondern eine 40 hat. Rotes Blut in weißen Converse sind eher uncool.

Es war komisch, Ebba wiederzusehen. Aber auch schön. Weil sie jetzt weiß, dass sie nicht allein ist mit ihrer Angst und Schlaflosigkeit. Ebba erinnert sie daran, dass sie früher mal eine Gang waren. Eine Clique. Vereint. *Mitschuldig.*

Vielleicht würden sie wieder richtige Freundinnen werden. Ina vermisste Ebba, ihren absurden Humor, ihren Mut, die gemütliche Wohnung ihrer Familie in der Banérgatan und die Pasta Vongole von ihrer Mutter. Sie vermisste es, ein Teil von all dem zu sein.

Am Ende des Kieswegs beginnt die lange Holztreppe, die

hoch zum Haus führt. Hinter der Treppe muss man noch ein kurzes Stück durch ein Wäldchen gehen. Man weiß, dass man gleich da ist, wenn man das Meer rauschen hört. Aber heute hört Ina gar nichts. Die Ostsee ist totenstill.

Sie lässt das Wäldchen hinter sich, springt über ein paar Felsspalten, die sich durch den Regen letzte Nacht in kleine Seen verwandelt haben. Die alte Villa türmt sich im Licht der Abendsonne vor ihr auf. *Verdammt, das sieht wirklich aus wie ein Geisterhaus.*

Sie läuft ums Haus herum, um das Meer nicht zu sehen. Dann holt sie den klirrenden Schlüsselbund aus der Tasche, steckt den Schlüssel ins Schloss und …

Ihr stockt der Atem. Die Tür gleitet geräuschlos auf.

Hat sie vergessen abzuschließen?

Ja, so muss es gewesen sein. Sie hat ganz einfach vergessen abzuschließen.

Aber … warum sollte sie das ausgerechnet jetzt vergessen haben? Nach allem, was passiert ist?

Die Dielen knarren, kein Licht brennt, keine Schuhe stehen im Flur.

»Hallo?«

Keine Antwort. Schweiß läuft ihr den Rücken hinunter, der Beweis, dass der Nachhauseweg ein richtiger Powerwalk ist.

Hör auf mit dieser Panikmache. Hör auf, dir so viele Gedanken zu machen. Hör auf, an … sie zu denken.

Das ist doch alles Quatsch, redet Ina sich gut zu. Ein riesengroßer Quatsch. Sie schüttelt sich. Sie sollte ein bisschen mehr wie Ebba sein. Mutiger.

Sie schiebt die Tür hinter sich zu und schließt ab.

14

Ich kann nicht einschlafen. Das liegt bestimmt an der Wärme.

Meine Schlafkoje unterm Dach ist eher eine Sauna, in der jemand die Temperatur aufgedreht hat, ohne mich zu fragen.

Oder es liegt an den vielen Gedanken in meinem Kopf. Ich gebe ja zu, dass ich ziemlich kopfgesteuert bin. Und damit meine ich nicht, dass ich stundenlang über philosophische Fragen, mathematische Gleichungen oder den Brexit grübele. Nein, es geht nie um wichtige Sachen. Ich mache mir hauptsächlich über Persönliches Gedanken. *Soll ich mir einen neuen Job suchen? Soll ich etwas ganz anderes mit meinem Leben anfangen? Vielleicht wird es langsam Zeit, mir noch vor dem Fünfunddreißigsten ein Tattoo stechen zu lassen? Will ich eigentlich Kinder? Sind meine Eierstöcke überhaupt in einer solchen Verfassung, dass sie befruchtet werden können? Ich muss unbedingt staubsaugen. Wie wird aus Maiskörnern eigentlich Popcorn? Warum hat er mich verlassen?*

Die letzte Frage beschäftigt mich ehrlich gesagt fast jede Nacht. Seit Danne aus meinem Leben verschwunden ist. Was schon mehrere Monate her ist. Er hat mich nicht angerufen. Sich nicht gemeldet. Es nicht bereut. Ich weiß nicht, was ich erwartet hatte, aber die Tatsache, dass es so schnell, so abrupt und so … definitiv war, hat mir den größten Schmerz verursacht.

Dabei war er gar nicht meine erste lange Beziehung. Ich war schon immer ein Beziehungstyp. In der Mittelstufe war es Pelle gewesen, im Gymnasium Joachim und nach der Schule Andreas. Ich war immer auf der Suche nach Sicherheit und Geborgenheit. Vielleicht weil es mir guttat, aber vielleicht auch, weil ich nie den Mut hatte, etwas anderes auszuprobieren.

Aber Danne war etwas Besonderes. Mir ist zwar bewusst, dass wir am Ende nicht mehr so oft miteinander geschlafen haben wie am Anfang. Und vielleicht hätte ich mich auch mal schick machen sollen, statt immer auszusehen, als hätte mich die Morgenmantelabteilung von Woolworth ausgestattet. Aber uns verband etwas. Da war etwas.

Ich werfe mich im Bett hin und her. Strampele die Decke weg. Versuche, Feuchtigkeit aufzusaugen, als wäre mein Körper eine vertrocknete Blume in der Wüste. Schließe die Augen. Es ist so warm. Atme tief ein und aus. *Du wirst darüber hinwegkommen, Cilla.* Das schaffen alle. Alle kommen über ihren Ex hinweg. Oder werde ich die eine Ausnahme sein? Werde ich auch mit achtzig noch seine alten T-Shirts tragen und mit einem lebensgroßen Kissen schlafen, das ich Daniel nenne?

Hoffentlich nicht. Es gibt doch so viele Männer auf der Welt.

Ich denke angestrengt an jemand anderen … wie Adam Ångström zum Beispiel. Aber ich kann ihn nicht einschätzen, schließlich haben wir uns nur die Hand geschüttelt und ein bisschen über den Mordfall geplaudert. Und er hat diese Sabina, die ihn mit Sicherheit vergöttert, weil er aussieht wie eine griechische Statue und sie vermutlich auf die Uniform abfährt. Typen wie er und Frauen wie ich kommen niemals zusammen. Aber trotzdem … es tut gut, zu wissen, dass es noch mehr Fische im Ozean gibt. Und zwar sexy Fische.

Ich setze mich auf. Will sagen, so gut es dort oben unter dem Dach geht. Ich ziehe meinen Laptop zu mir heran und klappe ihn auf. Das blaue Licht des Monitors trifft mich wie ein Blitz.

Meine Schlaflosigkeit hat nicht nur mit Danne und Adam zu tun, sondern auch mit Caroline. Sie ist wie eine juckende Wunde. Ich kann nicht vergessen, was ihr passiert und vor allem warum es ihr passiert ist. Ich tippe ihren Namen in das Suchfeld ein.

Caroline Axén.

Ziemlich viele Treffer. Unfassbar viele Fotos von ihr. Sie sieht auf allen umwerfend schön aus, auf den meisten noch etwas jünger. Auf einem der Fotos ist sie mit ihren Freundinnen zu sehen, die aussehen wie eine Kopie von ihr. Auf einem anderen ist sie offenbar bei der Premiere des neuesten James-Bond-Films, neben ihr steht ein älterer Mann mit grauem Haar. Er sieht sehr stylish und elegant aus. Durchtrainiert, etwa um die fünfzig. »Ludvig Axén mit seiner Tochter Caroline«, steht unter dem Foto.

Ich öffne ein neues Fenster, suche nach ›Ludvig Axén‹ und bekomme fast genauso viele Treffer wie bei seiner Tochter. Neben ein paar Fotos von besagter Filmpremiere werden mir auch Artikel über ihn angeboten. Ich öffne einen davon und weiß Sekunden später, warum ich so viele Treffer hatte.

Der berühmt-berüchtigte Investor Ludvig Axén hat sich nicht nur mit seinen umstrittenen Bauprojekten in Stockholm einen Namen gemacht – darunter 2012 der Kauf einer Privatschule für autistische Kinder, die er in ein Internat umgebaut hat. Ihm werden auch so einige Affären nachgesagt. Axén soll nach dem Tod seiner Frau 2016 immer wieder mit jungen Stockholmer Society Girls gesehen worden sein.

Die Quelle ist *24-Gossip*, eine Klatsch- und Tratschseite, die in meiner Redaktion als ziemlich grenzwertig angesehen wird. Auf deren Homepage gibt es weder einen Verweis auf den Besitzer der Seite noch auf die Reporter. Man findet nur eine anonyme Mailadresse, an die man sich mit heißen Informationen wenden kann, mit denen man sich sein Taschengeld aufbessern kann.

Ich scrolle weiter, finde noch weitere Artikel über Ludvig Axén. Vielleicht hat es mit seinem ansprechenden Äußeren zu tun, dass er für *24-Gossip* so interessant ist. Seine Augen funkeln, seine Schultern sind breit und muskulös. Er sieht ziemlich gut aus, das muss ich zugeben, obwohl er fast zwanzig Jahre älter ist als ich. *Oh Gott, ob ich jemals wieder Sex haben werde?*

Ich schiebe den Gedanken beiseite und setze meine Recherche fort. Bei einer besonders reißerischen Überschrift bleibe ich hängen.

»SCHRECKLICHE VORWÜRFE GEGEN LUDVIG AXÉN«

Ich überfliege den Artikel, der vom Mai 2015 ist. Darin geht es um eine Anzeige wegen sexueller Nötigung vonseiten der sechsundzwanzigjährigen Amanda Leoré gegen Ludvig Axén. Das war vor zwei Jahren.

Vor zwei Jahren?

Hat Rosie nicht erzählt, dass Ludvig seit zwei Jahren mit seiner neuen Frau zusammen ist?

Ich lese Amandas Aussage und habe einen Kloß im Hals.

»Ich verweise alle Journalisten und weitere Interviewanfragen an meine Anwältin Cecilia Borgström. Ich will nur, dass Ludvig sich für das verantworten muss, was er mir angetan hat. Weil ich weiß, dass er das hier auch anderen angetan hat.«

Das hier. Ich schaudere, obwohl mir vor Hitze die Schweißtropfen über den Rücken laufen.

Wenn Caroline einen gewalttätigen und übergriffigen Vater gehabt hat: Müsste nicht er der Hauptverdächtige sein? Oder waren Amanda Leorés Anschuldigungen haltlos? Aber warum sollten sie das sein?

Ich klicke auf den Reiter mit meiner Suche nach Caroline Axén und wechsle zu den Beiträgen. Als einer der ersten Treffer taucht ihr Blog auf. Sie hat also einen Blog. *Natürlich.* Beziehungsweise hatte. Mädchen mit so einer Mähne haben in der Regel einen Blog.

CARRO AXÉN – MY LIFE, MY STORY

Ich runzele die Stirn. Mir wäre mit großer Wahrscheinlichkeit ein besserer Titel für den Blog eingefallen.

Ihr letzter Eintrag sorgt erneut für Gänsehaut. Er wurde vor drei Tagen hochgeladen. An Mittsommer. Caroline hat ein Selfie gepostet. Sie steht auf dem Segelboot ihres Vaters, das dunkelblaue Meer glitzert im Hintergrund, und sie trägt das weiße Kleid, das sie in ihrer Todesnacht getragen hat. Sie lächelt wie eine Puppe in die Kamera: *Mittsommer auf Bullholmen ist Tradition! Und das Wetter ist Hammer! Yay! Kisses!*

Zweihundert Kommentare hat sie dafür bekommen. Die meisten ihrer Follower schreiben *RIP* und *Ich kann es noch immer nicht glauben, das ist so schlimm* und *Geliebte Carro, wir vermissen dich so.* Die Erkenntnis, wie viel Trauer und Sehnsucht der Tod eines Menschen verursacht, trifft mich kalt. Denn ich sehe, wie viele kleine Fäden und Verbindungen Caroline Axén in ihrem sozialen Netz gesponnen hat. Ich scrolle weiter durch den Blog und bleibe bei einem Bild hängen, auf dem Benjamin zu sehen ist.

Er sitzt an einer Skatebordrampe, sein Skatebord unter dem Arm. Sein Oberkörper ist nackt, und seine gebräunte Haut verleiht dem Foto eine angenehme Stimmung. Der Schirm seines Caps ist nach hinten gedreht (so wie in der Nacht, in der ich ihn am Hafen gesehen habe), er dreht den Kopf zur Seite und lacht. Darunter steht: *Mein Schatzi. Du bist das Wichtigste, was ich habe, das Beste und Schönste. Mein Benji. Du bist mein Ein und Alles. Ich weiß, dass es Leute gibt, die unsere Liebe zerstören wollen, die uns zerstören wollen. Vor allem eine Person. Wenn du das hier liest – du weißt genau, dass ich dich meine. Nur dass du es weißt: Ich habe dich gesehen. Ich habe gesehen, wie du versucht hast, ihn auf dem Frühlingsball zu küssen. Ich habe gesehen, wie du dich ihm an den Hals geschmissen hast. Aber das kannst du stecken lassen. Er will dich nicht. Egal, wie sehr du ihn willst. #peace*

Ich blättere weiter, aber stoße auf nichts Weiteres, das meine Aufmerksamkeit erregt.

Wer wollte sich zwischen Caroline und Benji drängen und ihnen schaden? Wieso machte sich Caroline Sorgen? Und wer war das rothaarige Mädchen, das Paul vor dem Lokal in der Mittsommernacht mit Benjamin gesehen hatte?

Morgen muss ich mit Rosie sprechen. Wir müssen dieses rothaarige Mädchen finden. Womöglich klingt das ein bisschen irre, aber ich muss wissen, was in dieser Nacht passiert ist, sonst kriege ich kein Auge mehr zu diesen Sommer auf Bullholmen. Das sagt auch Babben in *Auf eigenen Füßen*: »Es passiert schnell, dass man vor der Glotze hängen bleibt und nur noch auf die Mattscheibe starrt, aber manchmal muss man den Schritt wagen, in den Bildschirm klettern und die Sache selbst in die Hand nehmen.« Okay, das klingt total klischeehaft. Und ich nehme mal stark an, dass die Psychologin, die das Buch geschrieben hat, damit auch nicht gemeint hat, sich Hals über Kopf in einen Mordfall zu stürzen. Mein Vater würde sich die verbleibenden paar Haare raufen, wenn er wüsste, dass ich mich hier als Schnüfflerin betätige. Andererseits: Wie sollte er davon erfahren?

Bevor ich den Laptop zuklappe, will ich noch eine letzte Sache googeln. Ich öffne ein neues Suchfenster und sehe mich misstrauisch um. *Wer um Himmels willen sollte mir dabei zusehen können, was ich hier oben unterm Dach ins Suchfeld tippe?* Ich bestelle schließlich keine Maschinengewehre im Darknet oder so etwas …

Ich tippe *Adam Ångström* ein. Auf meinem Monitor tauchen haufenweise Männer auf. Einige von ihnen sind Makler, andere Bankdirektoren. Auch ein Fußball spielender Junge ist unter ihnen. Aber den Adam, nach dem ich suche, sehe ich nicht. Ich erweitere meine Suche: *Adam Ångström + Sabina.* Volltreffer. Auf einem Foto sitzt Adam in einer mondförmigen Sitzecke in einem Restaurant, umringt von fröhlichen

Menschen mit Cocktails in den Händen. Es sieht nach einer netten Runde aus. Strahlend weiße Zähne. Schicke Klamotten. Adam hat den Arm um die Schultern einer Frau gelegt. Das wird Sabina sein. Sie ist hübsch. *Schön* trifft es eher. An ihrem schlanken dunkelhäutigen Hals funkelt eine Kette, ihre Augen sind dunkel geschminkt und leuchten geheimnisvoll. Mich juckt es am Hinterkopf – *verdammt, juckt das, ich habe mir doch keine Läuse eingefangen, oder?* Sabina sieht mir tief in die Augen. Ich seufze. Warum habe ich mir das angetan und sie gegoogelt? Weshalb? *Deine verdammte Neugier.*

Er sieht einfach so gut aus. So unfassbar gut. *Mann, Cilla, hast du nichts Besseres zu tun?*

In dieser Sekunde piept mein Handy. Ich starre auf die Nachricht.

Wach?

Ich runzele die Stirn. Unbekannter Absender. Ich lese die Nachricht mehrmals. Wer schickt mir denn so was? Es ist immerhin fast elf Uhr abends.

Sorry. Wer bist du?

Die Antwort kommt nur Sekunden später.

Ein heimlicher Bewunderer.

Mein Herz rast. In meinem Kopf überschlagen sich Szenen aus Horrorfilmen aus den Neunzigern. *Ein heimlicher Bewunderer.* Das muss ein Gestörter sein. Wie in *Bodyguard*, den ich als Teenager bestimmt vierhundertmal gesehen habe. Aber warum bekomme ich so eine Nachricht geschickt? Ich bin ja wohl kaum mit Whitney Houston zu vergleichen …

Weiter komme ich nicht, denn ich bekomme eine weitere Nachricht.

Ich stehe in deinem Garten.

15

Mir wird schlagartig wahnsinnig übel. Oh Gott. So leise wie möglich klettere ich nach unten. *Ich habe doch die Tür abgeschlossen, oder?* Doch, das habe ich. Was für ein Irrer tut so etwas? *Das wird doch nicht …* Nein. Der Gedanke ist einfach zu absurd. Aber ich denke ihn trotzdem zu Ende.

Das wird doch nichts mit dem Mord an Caroline zu tun haben?

Hektisch sehe ich mich in meiner Einraumlaube um. Was soll ich jetzt tun? Die Polizei rufen? Nach Rosie um Hilfe schreien? Instinktiv schnappe ich mir ein Messer vom Abtropfgestell. In der anderen Hand habe ich mein Handy. Ich schleiche zur Tür. Was soll ich tun? Ich kann sie doch nicht einfach aufmachen? Aber meine Neugier ist wieder einmal größer als meine Vernunft.

Da klopft es an der Tür. Und ich mache vor Schreck einen Satz nach hinten.

»Wer … wer ist da?«

Ich klinge wie ein Teenager in einem Horrorfilm, der vor Todesangst am ganzen Körper zittert. Neben der Tür hängt ein Spiegel an der Wand, darin sehe ich eine ängstliche Gestalt in einem weißen Nachthemd und mit zerzausten blonden Haaren. *Oh, mein Gott, ich BIN ein Teenager in einem Horrorfilm, der vor Todesangst am ganzen Körper zittert.*

»Ciiiiiillla …«

Jemand ruft lauthals meinen Namen. Draußen vor der Tür. Ich will mich am liebsten übergeben. *Was wird hier gespielt?* Aber, halt, die Stimme kenne ich doch.

»Hallo?«, keuche ich. »Wer ist da?«

»Los, mach auf. Deine Nachbarn glauben sonst noch, dass ich ein Einbrecher bin.«

Es dauert einen Moment, bis ich die Stimme zuordnen kann. Sie klingt nämlich genau wie die von … aber das kann gar nicht sein. Oder doch? Ich drehe den Schlüssel im Schloss und öffne die Tür. Und tatsächlich, da steht er. Mit seiner Louis-Vuitton-Tasche und einem strahlenden Lächeln. Meine Erleichterung ist so überwältigend, dass ich anfange, hysterisch zu lachen.

»Zacke!«

»Höchstpersönlich.«

»Was tust du denn hier?«

»Ich bin mit der Abendfähre angekommen.«

»Aber warum hast du eine andere Nummer?«

»Mein Handy wurde mir in der Weinbar geklaut. In was für einer Welt leben wir bitte, in der man sein Handy nicht mal ein, zwei Stündchen auf dem Tresen liegen lassen kann? Zum Glück hat mir Jonathan sein altes gegeben. Aber was bitte schön hast du *da in der Hand*?«

Ich starre auf das funkelnde Messer.

»Ein Messer.«

»Ja, das sehe ich. Aber das ist von Ikea. IKEA! Damit kannst du noch nicht einmal einer Tomate etwas zuleide tun.«

Er seufzt.

»Habe ich dir denn *gar nichts* beigebracht?«

Kurz darauf sitzen wir auf meinem Sofa und trinken Wein. Zugegeben, eigentlich habe ich schon zum Abendessen mit Rosie genug getrunken, aber Zacke hat extra eine Flasche Barbaresco mitgebracht und eine Weinkaraffe (weil er genau weiß, dass ich so etwas nicht besitze), da konnte ich schlecht Nein sagen.

Nachdem ich ihn – vollkommen zu Recht – ausschimpfte, weil er mir so einen Schrecken eingejagt hatte, umarmte ich ihn fest. Wie er mir erzählte, hätte ich bei unserem letzten Telefonat so traurig und einsam geklungen, dass er sich einen Abend in der Weinbar freigenommen hatte und mit der letzten Fähre gekommen war. Und obwohl er schon morgen früh wieder zurückmusste, freute ich mich so sehr, ihn zu sehen, dass ich fast in Tränen ausgebrochen wäre.

»Und … wie findest du sie?«

Zacke sieht sich in meiner Hütte um. Wir haben Kerzen angezündet, für die Stimmung. Zu Rotwein passen Kerzen einfach am besten.

»Supergemütlich. Echt jetzt. Und originell.«

Ich lächele.

»Findest du es nicht zu spartanisch?«

»Absolut nicht.«

Das sieht ihm gar nicht ähnlich. Das Grand Hotel ist Zacke schon zu spartanisch. Seine Wohnung am Mariatorget sieht aus, als hätte Marie Antoinette höchstpersönlich sie eingerichtet. Wenn sie über das nötige Kleingeld verfügt hätte.

»Es passt super zu dir, Cilla. Aber wo ist deine Dusche?«

»Man duscht in einer Baracke auf der Anlage.«

Zacke bekreuzigt sich, verdreht die Augen und nimmt einen Schluck von dem Wein, der sensationell schmeckt.

»Himmel, was hast du da für einen Luxustropfen mitgebracht, Zacke?«

»Ach der, der kostet nur zweihundert, Hauswein. Aber der ist gut, oder? Schmeckst du die Rosen? Ich liebe die Barbaresco-Rosen.«

»Kommt Jonathan heute Abend ohne dich zurecht?«

»Selbstverständlich. Vermutlich liegt er gerade auf dem Sofa mit einer Flasche Cola Zero und schaut *Der Bachelor* oder so. Etwas, was er nicht darf, wenn ich zu Hause bin.«

Ich lege den Kopf schräg und streichele meinem Freund über den Arm. Meine Augen brennen.

»Zacke …«

Beunruhigt hebt er eine Augenbraue.

»Was denn? Woher diese plötzliche Gefühlsanwandlung?«

»Du bist so wunderbar.«

»Was sagst du da?«

»Dass du extra mit der Fähre durch die Schären fährst, um mit mir ein Glas Wein zu trinken.«

»Mach mal langsam, ich habe dir keine Niere gespendet, ich bin nur für einen Weinquickie vorbeigekommen.«

»Aber das macht mich ganz doll glücklich. Das wollte ich dir nur sagen. Ganz doll glücklich.«

»Sehr schön. Aber jetzt genug mit diesen *Zuhause-im-Glück*-Sentimentalitäten. Los, trink mehr Wein.«

Ich kichere und nehme einen Schluck von den Rosen. Denn er schmeckt wirklich nach Rosen.

»So, und jetzt müssen wir über die wirklich wichtigen Dinge reden«, sagt Zacke. »Es gibt großen Redebedarf.«

Ich nicke ernst.

»Du hast recht. Der Mord an Caroline.«

»Was? Wovon redest du da?«

»Wovon redest DU?«

»Na. Von dem Polizisten natürlich. Deinem Adonis in Uniform.«

Ich schüttele den Kopf und lehne mich mit dem Hinterkopf ans Sofa, vor dem wir auf dem Boden sitzen.

»Was gibt es da zu bereden?«

»Was gibt es da *nicht* zu bereden? Ich habe auf dem ganzen Weg hierher darüber nachgedacht, als ich auf dieser Fähre stand, die übrigens *ganz schön* geschaukelt hat. Wie alt ist die eigentlich? Ich musste auch die ganze Zeit an die Estonia denken. Selbst im Sommer ist so ein Bad in schwedischen Gewässern nicht zu empfehlen. Da kann man gleich im Eisloch tauchen. Und das ist noch nicht mal …«

»Zacke, konzentrier dich!«

»Verzeih! Anyway, ich habe vor allem über diesen Traumpolizisten nachgedacht.«

»Warum das denn?«

»Weil ich davon überzeugt bin, dass das genau das Richtige wäre für dich. Eine nette Romanze mit einem uniformierten Prachtkerl.«

»Aber du kennst ihn doch überhaupt nicht.«

»Oh doch, in meiner Fantasie schon. Ich habe einen ganzen Jahreskalender mit ihm in meinem Kopf. Du solltest dir mal den August ansehen – WOW!«

Ich lache und fahre mir durch meine fettigen Haare. Mir

ist das peinlich, als würde Adam hinterm Sofa stehen und alles hören können.

»Wozu brauche *ich* einen Traumpolizisten?«

»Na ja, als Entschädigung für Danne. Keine Sorge, kein böses Wort kommt über meine Lippen, du weißt, wie sehr ich ihn mochte, aber …«

»Du hast ihn gehasst!«

»Stimmt, jetzt, wo du es sagst, entspricht das eher der Wahrheit. Aber wie dem auch sei, es ist vorbei. Und ich finde nicht, dass du dich sofort in die nächste Beziehung stürzen sollst. IM GEGENTEIL. Du bist zum ersten Mal seit Jahrhunderten wieder Single. Das solltest du ausnutzen. Denn ehe du dichs versiehst, hast du einen Cola-Zero-Mann auf dem Sofa sitzen.«

Ich nicke und versuche, mutig in die Zukunft zu blicken. Wie sieht diese aus? Was werde ich in ein paar Jahren beruflich machen? Schreibe ich dann noch immer Klatsch-und-Tratsch-Artikel für die Boulevardpresse? Wohne ich noch auf Södermalm? Habe ich den Schrebergarten noch? Bin ich mit jemandem zusammen? Haben wir Kinder? Will ich überhaupt Kinder? Muss ich Kinder bekommen? Gibt es ein Gesetz, das das bestimmt?

Schweigend genießen wir den Wein und hören den Möwen zu, die sich offenbar verirrt haben und im Garten herumfliegen. Ihr heiseres Krächzen hallt durch die Sommernacht.

»Und, wie lautet dein Vorschlag?«, frage ich.

»Eine Nacht mit ihm. Das ist alles. Ich glaube einfach, dass es dir guttun würde. Du musst die aufregende Seite der Liebe wieder für dich entdecken. Das Feuer. Die Anziehung.«

Ich hole tief Luft, sehe Adam vor mir. Seine breiten Schultern, der gut sitzende Anzug. Wie es wohl wäre, mit ihm eine Nacht zu verbringen? Das kann ich mir nicht vorstellen. Nicht, solange Zacke neben mir sitzt. Dann atme ich seufzend aus.

»Ich glaube, er hat jemanden, Zacke.«

»Wer?«

»Na, Adam, der uniformierte Adonis, von dem du die ganze Zeit sprichst.«

Er sieht mich verdutzt an.

»Woher weißt du das?«

Ich denke an meine Unterhaltung mit Rosie zurück. Ich denke an Sabina. Es gibt noch mehr Menschen, die von Traumpolizisten träumen, außer Zacke und mir.

»Seine Mutter hat es mir erzählt.«

Zacke verstummt. Die Enttäuschung fließt ihm übers Gesicht, als hätte jemand ein Ei auf seinem Kopf zerschlagen. Ich greife nach der Weinkaraffe und schenke uns ein.

»Ach, so ist das«, sagt er nach einer Weile.

»Hmm.«

»Gibt es vielleicht einen Feuerwehrmann hier auf der Insel? Ich könnte ja die Kerze umkippen!«

16

Zehn Jahre zuvor

Der Sommer kam praktisch über Nacht. Der Frühling war erst verschneit und dann regnerisch gewesen. Kalt. Ungemütlich. Auch im Juni waren die Temperaturen noch nicht hochgeklettert. Aber dann hielt schlagartig – zwei Tage vor Mittsommer – der Sommer Einzug, wie ein juckender Pollensturm fegte er über die Schäreninseln hinweg. Und mit einem Mal ist Bullholmen ein exotisches Paradies, in dem der heiße Fels unter den nackten Füßen brennt und alle Kinder Sonnenhüte tragen müssen.

Janna sitzt auf dem Rasenstück neben dem Fußballplatz. Sie ist neun Jahre alt und hat keinen Sonnenhut auf. Sie ist zu alt dafür. Sie hat einen Stock in der Hand, mit dem sie durch das heiße, trockene Gras fährt, Grashalme ausreißt und den einen oder anderen Marienkäfer zu Fall bringt, aber niemandem schadet.

Es ist ihr erster Sommer auf Bullholmen. Sie weiß nichts über die Insel, gar nichts. Ihre Mutter wollte unbedingt hierher. Und Janna hatte es nicht gewagt, zu widersprechen. Außerdem hat eine Neunjährige selten etwas zu melden.

Sie wohnen in der Jugendherberge unten am Wasser. Da

ist es nicht besonders gemütlich, allerdings kennt sich Janna mit Gemütlichkeit auch nicht besonders aus. Auf ihren Spaziergängen über die Insel hat sie sich die schönen Segelboote im Hafen angesehen. Die Leute an Bord und sie stammen von unterschiedlichen Planeten.

In ihrem Zimmer in der Jugendherberge riecht es nach Schimmel, und die Bettlaken haben große Flecken. Außerdem stinkt es nach Bier. Aber das tut es überall, wo Janna mit ihrer Mutter hinfährt.

Gestern ist ihre Mutter aus dem Zimmer geschlichen, nachdem Janna eingeschlafen war. Beziehungsweise als sie *meinte*, Janna wäre eingeschlafen. In Wirklichkeit hatte Janna reglos und mit geschlossenen Augen im Bett gelegen und nur so getan als ob. Sie hörte, wie sich ihre Mutter Parfum auflegte, sich schminkte und das Zimmer verließ. Janna wartete einen Augenblick, dann ging sie ihr hinterher. Sie wusste zwar nicht, wohin ihre Mutter gegangen war, aber sie hatte eine Vermutung. Wahrscheinlich war sie unten in der Kneipe am Hafen. Denn dort hatten sie jeden Abend verbracht, seit sie auf der Insel waren. Die Kneipe war nicht weit von der Jugendherberge entfernt, deshalb schlich Janna im Nachthemd näher, versteckte sich hinter einem großen Busch neben dem Biergarten und spähte durch die Blätter.

Ihre Mutter saß auf dem Schoß eines Mannes, lachte laut und heiser. Dabei war das Tattoo an ihrem Hals zu sehen, das einen Skorpion darstellt und das Janna eigentlich cool findet. Es ist etwas Besonderes. Aber an diesem Abend sah es nur gruselig aus. Als würde der Skorpion gleich in ihren offenen Mund krabbeln. Der Typ, auf dessen Schoß ihre Mutter saß, schien Spaß zu haben, seine Zähne waren fleckig vom Kautabak.

Und dann küssten sie sich. Zwei dunkelrote Zungen, die einander leckten. Ihre Mutter schüttete Wein auf seine Hose, dann fingen beide an, zu lachen, und ihre Mutter stand auf und tanzte.

Janna trottete zurück in die Jugendherberge, in ihr kleines stinkendes Zimmer. Und schlief ein. Wenigstens wusste sie jetzt, dass ihre Mutter lebte. *Ein beruhigendes Gefühl.*

»Hej.«

Janna sieht hoch.

Vor ihr stehen vier Mädchen, die sich sehr ähneln. Jedes von ihnen trägt ein weißes Kleid, als wären sie in derselben Fabrik hergestellt worden. Also die Kleider, nicht die Mädchen.

»Hej …«, stammelt Janna.

»Was machst du so?«, fragt das Mädchen mit den hellblonden Haaren, die in der Sonne glänzen.

»Nichts.«

»Wie heißt du?«

Janna schluckt. Auf diese Frage kann sie nicht mit *Nichts* antworten.

»Janna.«

»Aha«, sagt die Blonde. »Ich heiße Caroline, und das sind meine Freundinnen.«

Janna steht langsam auf, den Stock fest in der Hand. *Was wollen die von mir? Warum reden die mit mir?* Die Freundinnen von Caroline sagen ihren Namen, als ob Janna danach gefragt hätte. *Ina, Ebba, Josefine.*

»Bist du öfter hier?«, fragt diese Caroline.

»Nein.«

»Nicht?«

»Nein. Ich bin zum ersten Mal hier.«

»Aha. Wir kommen jeden Sommer her.«

Vielleicht sind das welche von einem dieser Segelboote, überlegt Janna. Dann gehören sie zu den schicken Leuten. Hoffentlich stinkt sie nicht, sie hat sich seit ihrer Ankunft auf der Insel nicht geduscht. Und das war vor ein paar Tagen.

»Auf welchem Boot bist du?«, fragt Caroline.

»Ich wohne mit meiner Mutter im Hotel.«

»Echt?«

Die Mädchen wechseln fragende Blicke.

»Und wo ist das?«

Janna zeigt Richtung Hafenkneipe. Sie hat ›Hotel‹ gesagt, weil das besser klingt als *Jugendherberge*. Die Mädchen drehen sich um und sehen sich das Gebäude an, als hätten sie noch nie einen Gedanken daran verschwendet, dass dort eins steht. Eine warme Windböe wirbelt Carolines blondes Haar in die Luft. Es flattert wie ein magischer Schleier. Verzaubert. Janna findet ihre eigenen Haare nicht schön, die sind meistens zu trocken und fisselig. Es tut weh, wenn man sie kämmt.

»Du kannst zu uns aufs Boot kommen und mit uns spielen, wenn du magst«, sagt Caroline.

Janna weiß nicht, was sie antworten soll. Sie hat den Blick gesenkt.

»Und morgen Nachmittag feiern wir Mittsommer hier gleich neben dem Fußballplatz. Es wird getanzt. Du kannst mit uns zusammen dort hingehen, wenn du willst?«

»Ja, das kannst du gern«, sagt eines der anderen Mädchen.

Janna nickt.

»Okay«, sagt Caroline. »Dann bis morgen.«

»Ja«, antwortet Janna.

Die weiße Mädchengang schlendert im Glanz der Sonnenstrahlen kichernd und schwatzend davon. Janna setzt sich wieder auf den Rasen und nimmt das Stochern mit dem Stock wieder auf. Die Marienkäfer haben sich aus dem Staub gemacht, kein einziger ist mehr da. Janna streicht sich ihr trockenes, fisseliges Haar hinters Ohr und sieht der Mädchengang, die hinunter zu den Booten läuft, lange hinterher.

17

Anfang Juli

Mittsommer ist schon über eine Woche her. Zehn Tage, um genau zu sein. Die Tage sind nur so verflogen. Ich bin offen gesagt überrascht, dass ich mich hier auf der Insel richtig zu Hause fühle. Ich hatte erwartet, dass so etwas viel länger dauert. Außerdem war ich davon überzeugt, dass ich den Lärm der Großstadt vermissen würde, die vielen Autos, Menschen, Gerüche. Und ich hatte befürchtet, dass ich mich einsam fühlen würde.

Aber nichts davon ist eingetreten. Und der Grund dafür ist Rosie. Eine Nachbarin zu haben, die andauernd bei einem klopft, mag für einige wie ein Albtraum klingen, aber für mich war es die Rettung, genau das Richtige. Ich liebe unsere kleinen Routinen. Sie klopft im Laufe des Vormittags an die Tür (immer mit derselben flockigen Begrüßung: »Entschuldige bitte, normalerweise platze ich nicht so einfach rein.«) und lädt mich zum Kaffee bei sich ein.

Rosie ist wunderbar. Sie ist ungekünstelt, eine echte Plaudertasche und eine ehrliche Haut. Eine richtige Jämtländerin – offen und warmherzig. Außerdem duftet sie immer nach Frischgebackenem. Als ich vor ein paar Tagen nachts wach lag, habe ich mich gefragt, was sie wohl in mir sieht.

Was ich in ihr sehe, ist kein großes Geheimnis. Meine Mutter verschwand aus meinem Leben, als ich acht Jahre alt war. Das klingt dramatischer, als es war. Ich war vier, als sie krank wurde. Allerdings wussten das mein Vater und ich damals noch nicht. Später erzählte mein Vater mir, dass sie sich am Anfang sonderbar benommen hat. Sie hat alle möglichen Sachen vergessen, wurde Freunden gegenüber aggressiv und schimpfte ohne sichtbaren Grund mit mir.

Es ist außergewöhnlich selten, dass eine Dreißigjährige Alzheimer bekommt. Aber auch das außergewöhnlich Seltene trifft manchmal ein.

In diesem Fall traf es uns.

Drei Jahre nach der Diagnose starb sie. Obwohl uns die Trauer lähmte, kam sie nicht überraschend. Statt Schock und Chaos aber stellte sich nur eins ein … Leere. Als hätte jemand die Wohnung leer geräumt, in der man weiterhin wohnen musste.

Ein paar Jahre später lernte mein Vater Sussi kennen. Eine sehr nette Frau, die Hunde mehr schätzt als Menschen und Reisen nach Italien liebt. Den beiden geht es gut in ihrem Häuschen in Älvsjö, und sie passen gut zusammen. Trotzdem wird meine Mutter immer meine Mutter bleiben. Ihr Foto hat einen festen, zerknitterten Platz in meinem Portemonnaie. Sie sah exakt aus wie Marie Fredriksson. Ich habe immer Roxette gehört, wenn meine Sehnsucht unerträglich wurde.

Rosie ist ein bisschen wie ein Mutterersatz für mich. Natürlich sehe ich in ihr nicht *meine* Mutter, das wäre ja auch vollkommen irre. Außerdem kenne ich sie erst seit etwa einer Woche, aber sie ist *wie* eine Mutter. Warm. Dominant. Groß. Ich frage mich aber nach wie vor, was sie in mir sieht. Schließlich hat sie schon ein Kind – und auch in meinem Alter. Vielleicht bin ich die einzige Nachbarin in der Kolonie, die ihre energische Art zu schätzen weiß. Die vergangenen Tage haben wir immer zusammen Abendbrot gegessen. Gestern haben wir dann ihren Grill zu mir in den Garten getragen, um für ein wenig Tapetenwechsel zu sorgen. Rosie hat mir versprochen, mir mit den Beeten zu helfen. Nächste Woche wollen wir mit der Fähre aufs Festland fahren und Erde, Pflanzen und andere dringend notwendige Utensilien besorgen.

Mitten in unserer Planung fing ich schallend an, zu lachen, als mir klar wurde, dass ich mir diese Parzelle in der Kleingartenkolonie gekauft hatte, ohne auch nur den blassesten Schimmer zu haben, was ich darauf anbauen wollte.

*

Heute findet die Beerdigung von Caroline Axén in der weißen Kirche auf Bullholmen statt. Es liegt was in der Luft. Dies ist kein normaler Sommertag Anfang Juli. Die heiße Luft ist schwer von Trauer. Viele sind vom Festland auf die Insel gekommen, Junge und Alte, Familien und Freunde und Bekannte. Schwarz gekleidet, kamen sie mit dem Silberpfeil im Hafen an und gingen dann zusammen zu der schönen Kirche, die hinter dem Campingplatz liegt. Die Kirchenglocken läuten, ein melancholischer Soundtrack, auf den alle gern verzichtet hätten. Rosie und ich sind nicht mit zur Kirche gegangen. Das wäre zu aufdringlich gewesen, wir kannten Caroline nicht und sie uns nicht. Darum stehen wir etwas abseits, zwischen den hohen Tannen und umgeben von Grabsteinen, unter denen bedeutend ältere Menschen liegen als Caroline. Wir haben unsere Becher dabei und trinken unseren Kaffee, während wir die Trauergäste beobachten. Es ist schon ein bisschen makaber, hier zu stehen und zu glotzen. Zwischendurch spüre ich den Impuls, zurück in die Kolonie zu rennen und mich in meiner Laube zu verstecken. Aber es ist unmöglich, den Blick von der Szenerie zu lösen. Das ist wie bei einem Autounfall. Rosie und ich sind wie magisch davon angezogen.

»Wie schnell das dann doch alles geht«, sagt Rosie.

»Wie meinst du das?«

»Man wird umgebracht, dann auf eine Stahlpritsche gelegt, von jemandem untersucht, der in deinen Eingeweiden herumwühlt, das Innere nach außen holt, dann wird man geschminkt und in die Erde abgesenkt. Und das alles in etwas mehr als einer Woche.«

»Ja, das ist verrückt.«

Ich schüttele den Kopf.

»Hallo, ihr beiden!«

Wir drehen uns beide zu der Stimme hinter uns um. Adam kommt auf uns zugelaufen. Er hat seine Anzugjacke ausgezogen und sie sich über die Schulter geworfen. Das weiße Hemd steckt in der Hose, sonst hätte es in dem sanften Sommerwind wahrscheinlich geflattert. Bei seinem Anblick zieht sich in mir alles zusammen.

»Ach nee, Adam!«, ruft Rosie. »Hallöchen.«

Die beiden umarmen sich, danach umarmt er auch mich,

aus reiner Höflichkeit natürlich. Schließlich haben wir uns erst einmal gesehen. Sein Parfum habe ich so noch nie zuvor gerochen. Es hat eine Süße, aber auf eine elegante Art und Weise. Eine Mischung aus Männerumkleide und Süße. Als wäre er beim Sport gewesen und hätte sich gerade geduscht.

»Du bist ja schon wieder hier«, sage ich.

»Ja, ich soll die Beerdigung beaufsichtigen.«

Er zeigt auf die Trauergäste vor der Kirche. Rosie runzelt die Stirn und sieht ihn amüsiert an.

»Wie bitte? Warum das denn? Gab es eine Drohung?«

»Nein, Mama, ich will nur sichergehen … und die Augen offen halten.«

Rosie nickt überzeugt, als wüsste sie *ganz genau*, worin der Auftrag ihres Sohnes besteht.

»Say no more.«

»Das hatte ich auch nicht vor.«

Vor ein paar Tagen hatte Rosie eines Morgens an meine Tür geklopft, was nicht weiter ungewöhnlich war, aber dieses Mal hatte das Klopfen sehr viel härter, dringlicher geklungen. Ich konnte mir kaum den Morgenmantel zubinden, da platzte sie damit heraus. *Sie haben Benjamin freigelassen!* Sie hatte es in der Zeitung gelesen, und beim Frühstück sprachen wir über nichts anderes. Genau genommen, haben wir seitdem über nichts anderes mehr gesprochen.

»Und in welche Richtung ermittelt ihr weiter, jetzt wo ihr den …«

Rosie stockte mitten im Satz, als ein junger Mann den Hang hinaufkommt. Er ist allein und geht zielstrebig auf die Kirche zu. Es ist das erste Mal, dass ich ihn ohne Cap sehe. *Benjamin.* Rosie und ich sehen Adam fragend an.

»Alles in Ordnung«, sagt er. »Wir wussten, dass er kommt, er hat es uns gesagt. Es ist doch eigentlich auch selbstverständlich, bei der Beerdigung seiner Freundin dabei sein zu wollen.«

»Klar, solange man nicht derjenige ist, der sie auf dem Meeresgrund versenkt hat«, murmelt Rosie.

»Wir haben absolut keine Beweise, die darauf hindeuten würden. Deshalb wurde er auch gleich nach dem Verhör freigelassen.«

»Und warum so schnell?«, frage ich.

»So will es das Gesetz«, erklärt Rosie. »Der Staatsanwalt muss entscheiden, ob es einen hinreichenden Grund gibt, eine Person nach dem Verhör weiter festzuhalten. Wenn es den nicht gibt, muss der Betreffende auf freien Fuß gesetzt werden. So ist das nun einmal. Wenn man also keine aussagekräftigen Beweise hat, hat man keine andere Wahl.«

»Was du alles weißt, Rosie«, sage ich. »Und ihr habt also keine hinreichenden Beweise gefunden, Adam?«

»Ich darf über eine laufende Ermittlung nicht reden, aber die Umstände sprechen ja für sich selbst.«

»Aber nur, weil man eine Person laufen lässt, heißt das noch lange nicht, dass sie auch unschuldig ist«, fügt Rosie mit Nachdruck an. »Auf wen konzentrieren sich denn eure Ermittlungen jetzt?«

Adam verdreht die Augen.

»Mama, du weißt genau, dass ich mit dir darüber nicht reden darf.«

»Tststs, so ein Quatsch.«

»Das sind vertrauliche Informationen.«

»Was glaubst du denn, was ich damit anfange? Sie auf Facebook veröffentlichen?«

»Du bist viel schlimmer als Facebook, weil du eine viel größere Reichweite hast.«

Ich schiebe mich unauffällig an Adam heran. Sein Parfum steigt mir wieder in die Nase. Es duftet einfach himmlisch. Der ganze Mann riecht fantastisch. Ob diese Sabina das Parfum für ihn ausgesucht hat? Auf dem Foto, das ich gegoogelt habe, sah sie umwerfend aus. Wie eine klassische Schönheit, deren Lachen wie perlendes Wasser klingt und die wahrscheinlich viele schöne bunte *Macarons* in der Schüssel hinterlässt, wenn sie auf die Toilette geht.

Wir drei stehen in einer Reihe nebeneinander, mit Blick zur Kirche. Ich spüre Adams Arm, der meine Schulter berührt und dort verweilt. Ganz offensichtlich nicht mit Absicht. Trotzdem. Wir streifen einander. *Merkt er das denn gar nicht?* Ich weiß nicht, wie ich mit dieser Berührung umgehen soll. Also fange ich an, auf der Stelle zu stampfen, als würde ich eine bestimmte Gymnastikübung vormachen. *Himmel, Cilla, reiß dich zusammen. Frag ihn doch irgendwas!*

»Habt ihr euch schon Carolines Vater vorgenommen?«, frage ich mit einem Lächeln, das überhaupt nicht zur Frage passt.

Adam zuckt zusammen. Ich schlucke angestrengt. Verdammt, falsche Frage. Aber Ludvig Axén ist in den letzten Tagen auch zwischen mir und Rosie ein gern diskutiertes Thema gewesen, genau genommen, seit ich diesen Artikel über ihn und seine suspekten Affären gelesen habe.

»Also, ich meine wegen der Anzeigen und so?«, stammele ich, ohne weiter nachzudenken.

Adam lächelt mich an. Ich mag sein schiefes Lächeln, alles Schiefe gefällt mir. Oder sagen wir … fast alles.

»Ach, bist du auch beruflich in diesen Fall involviert?«, fragt er.

»Ähm, nein, nicht wirklich. Entschuldigung. Ich habe nur zufällig diesen … diesen Artikel irgendwo gelesen.«

»Ja, ich weiß, dass sich in den letzten Jahren einige Gerüchte um Ludvig Axén gerankt haben. Ich will aber betonen, dass er bisher in keinem der Fälle verurteilt wurde.«

»Vielleicht wusste Caroline etwas über ihren Vater, was sonst niemand wusste«, sagt Rosie. »Vielleicht wollte jemand sie zum Schweigen …«

»Okay, Mama, es reicht. Jetzt beruhigen wir uns alle wieder ein bisschen.«

»War ja nur so eine Idee.«

»Wir werden uns mit Ludvig Axén unterhalten, macht euch darüber bitte keine Gedanken. Aber heute darf er in Ruhe seine Tochter beerdigen.«

Wir nicken und sehen hinüber zu den Trauergästen, während neben uns die Vögel in den Büschen und Bäumen zwitschern. Wir beobachten, wie sie miteinander reden, sich umarmen, sich gegenseitig mit Tempotaschentüchern aushelfen. Also die Trauergäste, nicht die Vögel.

»Sag mal, Adam, wie lange bleibst du heute auf der Insel?«, fragt Rosie.

»Ich weiß es nicht genau, ich werde wohl eine der Fähren am Nachmittag nehmen.«

»Aber mein Lieber, kannst du nicht zum Essen bleiben? Ich wollte heute Abend mit Cilla ins Pauls gehen. Sie muss unbedingt seine Karte kennenlernen. Komm doch mit!«

»Ich muss arbeiten.«

»Himmelherrgott. Immer nur arbeiten, arbeiten, arbeiten! Es gibt mehr im Leben als die Arbeit. Erinnerst du dich noch an Pauls legendären Hamburger, mit der Mangosalsa?«

Adams Blick bekommt etwas Verträumtes.

»Allerdings kann ich mich daran erinnern … Wann geht die letzte Fähre noch mal?«

»Um elf! Super, dann gehst du mit uns essen und kannst danach meinetwegen in dein geliebtes Nacka zurückfahren, dir die Nacht um die Ohren schlagen und arbeiten. Dann hast du wenigstens ein bisschen Energie getankt.«

Rosies Energie bringt mich zum Lachen. Sie ergreift eindeutig jede Gelegenheit, um mit ihrem Sohn Zeit zu verbringen. Das verstehe ich sehr gut. Was ich davon allerdings halten soll, weiß ich noch nicht. Der Gedanke daran, in wenigen Stunden mit Adam einen Burger zu essen, macht mich erstaunlich nervös. Worüber sollen wir uns unterhalten? Wird das ganz anders werden als Rosie und meine Abende?

»Okay, abgemacht«, sagt Adam.

»Oh, wie wunderbar!«

»Ist das auch für dich in Ordnung?«, fragt mich Adam verlegen.

»Ähm, natürlich. Total. Großartig!«

»Ich rufe gleich an und reserviere einen Tisch für drei«, sagt Rosie und zückt ihr Handy.

Ich will gerade Luft holen und sie bitten, in Anbetracht des schönen Wetters doch einen Tisch im Biergarten zu reservieren, als ich stocke.

Zuerst kann ich nicht ausmachen, was mein Unbehagen

geweckt hat, aber dann wird es immer deutlicher, wie bei einer Kameralinse. Mir wird eiskalt. Ich zupfe an Rosies Tunika.

»Rosie.«

»Was ist?«

Ich nicke mit dem Kopf in Richtung Trauergäste. Als Rosie scharf die Luft einzieht, weiß ich, dass sie dasselbe gesehen hat wie ich. Ein junges Mädchen mit schwarzen Pumps, einem schwarzen Kleid und flammend roten Haaren.

»Shit«, zischt Rosie. »Das ist sie.«

»Ja, das muss sie sein.«

»Von wem redet ihr da?«, fragt Adam verwirrt.

»Paul, also Paul von *Pauls*, hat uns erzählt, dass er Benjamin dabei beobachtet hat, wie der mit einer Rothaarigen in der Mordnacht geredet hat. Er hat uns auch gesagt, dass die Polizei ihn schon befragt hat. Warst du das, Adam?«

»Nein, das muss meine Kollegin Tilly gewesen sein.«

»Sehr gut, sonst hätte ich dich auch ordentlich zusammengefaltet.«

»Mama …«

»Es ist wichtig, alle Zeugen ernst zu nehmen. Man weiß nie, was man sonst unter Umständen übersieht.«

Ich beobachte die beiden, wie sie miteinander rangeln. Adam wird es nicht immer leicht gehabt haben, mit so einer Mutter. Vielleicht ist es einfacher, sie zur Freundin zu haben.

»Außerdem …«, sagt Adam und reißt mich aus meinen Gedanken, »… dass Paul Benjamin dabei beobachtet hat, wie er sich mit jemandem unterhalten hat, muss nicht zwangsläufig etwas bedeuten. Wisst ihr, wie sie heißt?«

In dieser Sekunde fällt mir wieder ein, was ich gestern

Nacht auf Carolines Blog gelesen habe, als ich nicht schlafen konnte. Die Worte haben sich wie Kaugummi in mein Gehirn geklebt. *Ich habe dich gesehen. Ich habe gesehen, wie du versucht hast, ihn auf dem Frühlingsball zu küssen. Ich habe gesehen, wie du dich ihm an den Hals geschmissen hast. Aber das kannst du stecken lassen. Er will dich nicht. Egal, wie sehr du ihn willst.*

Ich schlucke und antworte stellvertretend für uns beide, für Rosie und mich: »Ich habe keine Ahnung, wie sie heißt, aber ich bin mir sicher, dass sie eine Menge zu erzählen hat.«

18

Ich stehe vor dem ungeputzten Spiegel in meiner Hütte und mustere mich streng. Drehe mich von rechts nach links. Das grüne Kleid mit den weißen Punkten sitzt gut. Passt wie angegossen. Und trotzdem …

Manchmal frage ich mich ernsthaft, wann ich endlich meinen Frieden mit mir mache. Oder vielleicht sogar stolz darauf bin, wie ich aussehe. Erste Schritte habe ich schon geschafft. Ich akzeptiere, dass ich weder wie Amal Clooney noch wie Rihanna aussehe. Dass Goldie Hawn einen strafferen Körper besitzt als ich, obwohl ich erst dreißig Jahre auf dem Buckel habe und sie einhundertzweiundvierzig.

Ich fühle mich heute wohler in meinem Körper als noch mit zwanzig. Trotzdem ist es mir unmöglich, mich im Spiegel anzusehen und *vollkommen* zufrieden mit dem Spiegelbild zu sein. Vielleicht tritt das erst mit vierzig ein, dass man diese Körperfixierung verliert? Ich habe mal gehört, dass einem mit vierzig alles egal ist. Und mit fünfzig erst recht. Darauf freue ich mich sehr. Die Jahre, in denen ich nur noch Zeitschriften für die Frau ab fünfzig lese, Tagesdecken besticke und an meinem Sherry nippe, werden mein goldenes Zeitalter. Davon bin ich überzeugt!

Einen kurzen Moment lang bedauere ich es, dass ich nicht mit Rosie allein ins Pauls gehe. Dann hätte ich mich nicht so herausputzen müssen. Adam ist schuld, dass ich mir in der letzten halben Stunde dreimal die Mascarabürste ins Auge gerammt habe. Das konnte ich noch nie gut. Meine Hände zittern viel zu sehr, außerdem sind sie dafür gemacht, die Buchstaben auf der Tastatur zu treffen und Reportagen zu schreiben und nicht Make-up zu applizieren.

Aber irgendwie hat er was.

Ich will hübsch für ihn aussehen. Genau genommen, ist das vollkommen idiotisch, schließlich hält ihn diese Sabina auf Trab. Und selbst wenn nicht, dann deutet nichts darauf hin, dass er ein irgendwie geartetes Interesse an mir hätte.

Ich hatte schon immer ein Faible für dunkle Locken. Das ist wie eine Droge. Schade nur, dass ich nie den richtigen Dealer hatte … Danne hatte keine dunklen Locken, sondern kurz geschorenes blondes Haar. Und einen roten Bart. Ich habe nie begriffen, wie so etwas möglich ist. Zacke und ich haben uns immer darüber lustig gemacht, dass man am Ende doch an den Typen gerät, den man für seinen Traumtypen *hält.*

Da aber meine Lovestory mit Danne jetzt vorbei ist, gibt es ja noch Hoffnung.

Ich posiere noch eine Runde vor dem Spiegel. *Was soll's, das muss jetzt reichen.* Babbens Stimme meldet sich in meinem Kopf. *Umarme deine Angst.* Ich zucke mit den Schultern. Wenn ich mich sowieso erst mit vierzig cool und schön finden werde, kann ich mich doch heute Abend damit zufriedengeben, mich geht so zu finden, oder? Ich drehe ›Thunder

Road‹ von Bruce Springsteen auf und gieße mir ein eiskaltes Bier in ein großes Weinglas. *Show a little faith, there's magic in the night. You ain't a beauty, but hey, you're allright.* Ich zwinkere meinem Spiegelbild aufmunternd zu.

*

Pauls Kneipe ist bis auf den letzten Platz besetzt, und es herrscht eine fast familiäre Stimmung in dem kleinen Lokal, das voller Bilder und Gemälde hängt. Obwohl die Musik ziemlich laut ist, hört man das Lachen der Gäste, die frohen Stimmen und das Klappern des Geschirrs. Kaum habe ich den Raum betreten, schlägt mir ein bekanntes, vertrautes Gefühl entgegen. *Stockholm.* Das Gefühl von Leben, Menschen und Gesprächen. Mich packt für einen kurzen Moment Heimweh, obwohl meine Wohnung nur eine Fahrt mit Fähre und Bus entfernt ist. Als ich Rosie und Adam an einem Fenstertisch entdecke, werde ich mit einem Schlag in die Gegenwart zurückgeholt.

»Wow«, ruft Rosie und pfeift auf zwei Fingern. »Du hübsches Ding!«

Ich schüttele verlegen mit dem Kopf und setze mich zu ihnen.

»Ach, hör auf …«

»Sag jetzt bloß nicht ›Ach, der alte Fummel‹, sonst will ich sofort wissen, wo man diesen Fummel bekommt«, sagt Rosie.

Adam lacht und mustert mich. Unsere Blicke begegnen sich für einen kurzen Moment, niemand sagt ein Wort.

»Du siehst hübsch aus«, sagt er.

Ich spüre, dass ich knallrot werde, und hoffe sehr, dass es

niemandem auffällt. Einige Frauen bekommen granatapfelfarbige Wangen, wenn sie rot werden. Ich sehe aus, als wäre ich von zweihundert Wespen gestochen worden.

»Danke, du auch.«

»Meinst du diesen Fummel hier?«, sagt Adam und sieht lächelnd an sich hinunter.

Ich schenke mir von der Karaffe auf dem Tisch ein Glas Wasser mit Zitronenscheiben ein und nehmen einen Schluck. Adam hat sein Jackett ausgezogen und es über seinen Stuhl gehängt. Er trägt ein sommerliches Leinenhemd und eine hellgraue Anzughose. Ich frage mich ernsthaft, ob er jemals etwas anderes trägt als Anzüge? *Er kann doch unmöglich so aussehen, wenn er zu Hause ist?* Das kann ich mir einfach nicht vorstellen. Zu Hause hat er wahrscheinlich Jogginghosen an, die locker auf der Hüfte hängen, und dazu ein weißes T-Shirt, das sich eng an seinen braun gebrannten, muskulösen Oberkörper schmiegt. Und dann …

Ich bin gezwungen, einen zweiten Schluck Wasser zu nehmen. Ein Zitronenkern kitzelt im Hals, und ich schlucke ihn schnell hinunter.

»Na, hier ist heute ja was los«, sage ich.

»Ja, vollkommen verrückt«, nickt Rosie. »Das ist noch voller als sonst. Ich wollte einen Tisch draußen im Biergarten reservieren, aber eine junge Kellnerin – ein Mädchen aus Lidingö, du hättest sie mal sprechen hören sollen, nur Vokale – hat mir gesagt, dass alles ausgebucht ist.«

»Macht doch nichts, ist doch gemütlich hier.«

»Aber es ist affenheiß hier drin. Paul wollte kommen und die Fenster aufmachen. Zur Sicherheit habe ich die hier mitgenommen.«

Sie holt zwei türkisfarbene Fächer aus ihrer Tasche und reicht mir einen.

»Wow, du bist ja bestens vorbereitet.«

»Das ist nicht mein erster Sommer auf der Insel.«

»Bekomme ich keinen?«, fragt Adam.

»Daran hättest du selbst denken müssen, du kannst dir ja mit deiner Dienstmarke Luft zufächeln.«

Amüsiert hebe ich eine Augenbraue und öffne meinen Fächer, um den Schweiß an meinem Hals zurückzudrängen, damit er nicht zwischen meine Brüste läuft und dort den drittgrößten Binnensee Schwedens bildet.

»Na, hey there!«

Eine bekannte Stimme meldet sich hinter mir, ich drehe mich um und sehe Paul. Er trägt auch heute ein Hawaiihemd, aber dieses ist etwas zurückhaltender in gelben und rosa Farbtönen gehalten. Bei Paul fällt es mir schwer, sein Alter einzuschätzen. Er gehört zu jenen Menschen, die alterslos wirken. Vielleicht ist er vierzig, vielleicht aber auch sechzig. Unabhängig von seinem biologischen Alter hat er jedenfalls eine Energie wie ein Siebzehnjähriger.

»Hey«, antworte ich. »Das ist so ein schönes Lokal.«

»Danke, und so voll heute Abend. Es ist *lovely*, dich wiederzusehen, ein bisschen *new blood*! Diese Gestalten hat man ja schon so oft zu Gesicht bekommen.«

Er zeigt dabei auf Adam und Rosie. Dann streckt er sich über den Tisch, um das Fenster mit einem kleinen Schlüssel zu öffnen und aufzustoßen. Ich weiche zurück und stoße mir dabei den Fächer gegen das Kinn. Die kühle Abendluft strömt hinein und riecht nach Zigarettenrauch und Sommergräsern.

»Oh, Luft. Heureka!«, stöhnt Rosie.

»Habt ihr euch schon entschieden, was ihr essen wollt?«, fragt Paul.

»Noch nicht, Cilla ist gerade eben erst gekommen. Aber Wein schadet nie, oder was sagt ihr, Kinder? Oder wollen wir einen Sekt nehmen?«

Adam und ich nicken gleichzeitig.

»Dann nehmen wir vor dem Wein eine Flasche Cava«, sagt Rosie. »Es muss gefeiert werden, dass ich meinen Sohn überreden konnte, zum Abendessen zu bleiben. Das ist wie ein Lottogewinn.«

Paul zieht mit der Bestellung ab, und kurze Zeit später kommt die junge, vokalliebende Kellnerin mit einem vollen Weinkühler und einer Flasche Sekt. Sie schenkt uns ein, wir stoßen an und genießen trockenen, moussierenden Wein mit markanter Zitrusnote.

»Oh Gott, ist der lecker«, sage ich.

»Warte ab, bis du den Hamburger probiert hast«, sagt Adam.

Wir blättern durch die Speisekarte, in der praktisch alles unwiderstehlich gut klingt. Da ich wusste, dass wir essen gehen würden, habe ich mich zum Mittagessen mit einem Brot mit Eiersalat und einem Glas Apfelsaft begnügt. Nun bin ich froh, noch Platz im Magen gelassen zu haben. Als die Kellnerin das nächste Mal vorbeikommt, bestellen wir drei verschiedene Hamburger, die wir uns teilen wollen, und dazu einen Avocadosalat mit Granatäpfeln und Pinienkernen. Nach dem dritten oder vierten Schluck stützt Adam sein Kinn auf der Hand ab und sieht mich durchdringend an.

»Also, Cilla … Ich muss zugeben, dass ich neugierig bin, wen ich da vor mir habe.«

»Meinst du mich?«

»Ja.«

»Ich weiß nicht, ob es da so viel Spannendes zu erzählen gibt.«

»Oh doch, gibt es!«, ruft Rosie dazwischen. »Allerdings habe ich Adam auch schon einiges erzählt.«

»Wo bist du aufgewachsen?«, fragt er.

»In Stockholm, in der Pilgatan auf Kungsholmen.«

»Oh, also bist du ein richtiges Stadtmädchen.«

»Jap, Städterin, durch und durch.«

»Und deine Eltern, die sind … noch zusammen?«

Ich genehmige mir eine kleine Pause und trinke einen Schluck. Es ist sonderbar, dass es sich nach so vielen Jahren noch immer komisch anfühlt, nach seinen Eltern gefragt zu werden. Ich vergesse oft, dass nicht alle Menschen so aufgewachsen sind wie ich. Vergesse, dass die meisten Mutter *und* Vater haben. So, wie das von der Evolution, von Gott, Allah oder wem auch immer vorgesehen ist.

»Meine Mutter lebt nicht mehr.«

Adams Gesichtsausdruck verändert sich schlagartig von aufreizend zu verdutzt und dann verlegen. Ich wedele mit der Hand, um ihm zu verdeutlichen, dass er mir damit nicht zu nahegetreten ist.

»Keine Sorge, das ist schon so lange her«, beruhige ich ihn.

»Es tut mir sehr leid.«

»Danke. Ich war acht Jahre alt. Es fühlt sich an, als würde ich über das Leben einer anderen sprechen.«

Auch Rosies Blick ruht auf mir, fragend. Vielleicht wird ihr bewusst, dass sie mich doch nicht so gut kennt, obwohl wir fast jeden Tag der vergangenen Woche miteinander verbracht haben. Sie neigt ihren Kopf und sieht mich bekümmert an.

»Aber Cilla, meine Liebe … das hast du mir gar nicht erzählt.«

»Ich vergesse es manchmal.«

»Ohne Mutter. Meine süße kleine Maus.«

Ich rutsche auf meinem Stuhl hin und her. Es bereitet mir unerwartet großes Unbehagen, dass die beiden meinen alten Schmerz thematisieren. Ich bin auf einmal wieder ein kleines Mädchen, obwohl ich ein schönes sauberes Kleid und ein bisschen zu viel Mascara trage.

»Sie hat sehr früh Alzheimer bekommen. Das war schrecklich, aber ich kann mich nicht an alles erinnern.«

Und das stimmt auch tatsächlich. Ich kann mich an ihre kurzen, superglatten Haare erinnern, ihre großen Zähne, wenn sie lächelte, und dass sie es liebte, in dem großen Ohrensessel im Wohnzimmer zu sitzen und aus dem Fenster auf die Straße unten zu schauen, die zum Norr Mälarstrand führt. Sie hat immer wahllos durch irgendwelche Frauenzeitschriften geblättert und plante ihre nächste Diät, den nächsten Shoppingtrip oder den ultimativen Partnerschaftstest. Zumindest hat mir das mein Vater später erzählt.

Und vielleicht bin ich genau aus diesem Grund Journalistin geworden. Vielleicht stand meine Mutter wie ein guter Geist neben mir, als ich mich für ein Studium entscheiden sollte.

Ich wollte immer über Beziehungen schreiben. Sachen

auf den Grund gehen, Menschen zum Reden bringen. Ich war neugierig, wollte verstehen, Dinge begreifen. Mein größter Albtraum war, wie meine Mutter am Ende ihres Lebens zu werden. Eine Frau, die jede Kontrolle verloren hatte. Ein kranker Mensch, der sich nicht mehr erinnern konnte und keine Zusammenhänge mehr begriff. Ich weiß, dass man das nicht in der Hand hat. Niemand entscheidet sich dafür, krank zu werden. Aber vielleicht suggeriert mir meine Neugier, dass ich noch bei Verstand und klar im Kopf bin.

Mein Vater hat mir immer gesagt, dass ich zu neugierig bin. *Du bist wie eine Friseurin, Cilla. Du musst den Leuten immer gleich die ganze Lebensgeschichte aus der Nase ziehen!* Ich empfinde das nicht als Kritik, sondern als Kompliment. Es ist nur schade, dass ich oft zu ängstlich und vorsichtig bin und nicht weiß, was ich mit all den Informationen anfangen soll.

Über den Rand meines Glases sehe ich, dass Adam und Rosie mich nach wie vor beobachten. Ich habe das dringende Bedürfnis, die Stimmung aufzuheitern.

»Aber mein Vater lebt!«

Okay, das klang jetzt wiederum viel zu fröhlich.

»Das freut mich«, sagt Adam. »Und er lebt auch in Stockholm?«

»Ja, er lebt zusammen mit seiner Frau Sussi in Älvsjö und genießt das Leben. Er geht golfen und trinkt Zinfandel aus einer Fünfliterbox.«

»Klingt herrlich«, sagt Rosie. »Also alles, außer dem Golfen. Darauf kann ich gern verzichten.«

»Ich auch«, sage ich.

»Wie findet es dein Vater denn, dass du hier auf der Insel bist und dir diese Laube gekauft hast?«, fragt Adam.

Ich muss schmunzeln, wenn ich an seine erste Reaktion denke, als ich ihm davon erzählt habe: *Allein? Du wirst dort ALLEIN wohnen? In einer Hütte, die aus Pappe besteht? WAS, WENN DA ASBEST DRIN IST?*

»Er macht sich Sorgen. Aber er macht sich wegen allem Sorgen. Er ist ein richtiger ›Katastrophist‹.«

»Das verstehe ich. Wenn man jemanden verloren hat, den man liebt, will man dafür sorgen, dass so etwas nie wieder passiert.«

»Dann ist es vielleicht klüger, ihm nicht von den jüngsten Ereignissen auf der Insel zu erzählen?«, wirft Adam ein.

»Leider liest er Zeitung. Ich bin mir sicher, dass er in dieser Minute einen Plan entwirft, wie er mich von der Insel herunterholen kann und mich trotzdem in dem Glauben lässt, es sei allein *meine* Idee gewesen.«

Da unsere Sektgläser geleert sind, schenkt uns Rosie den Wein ein, wir stoßen erneut an und plaudern über die anderen Bewohner in der Kolonie. Da ich bisher nur mit Rosie zu tun hatte, habe ich noch nicht so viel mitbekommen. Aber Rosie ist großzügig mit ihrem Wissen, was bedeutet, dass ich schon bald im Bilde bin.

Karotten-Ingrid ist zum Beispiel Witwe, seit ihr Mann vor ein paar Jahren an einem Herzinfarkt gestorben ist. Sie ist aber auch das größte Klatschweib der Insel (lustig, weil ich davon überzeugt war, dass Rosie diesen Titel hält ...). Carita und Pelle, denen das gelbe Haus am Rand der Schrebergartenkolonie gehört, prahlen auf Instagram mit ihrer glücklichen Beziehung, während Pelle unter der Woche in Schwulenbars in Stockholm junge Typen aufreißt. Und auf dem Grundstück mit der hellblauen Hütte neben Rosie –

das eigentlich Ritva Persson gehört, aber von ihrer Tochter Elin genutzt wird – riecht es sehr oft nach Gras. Und damit ist nicht frisch gemähter Rasen gemeint, sondern richtiges Gras, Haschisch. Zumindest sagt Rosie das.

Adam und ich sehen uns an und lachen herzhaft über ihre wilden Geschichten. Kaum sind die Hamburger auf den Tisch gestellt, teilen wir sie gerecht mit unseren scharfen Messern und hauen rein. Sie sind in der Tat außergewöhnlich gut. Der eine ist klassisch mit rosa gebratenem Hack, frittierten Zwiebeln und Trüffelmayonnaise. Der andere ist vegetarisch und besteht aus einem gebratenen Portobellopilz mit Ziegencreme, und der dritte kommt exotisch daher mit Hühnchen, Avocado und Mangosalsa. Rosie bestellt eine Flasche Primitivo, Italiens Antwort auf den Zinfandel, und tatsächlich schmeckt er hervorragend zu den süß-säuerlichen Geschmacksrichtungen und den weichen Brioche-Brötchen. Eigentlich trinke ich Rotwein bevorzugt im Herbst, wenn es draußen stürmt, und nicht im strahlenden Sommer, aber ich muss zugeben, dass er perfekt zu unserem Essen passt.

Die Stimmung ist großartig und gelöst, und ich könnte bis in alle Ewigkeiten in diesem schrammeligen Restaurant sitzen, Burger essen, Rotwein trinken und mich mit der verrückten Jämtländerin und ihrem gut aussehenden Sohn unterhalten. Ich frage mich, ob Sabina Hamburger mag. Vielleicht schafft sie nicht mehr als ein Salatblatt. Mit einem Dressing aus Leitungswasser, fein gemahlenem Pfeffer und Luft aus dem Himalaya.

Sofort weise ich mich zurecht, dass ich es überhaupt zulasse, dass Sabina in meinen Gedanken auftaucht. Sie hat überhaupt nichts falsch gemacht. Trotzdem fällt es mir wahnsinnig schwer, mich nicht über sie aufzuregen. Über eine Frau, der ich noch nie begegnet bin.

Als Rosie auf die Toilette verschwindet, kommt Paul zu uns an den Tisch.

»Und, hat es euch geschmeckt?«

»Das war fantastisch«, sage ich. »*Yummy!*«

Yummy? Himmel, ich habe eindeutig zu viel getrunken. Im Augenwinkel sehe ich Adam herzhaft lachen.

»Das freut mich.«

»Du musst mir unbedingt beibringen, wie man ein Burgerbrötchen gleichzeitig so weich und so knusprig hinbekommt.«

»Olivenöl«, gluckst Paul und wirft die Hände in die Luft. »Das Geheimnis ist das Olivenöl.«

»Ach was!«

Paul nimmt unsere leeren Teller mit, türmt sie sich wie ein Zirkusartist auf den Arm und ist so schnell verschwunden, wie er aufgetaucht war.

Ich drehe mich zu Adam, der nach draußen in den Biergarten sieht und die anderen Gäste beobachtet. Ich kratze mich am Kinn. Wir beide sind allein. Zum ersten Mal an diesem Abend. Ich spüre Nervosität in mir aufsteigen. Verdammt, ich hatte sie doch gerade erst abgelegt. Der Wein in meinem Körper ist auch verantwortlich für meine nächste Frage:

»Was machst du so, wenn du keine Verbrechen löst, Adam? Rosie hat mir erzählt, dass du eine Freundin hast?«

Er sieht mich an. *Shit.*

»Ach, wirklich? Das hat meine Mutter gesagt?«

Ich nicke. »Ja, sie hat was von einer Sabina erwähnt.«

Was für ein Ziel verfolge ich eigentlich mit meiner Frage? Vielleicht wünsche ich mir, dass er antwortet: *Ach so, nein, wir haben uns gerade getrennt.* Oder: *Ach so, die. Nein, die hatte letzte Woche einen tödlichen Autounfall.* Aber Adam sagt nicht besonders viel. Er presst nur die Lippen aufeinander.

»Also, wie lange … seid ihr …«

»CILLA!«

Ich verstumme, Adam und ich zucken zusammen, und ich drehe mich um. Rosie steht neben der Bar und winkt mir zu. Ich entschuldige mich bei Adam, stehe auf und spüre sofort, dass mein Gleichgewicht von den Unmengen von Primitivo in Mitleidenschaft gezogen wurde. Immerhin schaffe ich es zu Rosie.

»Sieh dir das mal an«, sagt sie und deutet auf die Wand hinter sich.

»Warst du noch gar nicht auf der Toilette?«

»Doch, ich bin eine ganz Schnelle. Sieh doch.«

Erst jetzt sehe ich, was die ganze Wand bedeckt. Vom Tisch aus war das nicht zu erkennen. Es sind Hunderte von Fotos. Menschen. Gäste, vermute ich.

»Ist die nicht super?«, sagt die junge Vokalkellnerin hinter der Bar. »Das sind alle Gäste von Anfang bis heute. Von 1997 sind die ersten, als Paul die Kneipe eröffnete. Paul ist wahnsinnig stolz auf diese Wand. Soll ich ein Foto von euch machen?«

Sie holt eine alte schwarze Polaroidkamera aus einer Schublade, und ehe Rosie oder ich etwas einwenden können, explodiert der Blitz vor unseren Augen. Sekunden später liegt das kleine Quadrat auf dem Tresen, und die Kellnerin gibt uns einen Stift.

»Damit ihr eure Namen auf den weißen Streifen hier unten schreiben könnt.«

Sie fährt mit dem Mixen irgendwelcher Getränke fort, während Rosie mich am Arm packt und zu der Wand zieht. Sie zeigt auf ein Foto inmitten all der anderen.

»Sieh mal, wen ich hier gefunden habe.«

Ich kneife die Augen zusammen. Vier kleine Mädchen, die keinen Tag älter als neun oder zehn Jahre sind und alle weiße Kleider tragen. Auf dem weißen Streifen steht: *»Mittsommernacht 2007.«*

Das Mädchen in der Mitte ist blond. Ihr Haar ist dick und so hell wie bei einer Barbiepuppe. Ich hole zischend Luft.

»Caroline …«

Rosie nickt.

»Und diese da.«

Sie zeigt auf die Person neben Caroline. Ein kleines, sommersprossiges Mädchen mit roten Haaren.

»Jetzt kann ich mich auch wieder an sie erinnern«, sagt Rosie. »Das war eine richtige Mädchengang. In dem Sommer bin ich auf die Insel gezogen. Die waren alle stinkreich und hingen unten am Pier bei den Booten ab oder waren im Pauls mit ihren Eltern.«

Ich betrachte das Foto eine Weile, das strahlende Lächeln der Mädchen, die Zahnlücken. Fröhliche, sonnenverwöhnte Kinder.

»Und die da …«

Rosie zeigt auf das Mädchen links außen. Sie sieht anders aus als die anderen. Nicht ganz so niedlich wie die anderen, viel weniger Mittsommertraum.

»Das war das Mädchen, das umgekommen ist.«

Ich gehe noch näher heran. Der Rotwein hat auch mein Sehvermögen beeinträchtigt.

»Das ist das Mädchen, das vor zehn Jahren starb?«

»Hmm.«

»Josefine?«

»Ganz genau.«

»Die ermordet wurde vom … Grubenmann?«

Rosie schnaubt.

»Wie ich schon sagte, ich glaube nicht an Legenden. Aber weil in der besagten Nacht so viele Kinder involviert waren, hat die Polizei die Ermittlungen eingestellt. Darüber stand in den Zeitungen kein einziges Wort. Es wurde als Unfall dargestellt, der sich in der Grube von Bullholmen ereignet hat.«

Ich nicke.

»Ist das nicht sonderbar, dass gleich zwei Mädchen aus dieser Gang ums Leben kommen?«, frage ich.

»Ich würde sogar sagen, das ist *äußerst* sonderbar.«

»Und beide an Mittsommer. Mit zehn Jahren Abstand. Glaubst du, dass Adam diesen Aspekt berücksichtigt hat?«

Rosie zuckt mit den Schultern und seufzt.

»Er hat erwähnt, dass er mit der Rothaarigen sprechen will. Ina heißt sie, oder? Allerdings habe ich das Gefühl, dass die sich auf den Vater eingeschossen haben.«

Nachdem Rosie und ich Adam bei der Beerdigung auf das rothaarige Mädchen aufmerksam gemacht hatten, wartete er, bis sich die Gesellschaft auflöste, und ging dann auf sie zu, um mit ihr zu reden. Hinterher erzählte er uns, dass sie ihm ihren Namen genannt hatte, dass ihre Eltern ein Haus auf der anderen Seite der Insel besäßen und sie seit ihrer Kindheit den Sommer auf Bullholmen verbracht hätte. Zudem gab sie an, Caroline gekannt, aber schon lange keinen Kontakt mehr mit ihr gehabt zu haben. Sie hätten sich als Teenager aus den Augen verloren. Adam hatte sich Notizen gemacht und mit ihr vereinbart, dass sie Ende der Woche zur Polizeidirektion in Nacka kommen sollte, um eine Aussage zu machen.

Ich zeige auf die Mädchen.

»Ich fasse zusammen. Das ist Josefine, die vor zehn Jahren in der Grube ums Leben kam. Das ist Caroline, die letzte Woche ermordet wurde, und das hier ist Ina, die heute auf der Beerdigung war. Wer ist das vierte Mädchen – die andere Blondine?«

»Keine Ahnung«, sagt Rosie.

»Das sollten wir herausfinden.«

Rosie nickt. Entweder sorgt der Wein für die Extraportion Spannung oder aber wir beide sind aus demselben Holz geschnitzt. Neugierig hoch zehn.

»Aber kein Wort zu Adam«, beschwört mich Rosie.

»Nicht?«

»Er macht sich zu viele Sorgen. Findet immer, dass ich mich überall zu sehr einmische und es lieber der Polizei überlassen sollte. Aber die sind immer *soooooo* langsam.«

Rosie verdreht die Augen, und ich kichere. Als ich mich umdrehe und zum Tisch zurückkehren will, packt mich Rosie am Arm.

»Warte mal«, sagt sie. »Sieh mal das da …«

Sie zeigt auf ein anderes Foto, in unmittelbarer Nähe von der Aufnahme der Mädchengang. Darauf ist eine erwachsene Frau zu sehen, nur unwesentlich älter als ich. Sie lächelt mit leicht geröteten Wangen übers ganze Gesicht. Ihre Haare sind kurz geschoren und pechschwarz.

»Himmel«, sage ich. »Was ist denn das für ein …«

»Tattoo«, beendet Rosie den Satz.

Das Tattoo am Hals der Frau ist wirklich auffällig. Ein großer pechschwarzer Skorpion, der in Richtung Kinn krabbelt. Schön ist das nicht. Aber außergewöhnlich. Auf ihrem Schoß sitzt ein Mädchen. Sie ist etwa in demselben Alter wie die Mädchen in Carolines Gang. Aber sie lächelt nicht so offen und fröhlich wie ihre Mutter. Sie sieht sogar eher schüchtern aus. Fast ein bisschen traurig. Sie trägt ein rosa T-Shirt und hat geflochtene Haare.

»Ich erinnere mich an die beiden«, sagt Rosie leise.

Sie muss sich konzentrieren, um sich zu erinnern.

»Genau, Mutter und Tochter, sie waren auch in dem Sommer auf der Insel, als Josefine starb. Damals, vor zehn Jahren. Die Mutter war speziell.«

»Inwiefern speziell?«

»Das klingt jetzt vielleicht hart, und du musst wissen, Cilla, ich verurteile eigentlich niemanden. Aber diese Frau, die … kannte einfach keine Grenzen.«

»Oh. Und in welcher Hinsicht?«

»Eigentlich in jeder. Männer, Alkohol … Wir haben in der Kolonie häufig über sie gesprochen. Auch ich war gerade erst auf der Insel angekommen, aber wir waren uns alle einig, dass sie keine Vorzeigemutter war. Sie hat die meiste Zeit hier in der Kneipe verbracht.«

»Hier?«

»Ja, in Pauls Biergarten. Immer bis obenhin voll, immer auf dem Schoß eines verheirateten Mannes.«

Ich sehe Rosie skeptisch an.

»Neidisch?«

»Ha! Mich hätten so einige Männer gern auf ihrem Schoß gehabt. Aber ich habe immer lieber auf meinem eigenen Stuhl gesessen.«

Um nicht laut loszuprusten, muss ich schnell das Bild von der rotwangigen Rosie auf dem Schoß eines reichen Jachtbesitzers verdrängen.

»Mir ist klar, wie das klingt«, fährt Rosie fort. »Aber wir waren nicht neidisch, wir waren besorgt. Während diese Frau die Nächte durchfeierte, war die Tochter nirgends zu sehen.«

»Gar nicht?«

»Nein, oder doch, tagsüber schon. Und …« Sie stockt.

»Und?«

»Und wenn ich mich nicht irre, haben wir sie auch ein paarmal mit Carolines Mädchengang zusammen gesehen.«

Schweigend stehen wir vor der Fotowand und lesen die Bildunterschrift: *Lollo mit Tochter Janna, Juni 2007.*

19

Mit diesem Haus stimmt etwas nicht.

Ina kann das spüren. Es hat etwas Bedrohliches.

Das ist die einzige Erklärung, die sie hat. Alles andere wäre nämlich ein Beweis dafür, dass sie langsam durchdreht. Paranoid wird. Vor allem in den letzten Tagen hatte sich das Gefühl verstärkt. Immer wieder hatte es im Haus geknarrt, im Zimmer nebenan und oben im ersten Stock. Ein Gefühl nahm immer mehr Form an: Sie war nicht allein im Haus.

Sie hatte die Kleiderschränke aufgerissen, unter die Betten und hinter die Gardinen gesehen, aber keine Spur von nichts und niemandem. Es ist ein altes, knarrendes Haus. Kein Wunder, dass es ab und zu ein bisschen gespenstisch sein kann. Aber dieses Mal jagt es ihr richtige Angst ein und löst alles andere als Sicherheit und Geborgenheit aus.

Deshalb wird sie auch morgen zurück nach Stockholm fahren. Sie hat genug von diesem Quatsch. Genug von diesem *Projekt*.

Sie schämt sich ein bisschen für ihren ursprünglichen Grund, dieses Jahr nach Bullholmen gefahren zu sein und auf den Familienurlaub verzichtet zu haben. Alles nur wegen Benji. Um ihn davon zu überzeugen, dass sie füreinander bestimmt sind. Das ist alles so wahnsinnig dumm. So verdammt albern und dumm. Er will sie doch gar nicht. Er wollte sie vor Carolines Tod nicht und jetzt definitiv auch nicht. Wie konnte sie das jemals denken? Wie konnte sie auch nur eine Sekunde lang glauben, dass sie eine Chance hatte?

Sein Verlangen hat man nicht unter Kontrolle, das kann man nicht steuern. Und das Verrückteste ist, dass man es ihr offensichtlich sogar ansehen konnte. *Bloß wie?* Waren es ihre Blicke gewesen, wenn sie Benji in der Schule sah? Oder lag es daran, dass sie ihn auf Partys ansprach und sich mit ihm unterhielt, nachdem sie sich Mut angetrunken hatte? Oder hatte Caroline es an ihren Augen ablesen können? So wie sie schon früher immer wusste, was Ina dachte, fühlte und wollte?

Ina kann sich noch gut an das Gefühl erinnern, als sie vor ein paar Wochen auf Carolines Blog den Eintrag gelesen hatte und ihr das Blut in den Adern gefroren war. Caroline hatte einen Text an ihre »Haters« geschrieben, die ihre Beziehung zu Benji zerstören wollten. Und in dem Text sprach sie eine Person direkt an:

Nur dass du es weißt: Ich habe dich gesehen. Ich habe gesehen, wie du versucht hast, ihn auf dem Frühlingsball zu küssen. Ich habe gesehen, wie du dich ihm an den Hals geschmissen hast. Aber das kannst du stecken lassen. Er will dich nicht. Egal, wie sehr du ihn willst. #peace

Ina konnte in der Nacht nicht einschlafen. Das Adrenalin hielt sie wach, sie lag zitternd unter der Bettdecke. *Caroline weiß es.* Sie wusste, was Ina sich wünschte. Aber woher?

Ina hatte nicht versucht, Benji zu küssen, sie war gar nicht so weit gekommen. Aber warum schrieb Caroline es dann in ihrem Blog? Sie hatte nur mit ihm getanzt, vielleicht hat Ina seine Wange mit ihrer Stirn berührt, aber mehr ist nicht passiert. Woher wusste also Caroline, was Ina fühlte? War es *so* offensichtlich gewesen?

Am nächsten Tag war aus der Angst, entlarvt zu sein, Wut geworden. Schon als sie Kinder waren, hatte Caroline immer alles bestimmen dürfen. Alle hatten ihren Befehlen gehorcht, keine von ihnen hatte jemals auch nur ein Wort aus ihrem Mund infrage gestellt. Aber das war damals, und heute ist heute. Jetzt waren sie erwachsen. Und Ina hatte nicht vor, länger nach Carolines Pfeife zu tanzen. Sie hatte nicht vor, Benji zu fesseln und ihn zu zwingen, sich in sie zu verlieben. Sie hatte lediglich vor, ihm die Möglichkeit zu geben, ihr zu zeigen, dass er für sie dasselbe empfand. Denn Ina hatte es gesehen. Benji hatte all ihre Blicke erwidert. Ganz diskret natürlich, aber trotzdem. Ina wusste, dass ein Teil von ihm sich für sie entschieden hatte.

Deshalb hatte sie beschlossen, diesen Sommer nach Bullholmen zu fahren. Sie wollte es versuchen.

Und dann, wie aus dem Nichts, war dieser Brief eingetroffen. Er tauchte vor ein paar Wochen plötzlich in ihrer Wohnung in Östermalm auf und verwirrte sie noch mehr. Der Brief war von Caroline.

Ina. Ich vermisse dich. Das weiß ich jetzt. Ich habe dich so sehr vermisst. Und es tut mir so leid, dass wir uns aus den Augen verloren haben, dass die Vergangenheit unsere Freundschaft zerstört hat. Das hätte genau andersherum sein müssen,

das Geschehene hätte uns enger zusammenschweißen müssen. Ich werde den ganzen Sommer auf Bullholmen verbringen. Kannst du nicht auch kommen? Wollen wir es nicht noch einmal versuchen?
Carro

Ina hatte den Brief mehrere Male hintereinander gelesen und dabei die unterschiedlichsten Gefühle durchlebt. Zuerst hatte es ihr Angst gemacht, dann war sie gerührt gewesen und zum Schluss verwirrt. Sie freute sich darüber, dass Caroline sich gemeldet hatte und den Kontakt wieder aufnehmen wollte. Gleichzeitig aber vereitelte es ihren Plan. Es wäre viel leichter, ihr Vorhaben auf Bullholmen mit der Einstellung umzusetzen, dass sie und Caroline keine Freundinnen mehr waren. Der Brief machte alles unnötig kompliziert.

Als Ina ein paar Tage vor Mittsommer auf die Insel kam, musste sie allerdings Caroline nur kurz im Eisladen begegnen, um zu wissen, dass sich an ihrem Verhältnis niemals etwas ändern würde. Caroline hatte Ina nur zugenickt, aber hatte sie weder begrüßt noch mit ihr geredet. Sie war ihr ausgewichen und sofort wieder gegangen, was Inas Vermutung nur bestätigt hatte. Caroline hatte kein Interesse an ihr. Den Brief hatte sie wahrscheinlich betrunken in einem Anfall von Nostalgie geschrieben. Denn ihre Worte galten ganz offensichtlich nicht mehr. Da hatte Ina beschlossen, ihren Plan weiterzuverfolgen. Und das hatte sie auch getan. Und hätte auch fast Erfolg gehabt, aber in letzter Sekunde hatte Benji einen Rückzieher gemacht. Das hatte ihr das Herz gebrochen.

*

Ina liegt in ihrem Bett und schwitzt. Sie hat lange mit sich gehadert, ob sie bei offener Schlafzimmertür schlafen soll oder nicht. Am Ende siegte ihre Angst, und sie schloss die Tür ab.

Es fühlt sich an, als würde ihre Haut brennen. Die Sommerhitze dringt durch jede Ritze im Haus.

Es ist kurz vor elf, aber draußen ist es noch ziemlich hell. Eine schwedische Sommernacht. Sie liebt diese Sommernächte. *Wenn sie nur nicht so schreckliche Angst hätte.*

Ihr Herz bleibt fast stehen, als sie das Geräusch hört. Ein Knarren. Irgendwo im Haus knarrt eine Diele.

Ina setzt sich im Bett auf, der Schweiß läuft ihr übers Gesicht, am Hals entlang und zwischen die Brüste. Ihr steigen Tränen in die Augen. Diese Angst frisst sie innerlich auf. Caroline ist tot. *Bin ich die Nächste?*

Ina klettert aus dem Bett, in dem sonst ihre Eltern schlafen, und bleibt reglos stehen. Sie lauscht, atmet kaum. Es knarrt erneut. Oh Gott, da *ist* wirklich jemand im Haus.

Wo soll sie hin? Würde sie es schaffen, die Treppe hinunterzurennen, die Tür aufzureißen und wegzulaufen? Oder wartete dort unten schon jemand auf sie?

Ihr Herz schlägt wie wild vor Panik, am liebsten würde sie sich übergeben.

Aber da fällt ihr Blick auf den großen Kleiderschrank im Schlafzimmer. Im Sommer hängen da die Klamotten ihrer Eltern, jetzt ist er wahrscheinlich ziemlich leer. So leise sie kann schleicht sie über den Boden, öffnet den Kleiderschrank, klettert hinein und zieht vorsichtig die Tür hinter sich zu.

Ina schwitzt so stark, dass es sich anfühlt, als würde sie

unter einer warmen Dusche stehen. Der Schweiß läuft ihr am ganzen Körper hinunter. Wahrscheinlich ist es hier im Kleiderschrank noch wärmer als im restlichen Haus. Sie beißt sich auf die Lippen, um nicht zu weinen. Ihre Beine zittern. Was soll sie jetzt machen? Wie lange wird es dauern, bis der Eindringling sie hier findet?

Ina lauscht ihren eigenen Atemzügen. Die klingen ungewohnt, komisch. So angestrengt. Sie hofft, dass man sie draußen nicht hören kann.

Sie presst sich eine Hand vor Mund und Nase und versucht, so leise wie möglich zu sein. Und während sie ihren Atem anhält, merkt sie, dass sie nicht allein im Kleiderschrank ist.

20

Bullholmen ist an diesem Abend wie eine griechische Mittelmeerinsel. Es fehlt nur der Lärm der Zikaden. Es ist kurz vor elf Uhr, und Adam und ich sind in Pauls Biergarten umgezogen. Rosie hat sich vor einer halben Stunde mit den Worten verabschiedet, dass sich ihr Alter bemerkbar mache und sie dringend nach Hause ins Bett müsse, solange sie noch geradeaus laufen könne.

Ich für meinen Teil besitze ganz offensichtlich keine Grenzen und bestelle bei der Vokalkellnerin zwei Mojitos, sobald sich mir die Gelegenheit bietet. Für Adam und mich. Wir sind beide schon einigermaßen angetrunken, aber dieser Abend hat etwas Besonderes, und ich will nicht, dass er jemals endet.

Vielleicht liegt das an der Wärme und der Tatsache, dass es Sommer ist.

Oder es liegt an ihm. Dem schönen Polizisten, der mir gegenübersitzt.

Unsere Beine befinden sich in einer gefährlichen Nähe zueinander. Ab und zu berühre ich ihn mit meinen Zehenspitzen und werde von einer solchen Nervosität gepackt, dass ich meinen Kopf abwenden muss.

Unser Small Talk über die Schweden, die das ganze Jahr quasi im Winterschlaf verbringen und dann im Sommer zum Leben erwachen, wird von einem lauten Tuten unterbrochen. Von einem Horn. Mit weit aufgerissenen Augen starren wir uns an.

»Verdammt!«, stöhnt Adam.

»Der Silberpfeil!«, rufe ich.

Wir springen auf und sehen in der Tat der Fähre hinterher, wie sie nur wenige hundert Meter entfernt den Hafen verlässt. In Adams Gesicht steht schieres Entsetzen, dann sieht er auf seine Uhr, um sich zu vergewissern, dass es real ist (er ist übrigens in meinem Umfeld der einzige Mann meines Alters, der eine alte, gediegene Armbanduhr trägt). Dann bricht er in schallendes Gelächter aus, in das ich erleichtert einstimme. Wir lachen über den absurden Umstand, dass die letzte Fähre praktisch neben uns abfährt und wir zu betrunken sind und die Zeit vergessen haben.

»Ich fasse es nicht«, sagt er. »Wie dämlich kann man eigentlich sein.«

»Mach dir bitte keine Vorwürfe. Schließlich habe ich dich mit diesem ganzen schlimmen Zeug abgefüllt.«

»Mit gutem Zeug. Du hast mich mit *gutem* Zeug abgefüllt.«

Am Nachbartisch zündet sich eine Frau eine Zigarette an, und ich schiele sehnsüchtig auf ihre volle Zigarettenschachtel. Ich lehne mich rüber zu ihr und frage, unter Umständen etwas lauter als beabsichtigt, ob ich mir von ihr eine schnorren kann.

»Du rauchst?«, fragt Adam.

»Wenn ich zu viel getrunken habe. Dann werde ich zur Raucherin.«

Ich nehme einen Zug und spüre augenblicklich das Kribbeln des Nikotins im ganzen Körper. Mit geschlossenen Augen blase ich den Rauch in den noch immer hellen Himmel.

»Wunderbar«, seufze ich. »Willst du auch mal ziehen?«

Er zögert, dann nimmt er mir die Zigarette aus der Hand und zieht daran.

»Aber sag meiner Mutter bitte nichts davon.«

»Hui, sexy.«

»Ja, mir ist klar, wie das klingt. Aber mein Vater ist an Lungenkrebs gestorben.«

Wenn ich nüchtern gewesen wäre, hätte ich bestimmt tröstende Worte gefunden, aber in meiner jetzigen Verfassung kommt etwas anderes heraus.

»Oha!«

Adam lacht.

»Das kannst du dreimal sagen.«

»Ich durfte bei Danne nie rauchen.«

»Dein Ex?«

Ich nicke. Mir ist schwindelig. Habe ich schon über Danne gesprochen? Ich habe im Laufe des Abends ganz bestimmt so einiges von mir gegeben. So ist das, wenn ich zu viel trinke. Ich werde wie einer dieser schnell sprechenden Radiomoderatoren, nur eben auf Speed. Ich höre einfach nicht auf, zu reden.

»Er fand es zum Kotzen, wenn ich geraucht habe. Nicht, dass ich viel geraucht hätte, das habe ich so mit achtzehn, neunzehn getan, aber in den letzten Jahren überhaupt nicht mehr. Nur ab und zu eben – auf einer After-Work-Party oder einem Fest, wenn die einen Balkon hatten. Wenn ich dann nach Hause kam und er gerochen hat, dass ich geraucht habe, wurde er stinksauer. So sauer, dass er nicht in einem Bett mit mir schlafen wollte und aufs Sofa umgezogen ist. AUFS SOFA! Mir ist es unbegreiflich, wie er das riechen konnte, ich habe immer so aufgepasst. Der hätte als Spürhund bei der Polizei arbeiten können. Er sieht auch ein bisschen aus wie ein Schäferhund. Und weißt du was, Adam?«

Er grinst mich an.

»Nein?«

»Jetzt gibt es ihn nicht mehr, und ich kann so viel rauchen, wie ich will. Den ganzen Tag, wenn ich Lust habe. Ist das nicht wunderbar?«

Ich zucke zusammen, schlucke. Wie lange sitze ich hier schon und rede am Stück? Und dann auch noch über meinen Ex!

Aber Adam hat nur amüsiert eine Augenbraue gehoben.

»Wie du meinst, liebe Cilla! Autonomie ist ein schönes Gefühl.«

Puh. Recht hat er. Enorm recht! Obwohl ich viel zu viel getrunken habe, trifft mich diese Selbstverständlichkeit wie ein Schlag. Autonomie! Eine ganz wichtige Erkenntnis, als würde der Dalai Lama direkt vor mir sitzen und sie mir eröffnen. *Darum* geht es doch. Die vergangenen Jahre habe ich wie ein Zombie verbracht. Wie ein Sicherheitsjunkie und Sour Cream & Onion-Zombie! Maximal unselbstständig! Ich habe mein gesamtes Leben nach Danne und seinen Bedürfnissen ausgerichtet. Und warum? Vielleicht weil ich panische Angst vor dem Alleinsein habe und zu verunsichert, zu unselbstständig war? Aber das ist jetzt vorbei. Ab jetzt bin ich mutig, zum ersten Mal in meinem Leben.

Meine Lieblingscountrysängerin Miranda Lambert singt es so: *Happiness ain't prison, but there's freedom in a broken heart.*

»Aber was ist mit dir«, sage ich. »Wir sind nicht richtig weit gekommen. Wie sieht dein Leben so aus?«

Er sieht mir in die Augen.

»Mein Leben?«

»Ganz genau. Mit deiner Freundin. Sabrina. Oder nein, das war ja *Sabrina – total verhext!* Sie heißt …«

»Sabina.«

»Das war's! Sabina und du, ihr seid ein Paar, stimmt's?«

Er nimmt einen Schluck von seinem Drink. Ein kleiner Wassertropfen bleibt an seiner Oberlippe hängen, und ich widerstehe dem Impuls, ihn mit dem Finger abzutupfen.

»Ich weiß nicht, ob man das so nennen kann.«

»Was denn jetzt? Ihr seid *nicht* zusammen?«

»Sag mal, verhörst du mich, Cilla?«

Jetzt hebe ich amüsiert eine Augenbraue.

»Vielleicht. Alles, was du sagst, kann vor Gericht gegen dich verwendet werden.«

»Hilfe.«

Ich lache. Dabei berührt mein Fuß seinen unterm Tisch. Zum wiederholten Mal. Aber ich halte seinem Blick stand. Gefährliches Terrain, Cilla. *Ganz gefährliches Terrain.*

»Sabina ist ein toller Mensch. Meine Mutter weiß nicht alles über unsere Beziehung, deshalb kann sie dir nicht alles erzählt haben. In Sabinas Leben geht es gerade drunter und drüber, und wir gehen verschiedene Wege. Außerdem … nach allem, was passiert ist und wie es gerade ist, da …«

Er verstummt. Ich kann meinen Blick nicht von seinem Adamsapfel losreißen.

»Also, seid ihr jetzt zusammen oder nicht?«

»Na ja, es ist … ziemlich kompliziert.«

Ich lächele ihn an, aber es ist das erste Lächeln an diesem Abend, das sich gekünstelt anfühlt. Ich lächele, obwohl ich mich innerlich nicht danach fühle. Was total pathetisch ist. Ich wusste ja, dass er eine Freundin hat. Ich wusste, dass es Sabina gibt. *Warum habe ich dann das Gefühl, dass plötzlich eine andere Stimmung herrscht?* Ich schiebe mir eine Haarsträhne hinters Ohr. *Soll ich es wagen?*

»Und was sagt Sabina dazu, dass du hier mit mir sitzt?«

Mein Herz schlägt ziemlich laut. War das zu viel? Adam sieht mir in die Augen.

»Du bist eine Freundin meiner Mutter, Cilla.«

Ich nicke. »Das stimmt. Rosie und du, ihr habt eine tolle Beziehung, finde ich.«

»Ja, das stimmt. Wir haben uns immer sehr nahegestanden.«

»Wie schön. Ich hätte gern auch im Erwachsenenalter eine Mutter gehabt. So, wie ihr das macht, habe ich mir das immer vorgestellt. Zusammen essen gehen, im Garten grillen, quatschen.«

»Nun ja, in unserer Beziehung übernimmt meistens meine Mutter das Quatschen.«

Ich lache.

»Das kann ich mir gut vorstellen. Ist sie schon immer so … exzentrisch gewesen?«

»Oh ja. Aber seit sie pensioniert ist, fühlt sie sich ein bisschen einsam, glaube ich. Deshalb freut sie sich auch sehr, dass du nebenan eingezogen bist. Außerdem hilfst du auch meinem schlechten Gewissen.«

»Stets zu Ihren Diensten!«

Er lächelt.

»Der Alltag eines Polizisten ist ziemlich hektisch, wenn ich Rosie so höre.«

»Ja, das ist er. Und auch nicht immer so spannend, wie man denkt. Aber es raubt viel Zeit.«

»Hast du eine Pfeife?«

Seine Augen funkeln, und in meinem Bauch kribbelt es gewaltig.

»Eine *Pfeife*? Du meinst, ob ich beim Lösen der Verbrechen Pfeife rauche?«

»Ja.«

»Nein, leider nicht. Ich halte mich momentan noch an Energydrinks. Die Pfeife kommt dann erst im hohen Alter.«

Da kommt Paul zu uns an den Tisch. Die Bretter wippen unter seinem stattlichen Gewicht. Er läutet eine kleine Glocke und sieht alle verbleibenden Gäste freundlich, aber auffordernd an. Die Botschaft ist unmissverständlich – es ist Feierabend. Wir schlürfen den Rest unserer Drinks aus den hohen Cocktailgläsern, und mir gelingt es sogar, auch den letzten Milliliter Alkohol von dem Minzblatt zu extrahieren, das auf dem Boden des Glases liegt.

»Ich werde dann wohl bei meiner Mutter schlafen müssen«, sagt Adam. »Wir haben also denselben Weg?«

»Das haben wir. Warte bitte nur eine Sekunde, ich muss ganz dringend pinkeln.«

Ich höre sein Lachen hinter mir, während ich zurück ins Lokal schwanke. Eigentlich muss ich gar nicht auf die Toilette, ich muss lustigerweise nie auf die Toilette, wenn ich betrunken bin. Eine weitere Superkraft, über die ich neben der Sache mit der Blasenentzündung verfüge. Statt also auf die Toilette zu gehen, biege ich ab und lande wieder vor der Fotowand. Dieser Abend ist eine sehr willkommene Pause von meinem Gedankenkarussell um den Mord an Caroline. Aber ich kenne mich, ich werde heute Nacht aufwachen, und dann werden die Gedanken wieder auf mich warten. Und für diesen Fall will ich diese Fotos zur Hand haben.

Ich sehe mich um, ob mich jemand beobachtet. Paul ist nicht zu sehen, und die Vokalkellnerin ist damit beschäftigt, die Tische abzuwischen. Ich löse also ganz vorsichtig das Foto mit Carolines Mädchengang ab. *»Mitsommernacht 2007«*. Mein Blick fällt auf das Foto, das mir Rosie gezeigt hatte, von Mutter und Tochter. Ich nehme auch das von der Wand und stecke mir beide Fotos in die Tasche meines Kleides. Und erinnere mich erneut daran, dass ich endlich auch zu einer Frau mit Handtasche werden sollte.

*

»Wie aufregend, ich kenne jetzt einen richtigen Polizisten.«

Wir schlendern den Kiesweg hinunter, der die verschiedenen Viertel in der Kolonie miteinander verbindet. Obwohl auch Adam nicht mehr ganz nüchtern ist, muss er eine Hand auf meinen Rücken legen, um mich auf Kurs zu halten.

»Das hätte ich nie für möglich gehalten. Ein echter Polizist.«

»Jetzt hör auf«, sagt Adam. »Daran ist nichts Besonderes.«

»Machst du Witze? Das ist immerhin ein richtiger Job! Ich hingegen schreibe nur Liebesgeschichten und Klatsch und Tratsch. Ich hätte viel zu viel Angst vorm Dunkeln, um Verbrecher zu jagen.«

»Das kann ich mir nicht vorstellen, du bist doch mindestens genauso neugierig wie meine Mutter.«

»Ja, aber wir sind ein Paar. Also, du weißt schon, kein richtiges Paar, das wäre für dich sicherlich auch ziemlich merkwürdig, aber wir sind die ganze Zeit zusammen, wie ein Paar. Verstehst du, wie ich das meine?«

Er nickt. Dann bleibt er abrupt stehen und sieht mich ernst an.

»Cilla, über eine Sache muss ich mit dir reden. Mit Hinblick auf die laufenden Ermittlungen ist es nicht optimal, dass wir privat Kontakt haben. Streng genommen, bist du eine Zeugin, und als ermittelnder Beamter darf ich das nicht. Die Tatsache, dass du mit meiner Mutter befreundet bist, verkompliziert das alles noch. Du sollst nur wissen, dass es sich für mich nicht gut anfühlt, wenn wir über den Mord sprechen.«

Ich schwanke, bin trotzdem schlagartig nüchterner. Ich kann ihn sehr gut verstehen, obwohl mich sein ernster Tonfall verwirrt. Eine Zeugin und ein Polizist sollten keine Mojitos zusammen trinken. Schon gar nicht in lauen Sommernächten. Trotzdem fühle ich mich aufgrund des Mordes und der Ermittlung viel enger mit Adam verbunden.

»Ich weiß, Adam. Und ich will auf keinen Fall, dass du Ärger bekommst, weil ich meine Nase überall reinstecke. Wollen wir vereinbaren, dass wir dieses Thema aussparen?«

»Das klingt gut. Vielen Dank für dein Verständnis.«

Schweigend gehen wir weiter. Am Horizont sieht man schon den ersten sanften Streifen Licht, und ein paar besonders aufgeweckte Vögel in den Hecken bereiten ihre Stimmbänder für den Sonnenaufgang vor.

Wir bleiben an meinem kleinen roten Briefkasten stehen, der am Zaun neben Rosies Gartentor hängt.

»Ich habe zwar die Fähre verpasst«, sagt Adam. »Aber ich kann nicht leugnen, dass der Abend extraordinär war.«

Ich lächele. *Extraordinär.* Adam ist wirklich anders als die Männer, mit denen ich bisher zu tun hatte. So erwachsen. So tadellos gekleidet ... wie chemisch gereinigt. Und vor allem ist er das genaue Gegenteil von Danne. Danne ist so ein Typ, der Fertigpizzen mag und seine Zahnbürste einmal im Jahr wechselt, wenn sie aussieht, als wäre sie Opfer einer Explosion geworden. Adam wirkt so ... französisch. Ich bin noch nie in Frankreich gewesen, aber er hat eine französische Aura. Ich wette, dass er jeden Morgen seinen Anzug bügelt und zwanzig weiße Hemden im Schrank hat und der Ansicht ist, dass ein Espresso der perfekte Start in den Tag ist.

»Extraordinär«, wiederhole ich. »Ganz deiner Meinung.«

»Ich werde dann mal ein paar Meter weiter gehen und die Dame des Hauses wecken«, sagt Adam. »Damit sie mich auf dem Sofa schlafen lässt.«

Bei Rosie brennt kein Licht, sie schläft garantiert schon längst.

»Ja. Das sieht ziemlich dunkel aus. Wie schade für sie, dass du sie wecken musst.«

Die Worte haben meine Lippen verlassen, noch bevor ich sie aufhalten konnte.

»Vielleicht muss ich sie ja gar nicht wecken.«

»Wie meinst du das?«

»Diese Laube da sieht auch sehr gemütlich aus.«

Ich weiß, was er vorhat, und er weiß, was ich vorhabe.

»Innen ist sie noch schöner und verfügt über ein großes,

bequemes Sofa. Ich verspreche auch, dich nicht zu mir nach oben unters Dach zu locken. Außerdem ist da auch nur Platz für eine Person …«

»Was genau schlagen Sie da gerade vor, Cilla Storm?«

Ich zwinkere ihm zu, und er lacht.

»Das Angebot nehme ich gern an, dann muss ich meine Mutter nicht wecken.«

»Na dann, komm mit.«

Ich öffne mein Gartentor und sehe ihm hinterher, wie er auf meine kleine Hütte zugeht und vor der Tür auf mich wartet. Ich schließe das Tor und torkele auf ihn zu und stecke den Schlüssel ins Schloss. Die Stimme in meinem Kopf, die sagt *Don't shit where you eat, Cilla* ignoriere ich gekonnt.

Denn ab jetzt bin ich mutig.

Oder saudumm.

Besteht da eigentlich ein Unterschied?

Ich schiebe die Tür hinter uns zu.

Adam steht neben dem Ikeasofa und sieht sich um, legt sein Jackett auf die Lehne. Ich ziehe mir die Schuhe aus, überlege, ob ich Licht machen soll, aber entscheide mich dagegen. Wir stehen uns im Halbdunkel gegenüber und starren uns an.

Es ist vollkommen still. Der Mond wirft sein Licht durch die Spitzenkanten der Gardinen und zeichnet helle Tupfer auf sein weißes Hemd und seine Bartstoppeln.

»Schön hast du es hier«, sagt er leise.

»Danke.«

»Sehr gemütlich. Sehr … du.«

Mehr muss nicht gesagt werden.

Ich kann es ihm ansehen, kann sehen, was er will.

Eigentlich müsste ich auf die moralisierenden Stimmen in meinem Kopf hören, die mich auffordern, nach oben zu klettern und ihn unten auf dem Sofa schlafen zu lassen. Und zwar allein. Aber das tue ich nicht.

Stattdessen gehe ich auf ihn zu und falle in seine Arme. Das alles geht ganz schnell. Er streicht mit seinen warmen Händen durch meine Haare, sein Atem streift meine Wange. Dann presst er seine Lippen auf meine und küsst mich, lange. Er schmeckt großartig, nach Minze und Eis und Zucker und Alkohol.

Ich knöpfe sein Hemd auf, ein Knopf fällt ab und klimpert über den Fußboden. Ich lege meine Handflächen auf seine warme Brust, spüre die weichen Haare unter meinen Fingern, sauge seinen Duft ein. Sportlich, frisch, süßlich. Er zieht mich aus, zerrt ungeduldig an meiner Unterhose. Ich schiebe meine Hand in seine Hose, sehe sein Lächeln im Halbdunkeln. Dann lassen wir uns aufs Sofa fallen.

Der Rausch hat meinen ganzen Körper gepackt, der Wein und die Drinks sind auf Abenteuerreise durch meine Blutbahnen. Ich zittere unter dem Gewicht seines Körpers.

Ich habe jetzt schon eine Vorahnung von den Kopfschmerzen morgen früh. Ich sehe die Reue und die Scham und alles, was dazugehören wird. Aber ich heiße das alles herzlich willkommen. Bring it on. *Ich habe so was noch nie gemacht.* Und vielleicht ist es deshalb auch so fantastisch. Und falsch. Und richtig. Seine Zunge spielt mit meiner, und hinter seinem dunklen Haarschopf sehe ich den Tanz des Mondlichtes, während unsere Körper miteinander verschmelzen.

Ob auch andere den Mond heute Nacht sehen? Oder scheint er nur für uns. Für Adam und mich?

21

Donk, donk, donk.

Ich werde von Rosies morgendlichem Türklopfen geweckt.

Laut gähnend, strecke ich mich, lasse meinen Nacken knacken, rechts und links, und merke, wie sich der stechende Kopfschmerz um meine Schläfen versammelt. *Aua, aua.* Ganz genau. Erst zu viel Wein. Und dann Mojito. Ich brauche dringend eine Kopfschmerztablette. Oder gleich zwei. Dazu ein paar Liter Kaffee. Aber damit kann Rosie immer dienen. Dafür sollte ich ihr allerdings die Tür öffnen.

Ich schiebe mich zur Leiter und klettere ganz langsam hinunter. Auf der Hälfte angekommen, erstarre ich. Da liegt was auf meinem weißen Sofa. *Da liegt ein Mann auf meinem Sofa.* Er hat sein Gesicht ins Kissen gebohrt, man sieht nur schwarze Locken, die Decke ist verrutscht und hat seinen nackten Po und den hellbraunen Rücken entblößt.

Adam.

Es klopft wieder. Lauter. Und ich kann Rosies Stimme hören. *Hallo? Kaffee ist fertig!*

Verdammt. V.E.R.D.A.M.M.T.

Um ein Haar falle ich die letzten Stufen hinunter. Panisch renne ich umher auf der Suche nach meinem Morgenmantel. Tausend Gedanken jagen mir durch den Kopf, wie Kugeln beim Flippern. Was haben wir gestern alles angestellt? Haben wir überhaupt etwas angestellt? Haben wir womöglich miteinander … Ja, ja, genau das haben wir getan. Ich habe mit dem Sohn meiner neuen Freundin und Nachbarin geschlafen. Er hat mit mir geschlafen. *Wir haben miteinander geschlafen.* Und Himmel, war das großartig gewesen. Es war so gut, dass sich die Schuldgefühle im Tageslicht um ein Vielfaches verstärken.

»Hallöchen?«, ruft Rosie auf der anderen Seite der Tür.

Ich stoße Adam so fest wie ich kann in die Seite. Er zuckt zusammen und dreht sich auf den Rücken. Verwirrt öffnet er die Augen.

»Aufstehen!«

»Was ist los?«

»Du musst aufstehen! Deine Mutter steht vor der Tür. Du musst dich verstecken.«

Er setzt sich auf, ich helfe ihm auf die Füße und zeige in die Küche, in der sich neben dem Herd ein kleiner Besenschrank befindet. Bisher habe ich dort nur einen kleinen Staubsauger untergebracht.

»Versteck dich in dem Schrank!«

»Soll das ein Scherz sein?«

»Nein! Los, mach schnell.«

»Verdammt.«

Adam wickelt sich eine Decke um und schlurft so leise er kann zum Besenschrank. Aber die Tür schließt nicht richtig, und man kann ein bisschen von seinem Fuß sehen. *Das ist doch völlig irre!* Wenn ich nicht gleich aufmache, ruft Rosie die Polizei. Mord ist ja schließlich nichts Ungewöhnliches mehr auf dieser Insel.

Ein kurzer Blick in den Spiegel, dann schließe ich die Tür auf.

»Na endlich!«, sagt Rosie. »Das Wetter ist traumhaft! Ich schlage vor, du kommst zum Frühstücken zu mir auf die Veranda. Ich habe einen Haufen Frischkäse und Holundermarmelade. Und die Scones habe ich gerade in den Ofen geschoben.«

Der Gedanke an Essen ist ehrlich gesagt nicht besonders verlockend. Ich brauche vorher einen Paracetamol-Smoothie. Aber danach wird es mir bestimmt guttun, bei frisch gebackenen Scones in der Sonne zu sitzen. Rosie sieht ausgeschlafen und wie das blühende Leben aus.

»Wie spät ist es denn?«, frage ich.

»Halb neun.«

»Warum siehst du so erholt aus? Hast du keine Folgeschäden von dem vielen Primitivo gestern?«

»Ich bin abgehärtet. Außerdem bin ich ja ins Bett gegangen, bevor es zu viel wurde. Seid ihr noch lange geblieben?«

Ich fahre mir mit der Hand durch die Stahlwolle, zu der meine Haare über Nacht geworden sind (meine Haare reagieren sehr sonderbar auf viel Alkohol und kurze Nächte). Ich spüre, dass ich rot werde, und hoffe, dass Rosie es nicht bemerkt.

»Ähm, ja, ein bisschen noch. Aber dann waren wir auch müde. Und Adam musste ja noch die letzte Fähre bekommen und ...«

Rosie nickt.

»Aber das Essen im Pauls ist großartig, oder?«

»Wunderbar. Wir müssen da unbedingt noch mal hin. Dieser Burger mit Hühnchen und Mangosalsa war sensationell.«

»Meine Worte. Okay, dann zieh dich in Ruhe an, ich setze schon mal Kaffee auf und sorge dafür, dass meine Scones nicht verbrennen. In einer Viertelstunde bei mir?«

»Perfekt!«

»Super. Und bring Adam ruhig mit, er kann ja nicht den ganzen Tag im Besenschrank verbringen, und ihm wird das Frühstück bestimmt auch guttun.«

Rosie zwinkert mir zu. Ihre rosa Tunika flattert hinter ihr her, als sie zum Gartentor marschiert. Ich bleibe mit leicht geöffnetem Mund stehen und finde es gar nicht mehr verwunderlich, dass Adam mit so einer Mutter Polizist geworden ist.

Kaum hat Rosie mein Grundstück verlassen, taucht Adams Kopf aus dem Besenschrank auf. Wir sehen uns an, in einer Mischung aus Panik und Erleichterung. Ich muss kichern.

»Verdammt«, flucht er leise.

»Ich weiß.«

»Glaubst du, dass sie …«

»Nein, wir sagen einfach, dass du bei mir übernachtet hast, weil du sie nicht wecken wolltest.«

»Okay, und es stimmt ja auch.«

»Genau.«

Ich sehe über die Schulter, ob uns jemand beobachtet. Unsere Wangen berühren sich. Meine Schläfen pochen, aber das macht mir nichts aus. Wir küssen uns.

*

Eine Viertelstunde später sitzen wir zu dritt in Rosies Garten. Sie hat den Frühstückstisch gedeckt, und es schmeckt wie immer hervorragend.

Ich hätte nie gedacht, dass ich nach dieser Nacht so früh schon etwas herunterbekommen würde. Aber kaum habe ich meinen ersten Bissen im Mund, ist mein Appetit geweckt. Rosies Scones sind mit Abstand die besten der Welt. Sie sind knusprig und gleichzeitig fluffig und haben genau die richtige Mischung aus süß und salzig.

Rosie hatte vor dem Klopfen offenbar ganz frech durch mein Fenster hineingespäht und dabei den Kopf eines Mannes auf meinem Sofa entdeckt. *Gott sei Dank hat sie nur den vorderen Teil gesehen.*

Obwohl es Adam und mir furchtbar peinlich ist, als wir kurz darauf – angezogen – bei Rosie im Garten auftauchen, sind wir dennoch erleichtert, dass sie schon weiß, dass er bei mir übernachtet hat. Ungefragt erklären wir ihr, dass er sie nicht hatte wecken wollen, und betonen mehrmals, dass absolut nichts passiert sei. Rosie winkt ab. *Ihr seid erwachsen und frei, ihr könnt machen, was ihr wollt!!* Recht hat sie.

Trotzdem will ich das Thema so schnell wie möglich ad acta legen. Außerdem kann ich Adam nicht in die Augen sehen, sodass ich mir eine Sonnenbrille aufsetze, um mich vor jedem Blickkontakt zu schützen. *Eine Woche lang keinen Wein, Cilla. Nur Limonade.* Wenn man Limonade trinkt, ist es praktisch ausgeschlossen, dass man auf die Idee kommt, fremde Männer zu sich in die Laube zu locken.

»Hm, der Kaffee schmeckt gut, Mama«, sagt Adam und nimmt einen Schluck.

»Stark, so wie Kaffee sein muss«, erwidert Rosie.

Ich brumme etwas Zustimmendes, in meinem Kopf ist kein Platz für Gedanken über guten Kaffee. Ich kann nur an die Sachen denken, die wir gestern getan haben. Gestern Nacht. *Vor wenigen Stunden, um genau zu sein.* Obwohl es sich anfühlt, als hätte ich seitdem eine Zeitreise zurückgelegt.

Ich sehe seinen muskulösen Körper über mir, seine Bartstoppeln an meinem Hals, an meinen Brüsten, seinen prallen Po, der sich rhythmisch im Mondlicht bewegte …

Und Sekunden später sehe ich eine elegante Östermalmerin vor mir, wie sie sich die Nägel lackiert und überlegt, was sie heute Abend mit ihrem Freund essen wird. Sitzt sie auch gerade am Frühstückstisch? Oder gehört sie zu denen, die morgens nur eine Tasse grünen Tee frühstücken? Vielleicht macht sie dieses Intervallfasten 16:8, bei dem man weder Frühstück, Mittagessen noch Abendbrot isst und rasend schnell an Gewicht verliert.

Ich meine natürlich Sabina und ihren Freund Adam. *Herrje.*

Ich nehme auch einen Schluck Kaffee.

Was habe ich bloß getan? Was haben *wir* getan?

»Du hast die Abfahrtszeiten der Fähre im Blick?«

Rosies Stimme holt mich zurück in die Wirklichkeit.

Adam kratzt sich am Hinterkopf.

»Ähm, ja. Die nächste geht kurz vor elf Uhr.«

»Ich hoffe, du hast ein paar Überstunden, die du so abbummeln kannst?«, frage ich.

»Ja, das habe ich. Und ursprünglich wollte ich im Laufe des Tages sowieso auf die Insel kommen, um Ludvig Axén zu verhören.«

Rosie schmiert sich eine dicke Schicht Frischkäse auf

ihren Scone und verziert diese mit einem Klecks Marmelade.

»Müssen dafür nicht zwei Beamte vor Ort sein?«, sagt Rosie.

»Stimmt, Tilly kommt später. Wir wären sonst zusammen rausgefahren, aber ich habe ihr vorhin geschrieben, dass ich schon hier bin. Ich kann also auch genauso gut hier auf sie warten.«

Ich nicke und wundere mich, wie offen er über seine Arbeit spricht – nachdem, was er mir letzte Nacht dazu gesagt hat. Vermutlich ist das auch nicht erlaubt. Dass er seiner eigenen Mutter Details erzählt, ist nicht so verwunderlich. Das machen bestimmt viele Beamte, ohne dass sie das zugeben würden. Aber ich bin ja eine Zeugin.… Ich weiß ja, dass er sich darüber Gedanken macht. Vielleicht erinnert er sich nicht mehr daran, dass wir letzte Nacht darüber gesprochen haben? Oder mir ist es auf wundersame Weise gelungen, dass sich der zugeknöpfte Anzugträger ein bisschen öffnet? So etwas passiert manchmal, wenn man jemanden einlädt, die Nacht bei einem zu verbringen.

Adam weicht meinem Blick aus. Dieses Frühstück fühlt sich an wie eine Scharade. Ich will einfach nur zurück ins Bett.

»Ja, das klingt vernünftig«, sagt Rosie. »Wenn du noch länger bleibst, mache ich frischen Kaffee und …«

Sie verstummt. Ich hebe den Blick und bemerke, dass sie mich entgeistert anstarrt. Auch Adam tut das. Ich folge ihren Blicken und sehe an meinem Kleid vom gestrigen Abend hinunter, das ich mir in aller Eile übergezogen habe. Fast wäre mir die Kaffeetasse aus der Hand gefallen, denn Caroline Axén steckt ihren Kopf aus meiner Tasche.

»Was ist das?«, fragt Adam.

»Ähm …«

Ich ziehe das Foto aus meinem Kleid. Beziehungsweise *die Fotos.* Ich habe zwei Fotos mitgehen lassen. Schweigend lege ich sie auf den Tisch. Adam erhebt sich vom Stuhl, nimmt eines der Fotos und betrachtet es lange. Ich hatte tatsächlich vergessen, dass ich sie gestern eingesteckt habe. *Zwei Wochen, Cilla. Zwei Wochen ohne Wein.* Wenn man Limonade trinkt, nimmt man auch nicht einfach fremder Leute Fotos mit.

»Ist es das, was ich glaube, was es ist?«, fragt Adam verdutzt.

»Ich … ich kann das erklären!«, stöhne ich auf.

»Ach wirklich?«

»Die hingen im Pauls an der Wand«, springt Rosie mir bei. »Wir haben die gestern beim Essen entdeckt, stimmt's Cilla?«

»Ja, so war es.«

Adam sieht skeptisch aus.

»Okay … und dann hast du sie einfach von der Wand genommen und dir in die Tasche gesteckt?«

»Ja … ja. Ich weiß, dass es komisch klingt, aber …«

»Allerdings.«

»… aber ich habe sie mitgenommen, weil ich manchmal etwas Visuelles brauche, um alles zu verstehen.«

Jetzt runzelt er die Stirn. Ich spüre, wie mir der Schweiß zwischen meinen Brüsten und auf der Oberlippe ausbricht. Mir wird nämlich erst jetzt richtig bewusst, dass Adam Polizist ist und im Mordfall Caroline Axén ermittelt. Und jetzt erfährt er, dass die Frau, mit der er die Nacht verbracht hat, ein Foto des Mordopfers eingesteckt hat. Das ist in der Tat höchst suspekt.

»Um was alles zu verstehen?« Adams Stimme klingt unnachgiebig.

Zwischen seinen Augenbrauen ist auch eine steile Falte entstanden, die ich bisher noch nicht gesehen habe. An dieser Stelle muss ich leider festhalten, dass ihm diese Falte unbeschreiblich gut steht, trotz der etwas ungünstigen Umstände.

»Um die Zusammenhänge zu verstehen.«

Die Falte wird nur noch steiler. Adam wendet sich an seine Mutter.

»Seid ihr da beide dran beteiligt?«

Rosie schluckt und blinzelt nervös.

»Noch Kaffee?«, sagt sie, nimmt die Kaffeekanne mit dem grünen, gehäkelten Kannenwärmer und gießt allen ungefragt ein.

»Mama, wir haben schon so oft darüber gesprochen.«

»Ich habe keine Ahnung, was du meinst«, erwidert Rosie, wobei sie dem Blick ihres Sohnes ausweicht.

»Natürlich weißt du das. Es ist schließlich nicht das erste Mal, dass du dich in meine Ermittlungen einmischst.«

»Hör auf, Adam. Ich mache doch nur harmlose Vorschläge und gebe dir Tipps.«

»Nein, das tust du nicht. Du bedrängst mich, Informationen herauszugeben, steckst überall deine Nase rein und führst eigene Ermittlungen. Das ist nicht nur dumm, sondern auch gefährlich!«

Rosie verstummt und trinkt kleinlaut einen Schluck aus ihrer kleinen Tasse.

»Adam«, sage ich. »Ich habe die Fotos von der Wand genommen. Du darfst Rosie nicht dafür die Schuld geben.«

»Aber wenn ich das richtig sehe, hat dich meine werte Mutter nachweislich beeinflusst. Du bist eine Zeugin, Cilla. Das haben wir doch gestern besprochen. Du darfst dich auf keinen Fall in die Ermittlungen einmischen. Ich versteh ja, dass ihr diesen Fall spannend und aufregend findet, aber keine von euch hat eine Dienstmarke in der Tasche.«

Beim letzten Satz ist er recht laut geworden, was ihm offenbar plötzlich bewusst wird. Vorsichtig sieht er sich um, ob einer der Nachbarn schon neugierig über die Hecke lugt. Dann räuspert er sich, richtet den Kragen seines Hemdes und setzt sich wieder zu uns an den Tisch. Schweigend nimmt Adam die beiden Fotos an sich und betrachtet sie eingehend.

»Ist dir klar, dass es eine ernste Angelegenheit wäre, wenn du mir dieses Material vorenthalten hättest?«, sagt Adam. »Für die Ermittlung kann jedes noch so kleinste Detail von Bedeutung sein.«

Ich nicke.

»Aber, Adam …«

»Ja?«

Ich weiß, dass ich besser den Mund halten sollte. Zum einen, weil ich ihn nicht weiter erzürnen will, zum anderen, weil wir eben erst die Nacht miteinander verbracht haben. Aber ich wage es trotzdem.

»Ich glaube, dass ihr vielleicht etwas übersehen habt.«

Er sieht mich nachdenklich an, aber nicht mehr so misstrauisch.

»In Bezug auf Caroline?«

»Ja. Ihr scheint sehr auf die Männer in ihrem Leben fixiert zu sein. Zuerst Benjamin und …«

»Cilla …«

»Was verständlich ist. Es lag so nah. Und jetzt habt ihr Carolines Vater ins Visier genommen.«

»*Ins Visier genommen*, das klingt ein bisschen hart, aber wie ich schon sagte, haben wir vor, ihn heute in der Sache zu verhören. Ob wir danach etwas haben, um ihn festzunehmen, werden wir sehen. Seine Lebensgefährtin Lena hat ihm für die Mittsommernacht ein Alibi gegeben.«

»Es ist nichts Neues unter der Sonne, dass Frauen lügen, um ihre Männer zu schützen«, seufzte Rosie.

»Mama, bitte …«

»Adam.«

Ich sehe ihn flehend an.

»Es leuchtet mir ein, dass ihr auch Ludvig Axén verhören wollt, aber ich glaube, dass ihr euch die Frauen in Carolines Leben ansehen solltet. Oder sagen wir eher – die Mädchen.«

Adam lehnt sich zurück und verschränkt die Arme vor seiner Brust.

»Aha. Und hast du da an eine Bestimmte gedacht?«

»Ja.« Ich nicke und zeige auf das rothaarige Mädchen auf dem einen Foto. »Ina.«

Adam seufzt.

»Vielleicht erinnerst du dich, wir haben sie zum Verhör vorgeladen. Das geht nicht anders. Das müsst ihr beiden verstehen.«

»Das verstehe ich ja«, sage ich und zeige auf die anderen Mädchen. »Aber sieh dir die vier an. Das sind Ina, Caroline, noch eine Blondine und dann Josefine. So heißt sie doch, oder, Rosie?«

Rosie nickt.

»Vor zehn Jahren kam Josefine hier auf der Insel ums Leben. Wusstet ihr das?«

Adam schweigt. Ich sehe, wie angespannt er ist. Aber die Wahrheit ist so viel wichtiger als sein Stolz.

»Hamm … Ich weiß, dass ein junges Mädchen vor einigen Jahren starb. In der Grube von Bullholmen, oder?«

Ich nicke. Adam atmet tief ein.

»Ich hatte mit dem Fall damals nichts zu tun. Aber … Nein. Ich wusste nicht, dass dieses Mädchen damals mit Caroline befreundet war. Aber das muss auch nichts weiter bedeuten.«

Ich schiebe mir die Sonnenbrille ins Haar und runzele die Stirn.

»Wie bitte, du findest es nicht *auffällig*, dass zwei Mitglieder einer Mädchengang gewaltsam ums Leben gekommen sind?«

»Mit zehn Jahren Abstand«, wirft Adam ein.

»Und der Blog«, fahre ich unbeirrt fort. »Habt ihr Carolines Blog gelesen?«

»Für Carolines Aktivitäten im Netz ist meine Kollegin Tilly zuständig.«

»Und sie hat bisher nichts Bemerkenswertes entdeckt?«

»Wenn sie das getan haben sollte, sind das vertrauliche Informationen. Hier handelt es sich um eine polizeiliche Ermittlung und nicht um ein Krimidinner.«

Manno. Muss man wirklich Klatschjournalistin sein, um hier auf Anhieb ein altmodisches Motiv zu erkennen? Nämlich Eifersucht?

»Verstehe. Aber ich habe Carolines Blog gelesen, und mir ist ein ganz bestimmter Eintrag aufgefallen, in dem sie jemandem droht, der zu viel Interesse an Benjamin zu haben scheint. Sie schreibt darin in etwa: *Du wirst ihn niemals bekommen.* Vielleicht war das jemand, den Caroline kannte, richtig? Und Paul hat uns erzählt, dass er Benjamin in der Nacht, in der Caroline ermordet wurde, mit einer Rothaarigen vor dem Lokal gesehen hat. Siehst du nicht, dass das eine heiße Spur sein könnte?«

Ich habe mich richtig in Rage geredet, bin ganz außer Atem und muss einen großen Schluck Kaffee nehmen, um mich wieder zu beruhigen. Adam neigt den Kopf zur Seite. Er sieht auch nicht mehr wütend aus, sondern eher fasziniert.

»Du vermutest also, dass Ina Caroline aus Eifersucht ermordet hat?«

»Ich sage doch nur, dass es ein Motiv sein kann. Warum ist es plausibler, dass Carolines Vater der Mörder ist?«

»Weil es Hinweise auf körperliche Übergriffe gibt.«

Ein paar Grundstücke weiter wird ein Rasenmäher angeworfen und verrichtet tuckernd sein Werk.

»Wie dem auch sei, ich finde, ihr solltet noch mal mit Ina sprechen. Sie wohnt doch im Haus ihrer Eltern auf der anderen Inselseite? Man könnte einen kleinen Spaziergang dorthin unternehmen. Die Zeit überbrücken, bis deine Kollegin eintrifft.«

Adam grinst mich an.

»Man?«

»Ja, ich könnte mitkommen. Vielleicht brauchst du ein bisschen Back-up, bis Tilly da ist.«

»Du glaubst also, dass die Polizei so arbeitet. Dass wir wahllos zivile, neugierige Amateure mit zu den Verhören nehmen?«

»Kein Verhör. Nur ein Spaziergang. Ein Spaziergang mit einer gewissen Absicht. Na, was sagst du? Du musst doch die Zeit nutzen, während du auf Tilly wartest? … Und warum nicht mit Ermittlungsarbeit?«

Fragend sieht Adam zu seiner Mutter, die allerdings schwer damit beschäftigt ist, einen weiteren Scone mit Frischkäse und Marmelade zu beschmieren.

»Mein lieber Sohn«, sagt sie. »Manchmal sind Amateure, die sich einmischen, nicht die dümmste Wahl. Wollt ihr euch Kaffee mitnehmen?«

22

Wir nehmen keinen Kaffee mit. Dafür aber zwei Flaschen Wasser, denn auch dieser Tag wird heiß und stickig werden. Überhaupt waren die letzten Wochen ungewöhnlich warm. Als hätte das ganze Land Fieber bekommen. Auf einen Spaziergang Wasser mitzunehmen, ist also eine Selbstverständlichkeit.

Die Stimmung aber ist gedrückt.

Vor wenigen Stunden noch hat er mich leidenschaftlich geküsst und jetzt … herrscht Schweigen. Was für ein Ärger, dass er die Fotos gesehen hat. Hätte ich nicht ein bisschen geschickter sein können?

Die Hälfte der Strecke haben wir bereits zurückgelegt. Das Haus von Inas Eltern war schnell gegoogelt. Adam würde wahrscheinlich sagen, dass er die Adresse ausfindig gemacht hat, aber ich bin diejenige gewesen, die uns dorthin geführt hat. Adam wusste, dass auf der anderen Inselseite insgesamt nur vier Häuser standen und sie damit eindeutig dünner besiedelt war als die Seite, auf der Rosie und ich wohnen. Deshalb war es nicht weiter aufwendig, die vier Familien auszumachen, deren Häuser dort standen.

Ich hatte den Einfall, auf der Homepage des Gymnasiums Östra Real nach dem Nachnamen von Ina zu suchen. Adam wusste, dass Caroline auf diese Schule ging. Deshalb war es naheliegend, dass auch Ina, die gleichaltrig ist und sich in diesen Kreisen bewegt, diese Schule besucht. Und so war es auch. *Bingo!*, rief ich peinlicherweise, als ich ihren Namen las. Alina Zethraeus. Um sicherzugehen, googelte ich mit ihrem vollen Namen nach Bildern und stieß auf ihr Profilbild bei Facebook. Alina. *Ina.* Ina mit den dunkelroten Haaren.

»Du hättest vielleicht doch lieber Kriminalpolizistin werden sollen als Journalistin«, sagt Adam, als wir einen kleinen Hang hinaufstapfen.

»Findest du wirklich?«

»Das war kein Kompliment.«

Ich muss jetzt schon einen Schluck aus meiner Wasserflasche nehmen, weil es so steil ist und die Sonne erbarmungslos brennt.

»Bist du wütend auf mich?«

Er fährt sich mit der Hand durch seine vollen dunklen Haare. *Die Haare, in denen ich noch vor wenigen Stunden gewühlt habe.*

»Adam?«

»Nein, Cilla, ich bin nicht wütend auf dich, ich finde nur, dass du die Polizei ihre Arbeit machen lassen solltest. Ich komme auch nicht zu dir in die Redaktion und schreibe an deinen Artikeln herum, oder?«

Ich schnaube, muss mich aber an einem der Bäume abstützen, um zu verschnaufen. Der Anstieg zum Haus der Zethraeus ist nicht gerade eine Wohltat für die Beine.

»Aber darum geht es nicht wirklich, oder?«, frage ich vorsichtig.

»Was meinst du?«

Ich sehe ihn vielsagend an.

»Was denn?«

»Wirst du es ihr erzählen?«

»Wem? Was?«

Auch Adam ist stehen geblieben. Ich wische mir den Schweiß von der Stirn.

»Na, Sabina.«

Er starrt auf seine Füße, schließt die Augen.

»Cilla, ich will jetzt nicht darüber reden, okay?«

»Einverstanden. Ich wollte nur fragen. Ich … Ich fühle mich so …«

»Cilla, du musst überhaupt kein schlechtes Gewissen haben. Das alles ist einfach nur unfassbar kompliziert, und es gibt so viele Aspekte, die du nicht kennst.«

Ich seufze. Mich überkommt eine geradezu lähmende Müdigkeit.

»Wenn du eine Freundin hast, kannst du es mir doch einfach sagen.«

»Ich weiß, wie affektiert das klingt, und das ist das Letzte, was ich will. Aber ich habe jetzt nicht die Kraft dafür, darüber zu reden. Ich *kann* nicht. Es ist kompliziert.«

»Das sagtest du bereits.«

»Aber es *ist* kompliziert.«

»Du klingst wie ein Facebookstatus.«

Statt einer Antwort dreht er sich um und geht weiter. Lässt mich allein in der Hitze stehen. *Du Idiot*, schimpfe ich innerlich. Wir kennen uns kaum und hatten schon unseren ersten Streit. Wenn das hier sogenannter Rebound-Sex war, dann war das mit Abstand die schlechteste Idee der Welt. *Toll gemacht, Cilla. Ganz groß. Küsschen.*

»Adam, warte!«

Ich laufe ihm hinterher, und wir setzen unseren Weg schweigend fort. Die Vögel flattern zwitschernd über unseren Köpfen, die Sonne bringt die Haut zum Kochen. Ich lege ihm eine Hand auf die Schulter.

»Adam.«

Er schüttelt den Kopf.

»Nein, sag nichts. Du musst das nicht … Das ist alles meine Schuld. Das ist alles meine Verantwortung.«

»Ich wollte mich nicht entschuldigen. Oder vielleicht doch. Dafür, dass ich mich in die Ermittlungen eingemischt habe.«

»Aha … okay, *dafür* darfst du dich sehr gern entschuldigen.«

»Prima.«

»Und, Cilla …«

Wir haben eine kleine Lichtung erreicht und bleiben stehen. Die Sonnenstrahlen fallen funkelnd durch die Baumkronen und legen sich auf unsere verbrannten Gesichter.

»… vielen Dank für letzte Nacht.«

Die Worte lösen sofort ein wildes Kribbeln in mir aus, und ich kann ihm kaum in die Augen sehen. Ich fahre mir durch meine zerzausten Haare (wann bitte habe ich mir das letzte Mal die Haare gewaschen – war da die Berliner Mauer schon gefallen?) und nicke lächelnd.

»Gleichfalls.«

Wir gehen weiter. Ich schnaufe fürchterlich, meine Lunge

fühlt sich an wie zwei Schläuche, die einen Platten haben. Ich muss unbedingt anfangen, Sport zu machen. Wenn das nur nicht so unbeschreiblich langweilig wäre.

»Warum bist du eigentlich Polizist geworden?«, frage ich.

Ein neues Thema scheint mir jetzt angebracht. Etwas Neutrales und Einfaches. Denn wenn ich an heute Nacht denke, werde ich nur rot. So rot wie eine Cherrytomate.

»Tja, diese Frage habe ich mir auch schon oft gestellt.«

»Echt?«

Adam zuckt mit den Schultern.

»Na ja, es ist zwischendurch ein ziemlich deprimierender Job. Nicht so wie deiner. Ich hätte auch deinen Weg einschlagen sollen und mir etwas … weniger Beängstigendes aussuchen sollen.«

»Also nach dem siebten Artikel über das misslungene Liebesleben von irgendwelchen C-Promis kann es ehrlich gesagt auch zu ziemlich bedrohlichen Angstzuständen kommen.«

Er lacht. *Puh.* Wir sind wieder im Spiel.

»Was ist denn so deprimierend an der Polizeiarbeit?«

»Das ganze Elend der Welt, das viele Menschen nicht sehen.«

»Hilfe.«

»Ja, ich meine nicht, dass normale Bürger das sehen *sollten*. Aber wir sind dazu gezwungen, tagein tagaus. Kaputte Menschen, die anderen schlimme Sachen antun. Das ist eben nicht immer wie in Agatha-Christie-Romanen.«

»Aber manchmal schon?«

Er sieht mich an, und ich spüre ein warmes, kribbelndes Glücksgefühl in mir. Das Mondlicht der letzten Nacht ist doch wieder in Reichweite.

»Doch, manchmal schon.«

Wir haben den höchsten Punkt des Hügels erreicht, und mit einem Mal hören wir das Rauschen des Meeres. Oder zumindest ein Brausen, das von dort kommen könnte. Es ist eine ganz besondere Form der Stille, die man hören kann.

Wir bleiben beide abrupt stehen. Adam legt eine Hand auf meine Schulter, und ich zucke zusammen, weil sie so warm ist.

»Da ist es«, sagt er und zeigt auf das Haus.

Es sieht überhaupt nicht aus, wie ich es mir vorgestellt habe. Irgendwie hatte ich eine Luxusvilla erwartet, die genauso gut am Strand in The Hamptons stehen könnte. Mit großen Rasenflächen und Blick aufs Meer. Diese graue Villa, nur wenige hundert Meter von uns entfernt, sieht aber eher aus wie … ein Geisterhaus.

»Ach je«, stöhne ich.

»Hm. Vielleicht bleibst du lieber hier draußen?«

Ich sehe ihn mit einem unmissverständlichen Gesichtsausdruck an.

»Vielleicht lieber nicht?«

Je näher wir dem Gebäude kommen, desto lauter wird das Rauschen des Meeres. Von der Eingangstreppe aus kann man weit über die Ostsee sehen.

»Also, die Aussicht entschädigt für alles«, sagt Adam.

»Wenn du meinst.«

Vergammeltes Gruselkabinett mit Potenzial und Meerblick.

»Vielleicht haben die Besitzer vor, es instand zu setzen.«

Die Treppe zum Eingang knarrt. Oben angekommen, sehen wir, dass die Tür angelehnt ist. Wir wechseln fragende Blicke.

»Hallo?«

Adams Stimme dringt ins Haus, erhält aber keine Antwort.

Auch die Tür knarrt, als er sie aufschiebt.

Adam geht vor mir rein.

»Hallo? Alina?«

Seine Stimme hallt durch das Spukschloss. Ich spüre schlagartig, wie mein Nervensystem anspringt. Vielleicht hätte ich mich doch lieber nicht so aufdrängen sollen. Vielleicht wäre ich besser in Rosies Garten sitzen geblieben und hätte mit noch mehr Kaffee die pochenden Kopfschmerzen verjagt.

»Alina?«, ruft Adam. »Ich bin von der Polizei. Ich möchte mit dir reden.«

Keine Antwort. Nur das Echo seiner Worte. Wir stehen jetzt im Flur. Staubig ist es hier. Und es sieht überhaupt nicht aus, wie ich mir ein schickes Schärendomizil vorgestellt habe. Die Decken und Sitzkissen für die Gartenmöbel liegen kreuz und quer, und der Boden ist voller Zweige und Erde. Ich schlucke. Es ist unangenehm, in einem fremden Haus herumzulaufen, wenn keiner der Besitzer da ist.

Adam sieht sich in dem großen Wohnzimmer um, in dem man durch die Fenster aufs funkelnde Meer blickt. Er zeigt zur Decke.

»Ich sehe im ersten Stock nach.«

»Sie scheint nicht zu Hause zu sein.«

»Aber es ist doch merkwürdig, dass die Tür offen steht. Ich muss das kurz überprüfen. Zur Sicherheit. Du bleibst hier.«

Ich nicke gehorsam und höre bei jeder Stufe die Treppe

knarren. Auch seine Stimme hallt weiter durch die Räume. *Hallo? Hallo?* Währenddessen sehe ich mich im Wohnzimmer um. Der große Tisch am Fenster ist voller Papiere. Ich lasse meinen Blick über die Unordnung gleiten und bleibe an einem Foto hängen. Mein Herz macht einen Satz.

Das sind sie. Die Mädchengang.

Es ist natürlich nicht dasselbe Foto wie von Pauls Wand, aber die Mädchen sind in demselben Alter, etwa zehn Jahre alt. Es stammt aus einem verstaubten und prall gefüllten rosa Fotoalbum, das ebenfalls auf dem Tisch liegt. An der Stelle, an der das Foto eingeklebt worden war, prangt das weiße Rechteck mit Resten von den Fotoecken. Daneben steht *Sommer '07. Carro, ich, Jossan und Ebba.* Ich schlucke. *Ebba.* So heißt das vierte Mädchen. Die zweite Blondine in der Truppe.

Ich höre Adams Schritte über mir. Die Decke knackt und knarrt.

Obwohl ich weiß, dass es nicht klug ist, stecke ich das Foto ein. *Das wird langsam zu einer Angewohnheit.* Jetzt bin ich neugierig. Ich entdecke ein doppelt gefaltetes Papier. Ein Brief. Als ich den Absender lese, werden Unmengen von Adrenalin in meinem Körper ausgeschüttet. Der Brief ist von Caroline. Adressiert an Ina. Schnell falte ich ihn wieder zusammen und stecke ihn ein. *Oh Mann, Cilla, das wirst du bereuen. Adam wird dich dafür umbringen. Oder alternativ einsperren.* Aber jetzt ist es zu spät.

Der Tisch gibt nichts mehr her, darum wende ich mich wieder dem Wohnzimmer zu. Und entdecke am Ende des Raumes neben dem Kamin eine große Tür. Wahrscheinlich führt sie in die Küche.

Adam hat mir zwar gesagt, dass ich hier warten soll, aber ich darf mich doch auch ein bisschen umsehen, wenn ich schon einmal hier bin? Vielleicht finde ich in der Küche noch weitere Spuren von Caroline?

Ich öffne die Tür, und tatsächlich verbirgt sich dahinter die Küche, eine sehr große sogar. Ich lasse meinen Blick auch hier über die Einrichtung gleiten, die graugrünen Originaltüren des Küchenbuffets, den großen schwarzen Herd und weiter zum Küchentisch, der vor dem Fenster steht.… Alles in mir erstarrt.

Wie versteinert bleibe ich in der Tür stehen, als würde mein Kopf nicht verarbeiten können, was er da sieht. Es ist zu unwirklich.

Aber dann begreife ich, was ich da sehe.

Und schreie.

Wie am Spieß. So laut, dass es mir in den Ohren klingelt.

Ich muss mich am Türrahmen festhalten, um nicht zusammenzubrechen. Das Geräusch von Adams polternden Schritten dröhnt durchs ganze Haus. Sekunden später ist er hinter mir. Fängt mich auf, bringt mich weg. Weit weg von diesem Anblick.

Aber er hat sich in meine Netzhaut eingebrannt.

Am Küchentisch sitzt ein rothaariges Mädchen. Sie hat eine Plastiktüte über dem Kopf, die hinten zugeknotet ist.

Die Tüte klebt an ihrem Gesicht und ist tief in ihren Mund gesogen worden. Das Sonnenlicht fällt warm auf ihre eine Körperseite, das dünne Sommerkleid ist zerrissen, die Haut dunkelblau. Ihre toten, weit aufgerissenen Augen starren mich an. *Ina.*

23

Zehn Jahre zuvor

Es ist Mittsommer.

Janna hat sich ihr schönes Kleid angezogen, ihr einziges schönes Kleid. Es ist helllila und passt sehr gut zu ihren dunklen Augen. Zumindest hat das ihre Mutter gesagt. Sie hat ihr das Kleid gekauft, als sie letztes Jahr zur Hochzeit ihrer Cousine eingeladen waren. Und auf dem Fest kamen tatsächlich viele Leute zu ihr und sagten ihr, wie hübsch sie darin aussah.

Das hatte Janna zwar ganz verlegen gemacht, aber sie hatte sich auch darüber gefreut.

Denn so etwas wird ihr nicht oft gesagt.

Ihr Traum war es, wie Hilary Duff auszusehen. Manchmal sah sie sich ihre Musikvideos auf YouTube an, wenn sie von der Schule nach Hause kam und ihre Mutter noch bei der Arbeit war.

Hilary Duff war die schönste Frau der Welt. Und sie sah so nett aus. Wie oft hatte sich Janna gewünscht, sie wäre ihre Mutter? Dass abends statt Lollo eine Hilary Duff nach Hause kam.

Es ist schon zwölf, und der Tanz auf der Wiese fängt gleich an.

Ihre Mutter aber liegt noch auf dem Boden des Badezimmers in der Jugendherberge. Schon den ganzen Vormittag. Sie meinte, sie hätte was mit dem Magen, aber Janna weiß, dass es ihrer Mutter immer so geht, wenn sie mit den Typen unten in der Hafenkneipe zu viel getrunken hat. Ihr geht es immer schlecht, wenn sie zu viel Wein getrunken hat.

Janna hört sie würgen, obwohl der Wasserhahn aufgedreht ist. Als sie vor einer Weile nach ihr gesehen hat, war der Boden voller Erbrochenem. Es roch säuerlich. Janna hatte die Tür schnell wieder geschlossen und sich ihrem Spiegelbild gewidmet.

»Janna …«

Sie zuckt zusammen, als sie die Stimme ihrer Mutter hört.

»Ja?«

»Geh schon mal vor … ich … komme später nach …«, stöhnt ihre Mutter und würgt erneut.

Ihre Stimme klingt so fremd und anders, wenn es ihr schlecht geht. Wie die einer Hexe. Schnarrend, alt und hohl. Janna mag es nicht, wenn es ihr so geht. Das macht ihr Angst. Dann hat sie vor allem Angst.

»Okay«, sagt sie und macht sich auf, um auf der Wiese Mittsommer zu feiern.

*

Das traditionelle Mittsommerlied ertönt.

Die kleinen Frösche, die kleinen Frösche sind lustig anzusehen.

Die kleinen Frösche, die kleinen Frösche sind lustig anzusehen.

Janna packt die Angst, so ganz allein auf der großen Wiese. Der Tanz um die Mittsommerstange hat schon begonnen. Eltern tanzen mit ihren Kindern, andere sitzen auf Decken im Gras und machen Picknick, essen und trinken.

Keine Ohren, keine Ohren, keine Schwänze haben sie!

Keine Ohren, keine Ohren, keine Schwänze haben sie!

Janna spürt das weiche grüne Gras unter ihren Füßen. Sie setzt sich auch hin, passt aber auf, dass ihr Kleid keine Flecken bekommt.

Kurz darauf sieht sie die Mädchengang, die sie gestern kennengelernt hat. Sie kommen direkt auf sie zu. Alle vier tragen weiße, superschöne Kleider. Jannas Herz schlägt schneller. Sie sehen so schön aus. So … perfekt.

»Hallo«, begrüßt sie die Blondeste der vier. »Alles Gute zu Mittsommer.«

»Alles Gute zu Mittsommer«, erwidert Janna und schluckt den dicken Kloß im Hals hinunter.

»Wo sind deine Eltern?«, fragt die Blonde, die sich gestern als Caroline vorgestellt hatte.

»Die sind noch nicht da. Die kommen später.«

Die. Warum diese Lüge? Janna hatte noch nie *Eltern*. Sie hat nur ihre Mutter. Und nicht selten noch nicht einmal das.

»Ach so«, sagt Caroline. »Du kannst so lange bei uns dabei sein. Komm mit!«

Janna steht auf und folgt den Mädchen, als hätte ihr jemand eine Leine angelegt. Sie überqueren die Wiese, hinüber auf die andere Seite des Festplatzes. Wie sich herausstellt, hat die Gang ihre eigene Decke. Eine rot karierte. Sie sieht aus, wie eine Decke aussehen muss, findet Janna.

»Komm, setz dich zu uns!«

Und da sitzen sie auf der Decke, die von der Sonne ganz warm ist.

»Wo sind denn eure Eltern?«, fragt Janna vorsichtig.

»Die sitzen dort drüben«, sagt Caroline und zeigt auf eine Gruppe von Erwachsenen, die sich auf mehrere Decken verteilt hat. »Wir haben unsere eigene Decke, weil wir beste Freundinnen sind. Guck mal!«

Und synchron, als wären sie ferngesteuert, halten alle vier ihre Kette mit einem Anhänger hoch. Auf dem silbernen, funkelnden Amulett steht BEST FRIENDS.

Janna zwingt sich zu einem Lächeln.

Sie hatte noch nie eine beste Freundin.

Sie war immer die in der Klasse, die nur deshalb zu den Geburtstagsfeiern eingeladen wurde, weil die Erwachsenen beim Elternabend beschlossen hatten, dass immer alle eingeladen werden müssen. Das hatte Jannas Mutter ihr einmal entgegengeschleudert, als sie betrunken war. Sie hatte dabei geweint. *Warum mag dich niemand, Janna? Sag mal? Was stimmt mit dir nicht?*

»Hast du schon mal vom Grubenmann gehört?«

Janna wird aus ihren Gedanken gerissen. Die Rothaarige hat sie gefragt.

»Der Grubenmann?«, wiederholt sie.

»Hm. Er wohnt in den Gruben. Wusstest du, dass es hier auf der Insel Gruben gibt?«

Janna schüttelt den Kopf. Sie weiß kaum, was eine Grube ist.

»Es gibt eine Geschichte dazu. Soll ich sie dir erzählen?«

Caroline sieht sie aufgekratzt an. Eigentlich mag Janna keine Gruselgeschichten. Das Leben ist gruselig genug. Aber Carolines Blick lässt keine andere Antwort zu.

»Okay.«

»Vor langer, langer Zeit, so vor fünfzig Jahren, da arbeitete ein alter Mann unten in den Gruben. Und weißt du, was mit ihm passiert ist?«

Janna schüttelt langsam den Kopf.

»Die anderen Arbeiter in der Grube wollten ihm einen Schreck einjagen und haben ihn eines Nachts in einen der Schuppen unten im Bergwerk gesperrt. Er schrie, so laut er konnte, aber sie ließen ihn nicht wieder raus. Als sie die Tür nach langer Zeit wieder öffneten, war er tot. Und weißt du, woran er gestorben ist? Er war so oft gegen die Wand und die Tür gesprungen, bis sein Kopf zerplatzt ist. So eine Angst hatte er. Und der Schuppen war voller Blut und Gehirnmasse.«

Caroline verstummt. Ihre Augen sind weit aufgerissen. Janna wagt es kaum, Luft zu holen.

»Es heißt, man kann ihn auch heute noch um Hilfe rufen hören da unten. *Hiiiiiilfeeee, Hiiiiiilfeeee!*

Sekunden lang sagt niemand ein Wort. Carolines Geschichte schwebt über ihnen. Dann bricht plötzlich die Rothaarige in schallendes Gelächter aus, und alle anderen lachen mit. Am Ende stimmt auch Janna mit ein.

»Das ist doch nur eine doofe Geschichte«, sagt die Rothaarige. »Die ist nicht in echt passiert.«

Janna lächelt. Zögernd. Die Erleichterung ist überwältigend.

»Aber wir wollen heute Abend dort hingehen«, verkündet Caroline. »Wenn es dunkel ist. Das wird sauspannend. Kommst du mit?«

Janna weiß nicht, was sie sagen soll. Ein Teil von ihr ist wie gelähmt vor Angst. Der andere ist überglücklich.

Sie wollen sie dabeihaben? Was passiert hier gerade?

Sind das ihre neuen Freundinnen? Was wird ihre Mutter dazu sagen? Oder interessiert es sie womöglich gar nicht?

»Heute Abend?«, fragt sie.

»Ja! Das wird toll! Aber nicht schlimm gruselig, versprochen. Nur … spannend.«

Janna lächelt.

»Okay.«

»Super«, sagt die Rothaarige. »Du wirst die Gruben lieben!«

24

Rosie hat mir eine Decke über die Schultern gelegt, obwohl mir nicht kalt ist. Sie hat mir auch Tee gekocht, gießt ihn in einen großen, mit Blumen verzierten Becher und stellt ihn vor mich auf den Tisch. Ich sitze bei ihr im Garten, wo ich meinen Tag auch begonnen hatte. Ich sitze sogar auf dem gleichen Stuhl.

Seit etwa einer Stunde sitze ich hier. Ohne viel gesagt zu haben. Ich habe nur vor mich hin gestarrt. Ich habe noch nie einen Toten gesehen. Als meine Großmutter starb, war ich zwar bei der Beerdigung dabei, aber der Sarg war geschlossen. Aber selbst, wenn ich sie gesehen hätte, das hier ist etwas anderes. Weil es so unnatürlich ist. Wenn ich die Augen schließe, sehe ich Inas aufgerissene Augen, die lilafarbenen Wangen, ihr zerrissenes Kleid. Ich frage mich, ob ich dieses Bild jemals wieder vergessen kann.

Adams erste Amtshandlung war, mich vom Tatort zu entfernen. Während er seine Kollegen anrief, verfluchte er sich, mich überhaupt mitgenommen zu haben. Was für ein riesengroßer Fehler das gewesen sei. Auf dem Weg zurück zur Kolonie rief er seine Mutter an und bat sie, uns entgegenzukommen. Es dauerte nicht lang, da sahen wir eine flatternde Tunika schwer schnaufend auf uns zustürmen. Rosie nahm mich wortlos in den Arm und ging mit mir den Hang hinunter, während im Hintergrund das Knattern des Polizeihubschraubers zu hören war, der kurz darauf vor dem Haus der Familie Zethraeus landete. In dem ich die Tochter aufgefunden habe. *Ermordet.* Ich versuche, die Tränen zu unterdrücken. Ich bleibe an dem Wort hängen. Ermordet.

Jemand hat Ina ermordet.

Hat sie mit einer Plastiktüte erstickt.

Hat ihr Leben ausgelöscht.

»Trink ein bisschen Tee«, sagt Rosie sanft und legt ihre Zeitschrift in den Schoß.

Ich nicke und hebe den Becher zu den Lippen. Der Tee ist etwas zu heiß, aber ich nehme trotzdem einen Schluck.

»Und bitte sag Bescheid, wenn du Hunger hast«, sagt Rosie und blättert um. »Ich habe einen Haufen Essen im Kühlschrank. Wurst, Grillreste, Berge von Käse … Du musst nur was sagen.«

Ich nicke auch dieses Mal. Das Letzte, was ich jetzt will, ist etwas essen. Ich bin verwundert, dass ich das Frühstück in mir behalten habe. Einen ordentlichen Kater und eine Leiche würden wohl den allermeisten den Magen umdrehen. *Vielleicht werde ich nie wieder etwas zu mir nehmen können. Werde ich überhaupt jemals wieder etwas tun können?* Mir gelingt es, mich damit zu beruhigen, dass nicht ich getötet wurde. Sondern lebe. Ich stehe nur unter Schock.

Da gibt mein Handy einen Laut von sich. *Pling.* Rosie und ich zucken wegen der infernalischen Lautstärke gleichzeitig zusammen.

»Jesses Maria, warum ist das so laut?«, keucht Rosie.

»Sorry. Eine SMS.«

Ich greife nach meinem Telefon und spüre diesen winzigen Funken Hoffnung in mir aufsteigen, obwohl ich genau weiß, wie unwahrscheinlich es ist, dass Adam sich meldet. *Er hat jetzt anderes um die Ohren und muss sich um die Ermittlung kümmern. Er hat keine Zeit, sich zu erkundigen, wie es mir geht.* Der Mut, den ich mir gestern Abend angetrunken hatte, ist wie weggeblasen. In Wirklichkeit sehne ich mich nach Geborgenheit. Will nicht allein sein. Nicht *auf eigenen Füßen* stehen. Ich will ein Teil von zwei sein. Und bin ausgerechnet mit einem Mann ins Bett gegangen, der erstens vergeben ist und zweitens nur für seine Arbeit lebt. Adam hat keine Zeit für ein gewöhnliches Leben mit Alltag und so. Ein Leben, das ich mir aber wünsche.

Plötzlich tauchen Bilder aus meiner Zeit mit Danne auf. Es waren zwar in gewisser Weise drei Zombie-Jahre, die wir miteinander verbracht haben, aber es war eben nicht alles schlecht. Bei Weitem nicht. Ich erinnere mich an Weihnachtsabende vor einem prasselnden Kaminfeuer im Haus seiner Familie in Åkersberga, Abendessen vor der Glotze bei *Let's Dance* und an seine Hand, die in meiner lag, während wir mit unseren Coffee to go durch die Stadt schlenderten. Geborgenheit. Langweilige, wunderbare, rastlose Geborgenheit. Wir hatten eine Beziehung. Meine bisher einzige richtige Beziehung.

Wäre das zwischen Adam und mir auch möglich? Kann man so ein Leben mit so einem wie ihm überhaupt führen? Ein Workaholic, der einem nicht einmal offen sagen kann, womit er gerade beschäftigt ist?

Aber vielleicht sind dann die Begegnungen umso leidenschaftlicher. Wieder tauchen Bilder auf, dieses Mal von letzter Nacht. Ich erinnere mich an seine weichen Locken in meinen Händen und seinen warmen Körper auf meinem.

Ich öffne die SMS, die selbstredend nicht von Adam ist, sondern von meiner Chefin:

20 000 Zeichen über Victoria Silvstedt und ihren kleinen Mann – in drei Tagen. Wir haben Hammerfotos von einer Turtelstunde auf der Yacht! Klappt das? Gunilla

Ich seufze laut. Der Weg von den toten Augen eines Mädchens zu den Neuigkeiten an der Klatschfront erscheint mir gerade heute sehr weit. Aber vielleicht ist es trotzdem ganz gut; Arbeit als Mittel gegen den Schock. Vielleicht ist das der schnellste Weg zurück in die Realität. Meine Antwort macht sich deshalb prompt auf den Weg:

Kein Problem. Du hast den Text bis Donnerstag. Cilla

Über Victoria Silvstedt habe ich schon mehrere Artikel geschrieben. Ich mag die riesige, üppige Blondine, mir hat das alberne und etwas burschikose Auftreten des TV-Sternchens immer gefallen.

Wer mir leidtut, ist »ihr kleiner Mann«, wie er von der Boulevardpresse getauft wurde. Nur weil Victoria so imposant wie eine griechische Statue ist und Maurice, ihr Geliebter – und momentaner Lebensgefährte – aus der Schweiz, ein außergewöhnlich kleinwüchsiger (aber stinkreicher) Geschäftsmann ist.

Ich verdrehe schon einmal prophylaktisch die Augen, wenn ich an meinen Aufhänger der Story denke. In klassischer *Die Schöne und das Biest*-Manier. Armer Maurice. Aber das ist genau das, was die Leser wollen. Ich habe an meinem Job nie gezweifelt, weder moralisch noch inhaltlich, in den letzten Jahren hatte ich in der Redaktion von Chance den perfekten Arbeitsplatz. Ich konnte weitestgehend frei schalten und walten, und meine Chefin war offen für Vorschläge und Ideen für neue Reportagen. Aber manchmal, vor allem nach solchen SMS, trifft mich die Erkenntnis hart, wie banal meine Arbeit ist. Wie platt. Klatsch und Tratsch. Das ist unterhaltsam und meistens auch harmloses Amüsement. Unsere Intention ist es nie, jemandem zu schaden, unsere Texte sollen niemandem wehtun. Wir wollen sein wie die lustige Freundin, die man ab und zu trifft, weil sie die neusten Klatschgeschichten auf Lager hat. Nicht mehr und nicht weniger.

Ich frage mich, ob es auch in zehn Jahren noch Zeitschriften gibt. Wie wird es sein, wenn die Menschen sich ihre neuen Frisuren am 3-D-Drucker anfertigen lassen können und die Nachrichten als konstanter digitaler Flow auf die Netzhaut projiziert werden? Was wird dann aus mir? *Falls* dann noch das Zeitschriftenregal im Supermarkt existiert – worüber werde ich dann schreiben?

Vielleicht sollte ich so ein Moodboard erstellen. Ich habe gelesen, dass das sehr inspirierend sein kann. Allerdings weiß ich genau, wovon das Moodboard aktuell beherrscht wäre. Vom Caroline-Fall. Das ist das Einzige, was mich zurzeit beschäftigt. Aber habe ich den Mut, da voll einzutauchen? Ich bin doch viel zu feige. Feige Cilla. Ich bin doch keine Privatdetektivin.

Was gäbe ich dafür, so klare Träume wie Zacke zu haben. Klar, er ist zugegeben ein paar Jahre älter als ich. Trotzdem. Er hat es gewagt. Nach gefühlt unendlich vielen Jahren als Art Director bei diversen Zeitschriften hat er einfach gekündigt, um Sommelier zu werden und dann seine eigene Weinbar aufzumachen. Das erste Jahr war nicht einfach. Jonathan und er schrieben jeden Monat nur rote Zahlen, und Zackes Erspartes musste daran glauben. Aber dann wendete sich das Blatt. Ich weiß nicht mehr, ob es eine Rezension in der Tageszeitung oder im Gratis-Szeneblatt von Stockholm war, auf jeden Fall lobte der enthusiastische Autor Zackes kleines Lokal auf Södermalm in den höchsten Tönen. *Mon Dieu! Gekommen, um zu bleiben!* lautete die Überschrift, und schon am nächsten Tag platzte der Laden aus allen Nähten. Und jetzt lebt Zacke seinen Traum. Meistens.

Ich gähne. Mich überkommt eine unbeschreibliche Müdigkeit.

»Rosie, ich glaube, ich lege mich für eine Weile hin«, sage ich und stehe auf.

Rosie faltet ihre Zeitschrift zusammen und sieht mich unter ihrem Sonnenhut mit besorgter Miene an.

»Wirklich? Bist du sicher, dass du allein sein willst? Nach allem, was passiert ist?«

Ich nicke.

»Ich will einfach nur ins Bett und schlafen.«

Rosie sieht skeptisch aus, nickt dann aber.

»Okay. Kommst du später zum Essen rüber? Ich muss dafür sorgen, dass du was zwischen die Zähne bekommst.«

»Das ist ganz zauberhaft, danke. Aber ich glaube, ich

möchte ein bisschen allein sein. Außerdem muss ich arbeiten.«

»Ah, okay.«

Ich kann ihre Enttäuschung sehen, aber sie verzieht ihren Mund tapfer zu einem Lächeln. Und schlägt dann ihre Zeitschrift wieder auf.

»Das hat aber nichts mit Adam zu tun, oder?«

Ich bleibe stehen, weiß nicht, was ich sagen soll.

»Was? Nee … nein. Wir … wir haben nichts gemacht, Rosie.«

»Ich weiß, Cilla. Ich weiß. Ich dachte nur, dass … ach, ich weiß auch nicht.«

Sie lächelt mich an, und ich pendele meinen Fuß verlegen durch das feuchte grüne Gras.

»Ich muss einfach nur schlafen.«

»Prima. Ich bin hier, wenn du mich brauchst. Wenn du reden willst oder so.«

»Ich weiß. Danke.«

Ich falte Rosies Decke zusammen und lege sie auf den Stuhl. Auf dem Weg zum Gartentor werden meine Beine immer schwerer, bleischwer. Am liebsten würde ich mich auf dem Rasen zusammenrollen und hier schlafen. Ein Jahr lang schlafen und dann erst wieder aufstehen.

Als ich das Gartentor öffnen will, steht Adam plötzlich vor mir. Er muss gerannt sein, denn seine Stirn und Unterarme glänzen vor Schweiß in der Sonne.

»Hallo Cilla«, sagt er.

»Hallo. Wie … geht es da oben?«

»Alles in Ordnung. Ich bin nur gekommen, um nach dir zu sehen.«

»Mir geht es gut.«

»Ich ...«

Er schüttelt den Kopf.

»Verdammt, ich hätte dich niemals mitnehmen dürfen. Entschuldige bitte, ich mache mir solche Vorwürfe ...«

Er scheint sehr erleichtert darüber zu sein, dass ich nicht mit posttraumatischer Belastungsstörung in meiner Hütte liege und an Stresssymptomen leide. Das Schuldbewusstsein steht ihm ins Gesicht geschrieben.

»Es war doch meine eigene Schuld«, sage ich. »Ich habe dich ja förmlich genötigt, mich mitzunehmen.«

»Trotzdem. Ich hätte es besser wissen müssen. Mir tut es so furchtbar leid, dass du das sehen musstest. Wie geht es dir?«

»Ganz gut. Ich will mich jetzt hinlegen und schlafen. Ich brauche ein bisschen Ruhe.«

»Das verstehe ich gut. Ist alles ...«

Er verstummt. Aber ich weiß genau, was er eigentlich fragen will.

»Ja, es ist alles okay zwischen uns. Mach dir keine Sorgen.«

Ich klopfe ihm im Vorbeigehen freundschaftlich auf die Schulter und biege auf mein Grundstück ein.

»Du, Cilla ...«, ruft er mir hinterher.

Ich drehe mich um.

»Ja?«

Adam kommt mir hinterher, bleibt etwa einen halben Meter vor mir stehen und sieht sich vorsichtig um. Offenbar will er sichergehen, dass ihm niemand sonst zuhören kann.

»Ich freue mich, dass es dir gut geht. Ich ... mag dich sehr.«

Ein kleines Lächeln huscht über mein Gesicht.

»Und ich wäre dir dankbar, wenn du diese Information vertraulich behandelst, aber damit du dich sicherer fühlst, sage ich dir jetzt, dass wir einen Verdächtigen festgenommen haben.«

Mein Lächeln verschwindet schlagartig wieder. Eine kalte Faust hat sich um mein Herz gelegt. Drückt zu. Schmerzhaft.

»Und wen?«

Adam antwortet nicht. Schiebt sich nur wortlos eine Haarsträhne aus der Stirn. Sein Atem ist warm und streicht mir übers Gesicht. Am liebsten würde ich ihn berühren und ihn bitten, sich neben mir ins Bett zu legen und mich beim Schlafen zu bewachen.

»Ist es Ludvig Axén?«

Er muss gar nicht antworten, sein Blick verrät mir, dass ich richtig gelegen habe.

»Okay, aber … warum? Warum Ina?«

»Wir haben Grund zu der Annahme, dass er beide Morde begangen hat«, flüstert Adam. »Wir haben sein Portemonnaie in einem der Kleiderschränke im Haus gefunden. Vermutlich haben wir damit unseren Schuldigen.«

Er lächelt mir beruhigend zu, er hat nicht den geringsten Zweifel an der Richtigkeit seiner Vermutung.

»Der Albtraum von Bullholmen hat ein Ende«, sagt er.

Ich nicke, schenke ihm noch ein Lächeln zum Abschied und gehe. Und versuche, meinen Gedanken beiseitezuschieben.

Oder der Albtraum hat gerade erst begonnen.

25

Ich schlafe so tief und fest wie Dornröschen.

Allerdings werde ich nicht von einem schönen Prinzen wach geküsst.

Sondern von einer Möwe, die mir auf das kleine Dachfenster über meinem Kopf kackt. Ich schrecke von dem platschenden Knall auf und reiße sofort die Augen auf. Mein Herz rast, und es dauert einen Moment, bis ich mich wieder beruhigt habe. Ich strecke und räkele mich und sehe dem Kotfladen zu, wie er langsam die Scheibe hinuntergleitet. Wie ein Wasserfall in Zeitlupe.

Unter mir ziehe ich mein Handy hervor, auf dem ich geschlafen habe und das mir fast ein Loch in den Rücken gebohrt hat. Als ich die Uhrzeit auf dem Display sehe, bleibt mir fast das Herz stehen. Halb elf. Hilfe. So spät? Obwohl die schwedischen Sommernächte meistens hell sind, ist es ziemlich dunkel draußen. Mein Magen knurrt, ich muss unbedingt was essen.

Verwirrt taumele ich von meiner Empore und beantworte dabei die SMS, die mir Rosie geschickt hat. Während ich schlief. Sie hat mich erneut zum Essen eingeladen, ich muss mich also entschuldigen, dass ich erst jetzt antworte.

Der Blick in den Kühlschrank überfordert mich. Ich habe keine Energie, mir jetzt was zu kochen. Stattdessen hebe ich wahllos Verpackungen hoch, nehme mir zwei Scheiben von dem luftgetrockneten Schinken und stopfe sie mir so in den Mund. *Oh Gott, wie die Wölfe im Tierpark.*

Ich schnappe mir einen Käsehobel und schneide mir ein paar dicke Scheiben Käse ab und schiebe sie dem Schinken unbegleitet hinterher. Als Nächstes nehme ich mir eine Dose Artischocken vor und arbeite mich dann weiter durch die Küchenschränke, in denen ich Chips und Salzstangen finde. Die Salzstangen habe nicht ich gekauft, die muss die Vorbesitzerin Anita Larsson hier vergessen haben. Unter Umständen sind sie hundert Jahre alt. Sehen aber noch ganz gut aus. Außerdem glaube ich tatsächlich, dass sie immer gleich schmecken, auch wenn sie vierhundert Jahre alt sind. Also esse ich sie. Als ich mich ausreichend satt fühle, rülpse ich laut (einer von zwei Vorteilen am Singlesein; der andere ist das vierte Glas Wein an einem Montagabend, ohne dass jemand die Augenbraue hebt), hole mir eine eiskalte Cola Zero aus dem Kühlschrank und werfe mich aufs Sofa, wo mich die weichen Kissen auffangen.

Ich genieße das kalte Getränk und sehe mich in meiner hübschen Laube um. Es ist still. Ein bisschen zu still für meinen Geschmack. Ich stelle fest, dass ich ziemlich lange nicht mehr allein war. Seit meiner Ankunft habe ich fast jeden Abend mit Rosie verbracht, wofür ich ihr unendlich dankbar bin. Aber dadurch habe ich auch nicht ausprobiert, wie es ist, allein zu sein.

Ach so, stimmt ja. Ich habe vorhin einen Auftrag angenommen. Obwohl mich niemand hören kann, beschwere ich mich lautstark über Victoria und ihren »kleinen Mann«. *Das ist sooooo langweilig.* Dann nehme ich noch einen Schluck Cola, rülpse ein zweites Mal genüsslich und klappe meinen Laptop auf.

*

Eine Stunde später bin ich noch nicht wirklich weit gekommen. Es ist kurz vor Mitternacht und sehr still draußen. Das Geschrei der Kinder ist verstummt, und auch die Jugendlichen auf ihren Fahrrädern sind nach Hause gefahren. Sogar die Möwen scheinen sich verkrümelt zu haben.

Ich habe bisher fünfzig Wörter geschrieben. Sie wieder gestrichen. Fünfzig neue geschrieben und auch diese wieder gestrichen. Ich komme nicht weiter. Also mache ich das, was ich immer tue, wenn ich nicht vorankomme.

Ich packe meine hellblaue Polaroidkamera aus. Die ist über dreißig Jahre alt, und ich habe sie von meiner Mutter geerbt. Eine der wenigen Habseligkeiten, die ich von ihr habe.

Sie hat damit tonnenweise Fotos geknipst. Von ihrer Familie, ihren Freunden, von mir. Zu Hause habe ich sehr viele Fotoalben, die ich mir ansehe, wenn meine Sehnsucht nach ihr zu groß wird. Manchmal passiert es nämlich, dass man fast vergisst, dass man auch eine Kindheit hatte. Dass man vergisst, wo man herkommt. Wenn ich mich selbst als kleines Kind sehe, dieses kleine pummelige blonde Mädchen – immer mit Blaubeermarmelade um den Mund –, dann finde ich inneren Frieden und Ruhe. *Richtig, Cilla, das bist du.* Das mag ein bisschen irre klingen, aber es hilft mir, wenn ich mich verloren und verlassen fühle in dieser großen, weiten Welt.

Das Beste an meiner hellblauen Polaroid ist aber, dass man für sie noch Filme bekommt, obwohl sie älter als Ötzi ist. Wenn ich beim Schreiben nicht vorankomme, fotografiere ich Bilder aus dem Netz ab, die mich inspirieren, und klebe sie an die Wand. Dann löst sich meistens meine Schreibblockade. Weil die Geschichte vor meinen Augen zum Leben erweckt wird. Weil Fotos Geschichten erzählen.

Zacke hat das ein paarmal miterlebt, dass ich Dinge gegoogelt und sie dann von meinem Laptop abfotografiert habe. Er findet das grenzdebil. *Du bist ein Dinosaurier, Cilla. Kauf dir gefälligst einen Drucker!* Aber da habe ich ihm erklärt, dass so ein Drucker nicht so einfach zu transportieren ist wie meine Polaroid. Ich will nicht die ganze Zeit so ein Dreikiloding mit mir herumschleppen. Meine kleine blaue Kamera wiegt so viel wie eine Blutorange. Und für diesen Vorteil muss man in Kauf nehmen, dass die Qualität der Aufnahmen tatsächlich zu wünschen übrig lässt.

Ich hole mir eine zweite Cola Zero und starre meine bisherige Ausbeute an. Ich habe Victoria, den kleinen Mann, mehrere Jachten, auf denen sie durch die Gegend schippern, und ein Foto von Victoria, als sie Anfang der Neunziger Miss Sweden wurde. Auf dem Foto sind ihre Haare kraus und hochtoupiert, sie sieht aus wie ein sexy Pudel. Und ich sitze jetzt schon seit einer ganzen Weile hier und starre auf diese Fotos, und es geht nach wie vor zäh voran. Um nicht zu sagen: Es geht überhaupt nicht voran.

Vielleicht sollte ich eine Pause machen. Eine Pause wovon, fragt sich nur. Ich brauche dringend eine Dusche. Um diesen schrecklichen und unwirklichen Tag abzuspülen. Morgen werden alle Zeitungen im ganzen Land die Nachricht rausposaunen, dass ein zweites Mädchen auf Bullholmen ermordet wurde. Und ich stecke mittendrin, weil ich sie gefunden habe. Bei dem Gedanken läuft es mir eiskalt den Rücken hinunter.

*

Ich renne in Bademantel und Badelatschen den Weg hinunter zu den Duschanlagen, die am Rand der Schrebergartenkolonie liegen. Dahinter fängt der Wald an. Zum Glück bin ich allein. Ich entscheide mich für die Kabine am Ende der Reihe, hänge mein Handtuch und den Bademantel an einen der Haken und schließe die dünne Tür. Dann drehe ich das Wasser an und warte, bis es warm wird.

Das Wasser riecht ein bisschen abgestanden, muffig. Aber wenigstens wird es lauwarm. Ich stelle mich unter den Duschkopf und lasse das Wasser über meinen Körper laufen, reibe mir Shampoo in die Haare, bis es ordentlich schäumt, und seife mich mit einem Duschgel ein, das ich aus einer Goodie-Bag aus der Redaktion mitgenommen habe. Es duftet nach Honig und Pfirsichen.

Doch plötzlich zucke ich zusammen.

Ist da gerade jemand reingekommen?

Ich meine, die Tür gehört zu haben, was bedeutet, dass sie jemand geöffnet haben muss. Vielleicht hat nur jemand kurz nachgesehen, ob die Dusche frei ist. Die meisten wollen bestimmt am liebsten ungestört duschen und warten dann, bis die anderen Kolonisten fertig sind.

»Hallo?«

Keine Antwort. Ich drehe mich unter dem Wasserstrahl und spüle mich ab. Ich sehe das Mondlicht, das auf den Boden vor den Duschkabinen scheint, weil die Tür der Kabine nicht bis zum Boden reicht.

Dann passiert etwas, was mir fast den Rest gegeben hätte.

Ein Schatten gleitet über den Boden und bricht das Mondlicht.

Verharrt vor meiner Kabine.

Mir läuft Shampoo ins Auge, es brennt fürchterlich, aber ich wage kaum, zu blinzeln. Oder zu atmen.

Da steht jemand vor meiner Duschkabine.

»Adam?«

Ich weiß nicht, warum ich ausgerechnet seinen Namen rufe. Es ist unmöglich, dass er dort draußen steht. Er hat längst die Fähre aufs Festland genommen.

Das Wasser läuft und läuft. Tausend Gedanken schwirren mir durch den Kopf. *Bitte, bitte nicht.* Das Brennen im Auge wird so unerträglich, dass ich es schließen muss und mein Gesicht so schnell ich kann unters Wasser halte. Als ich die Augen wieder öffne, ist der Schatten verschwunden. Und kurz darauf höre ich die Tür zuschlagen.

*

Ich laufe noch schneller zurück zu meiner Laube als auf dem Hinweg. Mein Herz rast. Da stand jemand vor meiner Kabine. Und hat mir zugesehen. *Oder nicht?* Bin ich schon paranoid? War das nur einer der anderen Kolonisten, die nachsehen wollten, ob die Duschen frei sind?

Ich biege in den Radieschenweg ein und öffne mein Gartentor, schließe die Hütte auf und genauso schnell hinter mir wieder ab. Zur Sicherheit rüttele ich mehrere Male an der Klinke, ob sie auch wirklich abgeschlossen ist. Ich ziehe mir etwas Frisches an und wickele mir das Handtuch wie einen Turban um den Kopf.

Kaffee. Ich brauche jetzt dringend Kaffee. Das wird eine lange Nacht werden.

Kurze Zeit später duftet es herrlich nach frischem Kaffee. Ich will es mir gerade mit meinem dampfenden Becher auf dem Sofa bequem machen, als mein Blick auf den Haufen mit meinen dreckigen Klamotten fällt. Und auf das gefaltete Papier, das in der Tasche meines Kleides steckt.

Es ist der Brief von Caroline, den ich bei Ina auf dem Wohnzimmertisch gesehen und eingesteckt habe. Und das Foto von der Vierergang. Auch die beiden Fotos aus Pauls Lokal sind dabei, die von den vier Mädchen und von Tochter und Mutter mit dem Skorpiontattoo.

Kurz entschlossen, entferne ich Victoria und ihren reichen Lover von der Wand und klebe die drei Fotos und Carolines Brief an die Wand.

Mir gefällt das Skorpiontattoo nicht. Überhaupt nicht. Das hat etwas Unheilverkündendes. Man kann einer Frau nicht ansehen, ob sie eine gute, zuverlässige Mutter ist. Aber hier stimmt etwas nicht.

Lollo mit Tochter Janna steht auf dem Foto. Sie waren in dem Sommer auf Bullholmen, in dem auch Josefine starb. Unten in der Grube. Und Rosie hat Janna in dem Jahr mit den Mädchen zusammen spielen sehen.

Ich trete einen Schritt zurück und lasse meinen Blick zwischen dem Brief und den Fotos hin und her springen.

Drei Mädchen aus einer Gang sind tot. Eine starb vor

zehn Jahren, die anderen beiden diesen Sommer, kurz hintereinander. Eine ist noch übrig. *Ebba. Ich muss unbedingt diese Ebba finden.*

Ich setze mich wieder hin und öffne Carolines Blog, scrolle durch ihre Posts. Einen Monat zurück, zwei, drei … Was für ein Glück, dass sie das schon so lange macht.

Ludvig Axén wird also der beiden Morde verdächtigt. Weil sie sein Portemonnaie am Tatort gefunden haben. Aber warum sollte er das getan haben? Warum sollte er seine Tochter und eine Freundin von ihr umbringen? Was wussten die beiden?

Da stoße ich auf ein Foto von einer großen Gruppe von Mädchen. Einer sehr großen Gruppe. Der Eintrag ist vom Oktober 2016 – letztes Jahr also. Caroline war mit ihrer Französischklasse auf Studienfahrt nach Paris, offenbar ein ziemlich großer Kurs. Ich erkenne Caroline auf Anhieb und Ina auch. Ihre roten Haare sind nicht zu übersehen. Aber die beiden stehen weit voneinander entfernt.

Shit. Ob Adam das schon gesehen hat?

Caroline und Ina waren also vor etwa einem halben Jahr auf einer Klassenfahrt zusammen.

Ich lese den Text im Blogeintrag und unter dem Foto: *Annie, Calle P und Ina sind ins Musée du Louvre gegangen, Benji und Simon und Ebba wollten lieber Eis essen gehen, aber haben dann Bammel bekommen, dass sie was Tolles verpassen ;) Once in Paris, ihr wisst schon …*

Ich zucke zusammen. Ebba. Mit meinem Laptop in der Hand springe ich auf und renne an meine Fotowand, um dort das kleine blonde Mädchen mit dem achtzehnjährigen Mädchen mit Crop Top, Nabelpiercing und gigantisch großen Ohrringen auf dem Foto von Carolines Blog zu vergleichen. *Du bist es. Ich habe dich gefunden.*

Der nächste Weg führt mich zur Kaffeemaschine, um meinen Becher aufzufüllen. Ina, Ebba und Caroline waren also auf derselben Klassenfahrt nach Paris. Und Benji war auch dabei. Jetzt sind zwei von diesen drei Mädchen tot. Und wenn Ludvig Axén nicht schuldig ist, dann könnte Ebba es sein.

Entweder schuldig oder in Lebensgefahr.

26

Zum ersten Mal seit Langem scheint auch die Hitze Urlaub zu machen. Zumindest hält sie sich nicht mehr auf Bullholmen auf. Vielleicht kommt sie bald zurück, aber ehrlich gesagt begrüße ich die kühle Pause sehr. Die Wolken haben sich zu einer grauen Patchwork-Decke am Himmel zusammengezogen, und kleine Tropfen des salzigen Meerwassers spritzen mir vorn an den Felsen ins Gesicht.

Ich habe beschlossen, allein spazieren zu gehen. Vielleicht war das nicht besonders clever, aber es war, als hätte nicht ich diese Entscheidung getroffen. Ich fühlte mich gezwungen, es zu tun. Für Caroline. Für Ina. Und weil ich das untrügliche Gefühl habe, dass hier etwas nicht stimmt. Ganz und gar nicht stimmt.

Obwohl ich erst gegen drei Uhr nachts ins Bett gegangen bin, war ich schon früh wieder wach.

Aber diesmal nicht, weil Rosie mich geweckt hat.

Was schön und traurig zugleich war. Ich vermute, dass sie mich in Ruhe lässt, damit ich mich erholen kann.

Ich konnte nicht wieder einschlafen, obwohl es erst sieben Uhr war, darum bin ich aufgestanden, habe mir Kaffee gekocht und Frühstücksfernsehen geschaut. Und jetzt bin ich hier, auf der anderen Seite der Insel und habe alle möglichen ABER zu Hause gelassen. Ich habe die Bedenken beiseitegeschoben, dass mein Ausflug gefährlich sein könnte. Ich habe mir einfach die Schuhe angezogen und bin losgelaufen.

Als Erstes habe ich den Ort aufgesucht, an dem Caroline ermordet wurde. Ich starre in das dunkle Wasser, in dem sie ertrunken ist. Wo genau das war, weiß ich natürlich nicht, ich bin nur den Schildern gefolgt, die mich auf die andere Seite der Insel geführt haben. Irgendwo hier ist es also passiert. Es ist komisch, hier zu sein. Beklemmend. Ich hätte mich niemals getraut, nachts hierherzukommen, aber jetzt bei Tageslicht ist es nicht mehr ganz so gruselig. Es besteht ja auch keine unmittelbare Gefahr, aber … es ist sonderbar, wie so eine Tat einen Ort verändern kann. Und ihn zu etwas Unheilvollem macht.

Die Gruben. Ich kenne die Gruben von Bullholmen noch nicht. Bevor ich gehe, zücke ich meine blaue Polaroid und mache ein paar Fotos von den Felsen und dem Meer. Dann öffne ich die Kartenfunktion meines Handys und hoffe, dass sie mich zu den sagenumwobenen Gruben führen kann.

*

Der Wald ist zugewachsen, es knackt und knistert unter meinen Sneakern. Laut dem Pfeil auf meiner Karte bin ich auf dem richtigen Weg, obwohl ich mich nicht immer genau an die Angaben gehalten habe. Und dann, hinter ein paar dicht stehenden Kiefern, liegen sie plötzlich vor mir.

Die Gruben.

Von Weitem sieht es nur aus wie ein großes Loch in der

Erde. Ein wahnsinnig großes Loch, mit Stacheldraht eingezäunt. Angeblich sind die Gruben von Bullholmen die ältesten Eisenerzminen des Landes, in denen schon im 13. Jahrhundert Erz abgebaut wurde. Die Mine wurde jedoch schon Ende des 19. Jahrhunderts stillgelegt und befindet sich seit 1974 in Besitz der Schärenstiftung, die sie verwaltet. Diese Information habe ich auf der Webseite von Bullholmen gefunden. Der größte, offene Schacht ist 210 Meter tief. *Himmelherrgott.* Das ist wirklich verdammt tief.

Ich gehe bis an den Zaun und stelle mich auf die Zehenspitzen, um nach unten sehen zu können. Auf der einen Seite der Anlage befinden sich ein paar kleine, verfallene Holzhütten. Wofür die wohl waren? Haben sich die Bergleute darin umgezogen? Oder darin Mittagspause gemacht? Oder waren es sogar kleine Baracken, in denen sie schlafen konnten? Ich nehme meine Kamera und fotografiere den Eingang der Gruben und schiebe die entwickelten Aufnahmen in die Hosentasche meiner Jeans.

Dieser Ort strahlt eine sonderbare Stimmung aus.

Oder es liegt daran, dass ich allein unterwegs bin. Lange bevor die Insel zum Leben erwacht. Es ist so früh, dass noch nicht mal die erste Fähre im Hafen eingetroffen ist. Ich sehe mich ein letztes Mal um, dann breche ich auf. *Ein Ziel habe ich noch.*

*

Ich stehe vor dem Geisterhaus. Es ist gemein, es so zu nennen, vor allem in Anbetracht der schrecklichen Dinge, die darin passiert sind. Aber ich finde für das Haus keine andere Beschreibung.

Mir läuft ein kalter Schauer über den Rücken.

Die dunklen Fenster starren mich wie tote Augen an, und das Holz der Fassade sieht aus, als würde es gleich bersten.

Das Haus, in dem Ina starb, ist mit blauem Polizeiband abgesperrt. Ich habe auch auf keinen Fall vor, diese Grenze zu überschreiten. Aber ich mache ein paar Fotos, wedele sie zum Trocknen durch die Luft und stopfe auch sie dann in meine Hosentasche. Ich weiß nicht genau, warum ich diesen Ort noch einmal aufsuchen wollte. Vielleicht hatte ich die Hoffnung, dass hier ein weiteres wichtiges Puzzleteil an seinen Platz fallen würde. Der Ort, an dem Caroline ermordet wurde, der Ort, an dem Josefine vor zehn Jahren ums Leben kam, und dann das Haus, in dem Ina mit einer Plastiktüte erstickt wurde. Aber bisher fügen sich die Teile noch nicht zu einem Bild zusammen.

Ich drehe mich um und laufe den Hang hinunter zum Kiesweg, der mich zurück zur Kolonie führt. Auf einmal habe ich es eilig, will schnell zurück. Ich will einen Eimer Kaffee machen, damit zu Rosie rübergehen und Scones backen. Einen ganzen Tag hatte ich für meine Erholung, das muss reichen. Ich brauche jemanden zum Reden.

Mein Fuß bleibt in der Luft schweben.

Vor mir auf dem Boden liegt etwas.

Es glitzert und lugt hinter einem moosbedeckten Stein hervor.

Ich gehe in die Hocke und sehe es mir genauer an. Es dauert einen Augenblick, bis ich begreife, was es ist. Ein circa zwanzig Zentimeter langes silberfarbenes Souvenir.

Ein Eiffelturm. Ein blutiger Eiffelturm.

27

Meine erste Amtshandlung ist es, Adam anzurufen. Etwas anderes wäre mir auch gar nicht eingefallen. Immerhin habe ich eine Waffe gefunden. Vielleicht sogar eine, mit der sowohl Caroline als auch Ina verletzt wurden. Insofern habe ich einen triftigen Grund, ihn anzurufen.

»Cilla, fass diesen Eiffelturm bloß nicht an!«, ruft Adam mir ins Ohr.

»Das ist leichter gesagt als getan. Soll ich den mithilfe meiner Gedanken teleportieren oder was?«

»Hast du eine Plastiktüte dabei?«

Natürlich habe ich das nicht, bedenkt man, wie selten ich bei meinen morgendlichen Spaziergängen auf Beweismaterial einer laufenden Ermittlung stoße. Aber ich kann das Futteral meiner Polaroid benutzen, die wie eine winzig kleine Sporttasche mit Gummizug aussieht.

»Dann transportierst du den Turm in diesem Futteral«, weist Adam mich an.

»Aber … soll ich das wirklich anfassen?«

»Wir können ihn unmöglich dort liegen lassen. Ich komme, aber das dauert eine Weile, und wir dürfen nicht riskieren, dass der Täter zurückkommt, um danach zu suchen. Oder es fängt an, zu regnen, und verwischt uns die Spuren, oder es könnte …«

»Okay, okay, verstanden, ich packe ihn ein.«

»Sei vorsichtig damit. Bitte lass ihn nicht aus den Augen. Das ist ein sehr wichtiges Beweisstück.«

»No shit, das ist voller Blut … Hatten deine Kriminaltechniker hier nicht alles abgesucht?«

»Doch.«

»Dann haben sie einen hervorragenden Job gemacht. Ein erstklassiger Einsatz, ich würde sagen, da ist eine Gehaltserhöhung fällig.«

»Ich bin mir sicher, dass sie alles bestmöglich abgesucht haben. Du hast gesagt, der Eiffelturm lag ein Stück vom Haus entfernt?«

»Ja, aber trotzdem …«

Ich bin hibbelig. Meine Neugier wird mich eines Tages noch umbringen, ich weiß, aber musste ich denn unbedingt – buchstäblich – auf das Souvenir des Mörders treten? Mit einem tiefen Atemzug versuche ich, mich wieder zu beruhigen, mache ein Foto vom Eiffelturm und schiebe ihn dann so vorsichtig wie möglich in meine dünne Kamerahülle.

»Wie geht es dir?«, fragt Adam.

»Geht so. Ein etwas ungewöhnlicher Start in den Tag, aber sonst … ganz gut. Wie ist das Leben auf dem Festland?«

»Auch gut.«

»Was machst du gerade?«

Ich kneife die Augen zusammen. Das ist wahrscheinlich etwas ungewöhnlich, jemandem, den man kaum kennt, eine solche Frage zu stellen. *Noch* nicht so gut kennt. Nein, nicht kennt. Wir werden uns niemals wirklich nahekommen. Das war ein Ausrutscher. Ein gemeinsamer Fehltritt. Ein rotweingetränkter Fehltritt. Mit Glück wird Sabina niemals davon erfahren, schließlich ist es seine Verantwortung, sie darüber zu informieren. Nicht meine. Ich kenne sie ja nicht einmal. Sie ist wie ein Geist für mich.

Vielleicht sitzt er gerade mit ihr zusammen am Frühstückstisch. Sabina. Die Frau, die ich einmal auf einem Foto gesehen habe und auf Anhieb nicht leiden konnte. Weil sie zu schön ist, eine seichte sexy Hülle. Was sie wahrscheinlich gar nicht ist. Sie ist ein Mensch wie jeder andere auch, mit Problemen, Ängsten und Befürchtungen. Vielleicht hat sie einen angeborenen Herzfehler oder sie leidet an Asthma. Vielleicht heult sie auch Rotz und Wasser, wenn bei *Zuhause im Glück* die Beschenkten – im Rollstuhl und ohne Beine – ihr Zimmer neu gestrichen bekommen. Mich beschleicht ein ungutes Gefühl. *Was mache ich hier gerade?*

»Ich bin bei der Arbeit«, antwortet Adam.

»Okay, war 'ne dumme Frage.«

Er lacht, und das Gefühl verändert sich. Ich sehe ihn vor mir, sein lockiges dunkles Haar, die Lachgrübchen und das eng anliegende Hemd, das sich an seinen muskulösen Oberkörper schmiegt … Es gibt eine Erklärung dafür, dass wir vorgestern auf meinem Sofa gelandet sind. Wir wollten es beide und konnten es nicht verhindern.

»Danke, dass du mir geantwortet hast.« Ich flüstere die Worte fast.

»Gern geschehen. Ich antworte immer, das kann ich dir versprechen.«

Die Segelboote schaukeln malerisch im Hafen, und ich entscheide spontan, einen kleinen Umweg zu nehmen. Der Steg knarrt unter meinen Füßen, die Segler in ihren sündhaft teuren Booten schlafen alle noch.

Bis auf eine Person.

Und die sitzt auf einer Bank neben der Wasserzapfstelle und starrt hinaus auf die Unendlichkeit der Ostsee. Ihr blondes Haar flattert im Wind, mir schnürt es den Magen zu. Ich schiebe meine Hand in meine Tasche und hole mein Portemonnaie raus. *Bitte mach, dass er da ist.* Da ist er ja. Ich zücke meinen Presseausweis und halte ihn wie ein Schild vor mich.

Das ist vollkommen irre, Cilla. Du spinnst doch total.

Ich mache es trotzdem.

»Ebba?«

Das Mädchen sieht mich verwundert an.

»Ja?«

Ich komme einen Schritt näher.

»Hallo, ich bin Cilla.«

»Hallo.«

»Ich … darf ich mich kurz zu dir setzen?«

Sie sieht auf die leere Bank neben sich und zuckt lässig mit den Schultern.

»Klar. Wohnen Sie hier?«

»Ja und nein. Das heißt, genau genommen schon, ich habe einen Schrebergarten in der Kolonie da hinten. Kennst du die?«

»Logo.«

»Außerdem bin ich Kriminalreporterin beim Aftonbladet.«

Verdammt. Warum habe ich denn den Namen der Zeitung genannt? Jetzt kann sie das doch überprüfen und feststellen, dass ich da gar nicht arbeite.

Ebba sieht mich und meinen Ausweis skeptisch und nervös an. Sie ist hübsch. Nicht schön, aber hübsch. Und cool.

»Aha«, sagt sie. »Und was wollen Sie von mir?«

»Ich …«

»Ich werde mich jetzt bei Ihnen aber nicht ausweinen, und Fotos dürfen Sie auch keine machen.«

Ich hebe die Hände in die Luft, als hätte sie eine Waffe auf mich gerichtet.

»Versprochen! Ich wollte nur mit dir reden. Wir in der Redaktion haben ja über Caroline berichtet und … Mir tut das schrecklich leid, was mit Ina passiert ist. Soweit ich es verstanden habe, wart ihr drei als Kinder sehr eng befreundet?«

Ebba schweigt und streicht mit ihren weißen Sneakern über die rauen Holzlatten des Stegs.

»Was sagt denn die Polizei?«, fragt sie.

»Wozu?«

»Wenn Sie Kriminalreporterin sind, nehme ich doch stark an, dass Sie bestens informiert sind. Verdächtigen Sie Carros Vater?«

Ich nicke und lege meinen schwarzen Kamerabeutel so neben mich auf die Bank, dass Ebba ihn nicht sehen kann.

»Er wird verdächtigt und wird gerade verhört, soweit ich weiß.«

Ebba atmet schwer. Die beiden sind sich ziemlich ähnlich, Caroline und sie, zumindest äußerlich. Beide haben diese wilden blonden Haare, die ich mir als Kind so sehr gewünscht habe. Ich bin zwar auch blond, aber ohne Glätteisen sehen meine Haare aus, als wäre ich auf dem elektrischen Stuhl eingeschlafen.

»Glaubst du denn, dass er es war, Ebba?«

»Keine Ahnung. Vielleicht. Er ist ein Arsch, das wissen alle.«

»Alle auf … deiner Schule?«

»Ja. Alle eben. Er hat mit allen geschlafen und soll ein Mädchen ja mal geschlagen haben. Ich meine, so richtig, Körperverletzung und so. Ich habe gehört, dass ihr Kiefer ausgerenkt war. Voll krass. Aber …«

Sie macht eine Pause.

»Das ist alles so krank. Ich habe mich nach Carolines Tod mit Ina getroffen. Wir haben ein Eis gegessen, gequatscht, so was halt. Und wir wollten uns wieder öfter sehen. Aber das haben wir nicht geschafft.«

»Das tut mir so leid.«

»Ach so, und vor einem Monat oder so habe ich einen Brief von Caroline bekommen, in dem sie auch was in der Art geschrieben hat, von wegen, dass wir ›uns wieder öfter sehen sollten‹. Aber das haben wir auch nicht mehr geschafft …«

Ich runzele die Stirn, erwähne aber den Brief nicht, den Ina erhalten hat.

Ebba hatte also auch einen Brief bekommen?

Sie senkt den Blick. Soll dieses Mädchen wirklich etwas so Fürchterliches getan und ihre beiden Freundinnen auf dem Gewissen haben? Und sollte das der Fall sein: Wieso hat sie es getan?

»Kanntest du Benjamin, Ebba?«

Sie starrt mich an, ihr rotziges Verhalten kann nicht kaschieren, dass sie meine Frage nervös macht. Sie fährt sich mit der Hand durch die Haare.

»Na ja, klar … wir sind auf dieselbe Schule gegangen.«

»Ich weiß. Und, wart ihr befreundet?«

»Nein. Nicht wirklich.«

»Wärst du gern mit ihm befreundet gewesen?«

Sie öffnet ihren Mund, um etwas zu sagen, schließt ihn aber sofort wieder.

»Ebba, was ist mit deiner Freundin von damals passiert?«

»Was?«

»Josefine. Was ist passiert?«

Es gab von Anfang an das Risiko, dass ich den Bogen zu weit spanne. Was ich mit dieser Frage eindeutig getan habe, denn Ebba springt auf.

Das Horn des Silberpfeils ertönt in diesem Augenblick, und ich erschrecke mich wahnsinnig. Die erste Fähre des Tages legt gleich an.

»Habe ich etwas Falsches gesagt?«, frage ich sie.

»Ich will nicht mehr darüber reden.«

»Das Aftonbladet und ich wollen nur ein realistisches Bild von Ina und Caroline …«

»Ich will verdammt noch mal nicht mehr darüber reden, verstanden?«, sagt sie und geht auf ein Segelboot zu, wahrscheinlich das ihrer Eltern.

Ich zucke zusammen.

Kurz bevor sie an Bord geht, dreht sich Ebba noch einmal zu mir um.

»Wissen Sie, mit wem Sie reden *sollten*?«

Ich stehe auf.

»Nein.«

»Mit Carolines Schwester. Beziehungsweise *Stiefschwester*. Jenny heißt sie.«

»Okay, Jenny. Und warum sollte ich mit ihr reden?«

»Weil sie nicht ganz dicht ist.«

»Nicht ganz dicht?«

»Ja, mit der stimmt was nicht. Fragen Sie mich nicht warum, aber ich finde sie creepy.«

Und damit springt sie an Bord, hält sich an der Reling fest und klettert achtern an Deck.

Carolines Schwester. Ich schüttele den Kopf. Dieses Detail hatte ich vollkommen außer Acht gelassen.

Ich mache mich auf den Nachhauseweg, komme aber nicht weit, denn plötzlich steht sie vor mir. Zumindest glaube ich das. Das muss sie sein. Ich erinnere mich gut an Rosies Beschreibung am Tag nach dem Mord an Caroline.

Na ja, Caroline ist die blonde Partyprinzessin. Und Jenny ist … stiller. Mausgraues Haar, mürrischer Gesichtsausdruck. Ein sehr ungleiches Geschwisterpaar.

Es stimmt, sie ist viel kleiner als Caroline, was nicht weiter verwundert, da sie keine leiblichen Geschwister sind. Ihre Zähne sind viel zu groß für ihren Mund, und die Hälfte ihres Gesichtes ist von einer riesigen Brille verdeckt.

»Hallo«, sage ich. »Du bist Jenny, oder? Carolines Schwester?«

»Sie hat Ihnen gesagt, dass Sie mit mir reden sollen, stimmt's?«

»Wie bitte?«

»Ebba hat Ihnen das gesagt, oder?«

Sie flüstert, was mich zwingt, näher zu kommen. Ihre Körpersprache verrät ihre Unsicherheit.

»Ich habe von unserem Boot aus gesehen, dass Sie sich mit ihr unterhalten haben.«

Sie zeigt auf das Boot hinter sich. Es ist noch größer als das von Ebbas Familie. *Natürlich.* Ludvig Axén ist offenbar nicht nur ein Schwein, sondern auch ein stinkreiches Schwein.

»Ja, wir haben uns kurz unterhalten. Ich bin Cilla.«

Und wieder halte ich meinen Presseausweis hoch.

»Ich bin Journalistin und interessiere mich für den Fall. Ich wohne in der Schrebergartenkolonie.«

»Ich weiß. Ich habe Sie dort gesehen.«

Mein Herz fängt an, lauter zu pochen. *Ich habe Sie dort gesehen.* Was hatte das zu bedeuten? Hat Jenny sich gestern in die Duschen geschlichen? Hat sie vor meiner Kabine gestanden?

»Ich gehe da gern spazieren, das ist so hübsch da. Mir gefällt es dort besser als hier unten am Wasser.«

Sie kommt einen Schritt auf mich zu.

»Was hat sie über mich gesagt?«

»Nichts … gar nichts.«

»Ich weiß genau, dass sie das getan hat.«

Plötzlich steigen ihr Tränen in die Augen. Ich stehe befangen und verlegen daneben und weiß nicht, wie ich mich verhalten soll.

»Ich habe irgendwie das Gefühl, dass Ebba mir was antun will.«

»Ebba?«

»Ja. Egal, was sie Ihnen gesagt hat. Sie lügt. Ich glaube, sie verfolgt mich. Wenn ich draußen unterwegs bin, sehe ich sie. Manchmal taucht sie ganz plötzlich auf, als wäre sie die ganze Zeit in meiner Nähe. Ich habe Angst vor ihr. Als ich heute Morgen aufgewacht bin, hätte ich schwören können, dass sie in der Nacht an Bord gewesen ist. Das ganz Boot roch nach ihr, nach ihrem süßen Parfum. Vielleicht bilde ich mir das auch nur ein, aber es war als … hätte sie mich im Schlaf beobachtet.«

Die Erinnerungen von letzter Nacht tauchen wieder auf. Das unheimliche Gefühl in der Dusche, der Schatten auf dem Boden.

»Bist du dir da ganz sicher, Jenny?«

Jenny sieht sich vorsichtig um, als hätte sie Sorge, belauscht zu werden.

»Nein, also ich habe keine Beweise dafür … aber ich habe Angst. Ich weiß nicht, was sie gegen mich hat. Ich bin ja Carros Stiefschwester, und Carro hat mir mal erzählt, dass Ebba und sie vor ganz langer Zeit beste Freundinnen gewesen sind. Und …«

»Es tut mir aufrichtig leid, was deiner Stiefschwester passiert ist, Jenny.«

Sie nickt.

Furchtbar, was für ein Leben. Erst wird deine Stiefschwester ermordet und dann wird dein Stiefvater festgenommen. Das allein reicht für *zwei* tragische Biografien mit traurigen Fotos auf dem Umschlag.

»Wenn ich dir mit irgendetwas helfen kann, dann sag mir gerne Bescheid«, sage ich.

»Danke.«

»Das ist bestimmt alles nicht leicht für dich.«

»Nein, das ist es nicht. Ich lese viel und ruhe mich aus. Ich lese gerne.«

Ich lächele dieses ungewöhnliche Mädchen an, das mich ein bisschen an mich in dem Alter erinnert. Auch ich bin ein Spätzünder gewesen, war selten auf Partys und habe meine Unschuld erst mit neunzehn verloren.

Ich habe meine Kindheit hinausgezögert und war lange das moppelige, unsichere, aber sehr fröhliche Kind, das am liebsten mit ihrem Papa Kekse gebacken und Zeitschriften gebastelt hat, in denen Beiträge über meine Familie standen, und ich saß gerne in meinem Zimmer und habe mich in den Abenteuern von Nancy Drew und den Fünf Freunden verloren.

»Ich lese auch gern«, sage ich. »Weißt du was? Wenn du Lust hast, kannst du mich gern mal auf eine Tasse Tee oder so besuchen. Ich wohne in der grünen Laube im Radieschenweg.«

Das scheint sie ganz verlegen zu machen, sie kann mir kaum in die Augen sehen.

»Okay, danke.«

»Kein Problem. Komm, wann immer du willst.«

»JENNY!«

Wir zucken beide zusammen, als eine Frau in Shorts und Bikinioberteil an Deck erscheint.

»Kommst du, Frühstück machen?«

»Ich komme«, ruft Jenny. »Meine Mutter«, fügt sie erklärend hinzu.

Jennys Mama ist eine sehr gut aussehende Frau. Durchtrainiert. Sie hat sogar einen Waschbrettbauch, obwohl sie wahrscheinlich auch so an die fünfundvierzig ist. Ihre langen Haare sind vom Salzwasser zerzaust, und sie wirkt, angesichts der dramatischen Umstände, dass ihr Mann in Untersuchungshaft sitzt und ihre Stieftochter ermordet wurde, überraschend aufgeräumt. Ich hebe eine Hand zum Gruß, aber die Frau scheint kein großes Interesse daran zu haben, ihn zu erwidern.

»Bis bald vielleicht«, flüstert Jenny.

»Absolut.«

»Und werfen Sie mal einen Blick auf Ebbas Instagram-Account. Sie ist besessen von …« Sie kommt noch ein Stück näher, um mir einen Namen ins Ohr zu flüstern: »Benjamin.«

Ich muss schlucken. Gibt es ein Mädchen auf dieser Insel, das *nicht* von diesem Benjamin besessen ist?

»Okay.«

»Ihr Account heißt Denimbitch.«

Wie passend.

»Danke, das mache ich.«

Jenny klettert an Bord, ihre Mutter legt ihr einen Arm um die Schulter, und sie gehen ins Cockpit, um den Tisch zu decken. Für ein Frühstück, das unter normalen Umständen zu viert stattgefunden hätte, aber jetzt nur noch zu zweit.

Ich sehe den beiden einen Moment zu und muss Rosie recht geben. Auch mir kommt Jennys Mutter Lena irgendwie bekannt vor. Hat sie einmal Reklame im Fernsehen gemacht? Oder habe ich sie auf einem Plakat in der U-Bahn gesehen?

Als ich sicher bin, dass sie mich vergessen haben, nehme ich meine Kamera und mache ein paar Fotos von beiden. Mir fehlt nicht mehr viel. Aber meine Fotowand braucht noch Material. Es gibt ein Rätsel, das gelöst werden muss. *Aus dieser Nummer komme ich nicht mehr raus.*

Mein Vater hat mir früher immer gesagt: mitgegangen, mitgefangen, mitgehangen. Ich bin mitgegangen und hänge mittendrin in diesem blutigen Spiel.

28

Am frühen Nachmittag hat die Sonne einen kurzen Gastauftritt und schiebt sich zwischen den dicken Wolken hindurch. Ich hocke in meinem Gärtchen und mache mich an meinen Beeten zu schaffen. In der Hand einen kleinen Spaten, mit dem ich die Erde aus dem großen weißen Plastiksack schaufele, den ich im Supermarkt um die Ecke gekauft habe.

Auf meinem Weg nach Hause heute Morgen kam mir in den Sinn, dass ich nicht nach Bullholmen gekommen bin, um einen Mordfall zu lösen, sondern um Gärtnerin zu werden. Ich wollte einen Neuanfang wagen, das Gärtnern lernen und meinen Setzlingen beim Wachsen zusehen. Ich wollte butterweichen Chardonnay in der Sonne trinken und das Leben genießen. Selbstfürsorge eben. Aber bisher habe ich keine einzige Krokuszwiebel in den Boden gesteckt.

Aber jetzt sind wenigstens die groben Arbeiten erledigt. Ich habe alle vertrockneten Gewächse ausgerissen, die mir Anita Larsson dagelassen hat, und habe sie in eine große Tüte gestopft, die ich später auf den Kompost bringen werde. Danach habe ich frische Erde und Dünger verteilt, denn ich habe mir verschiedene Samen sowie ein paar Töpfe mit frischen Kräutern gekauft – Rosmarin, Thymian und Zitronenbasilikum –, mit denen ich die Hälfte meiner Beete bestücken werde.

»Du gräbst nicht tief genug!«

»Wie bitte?«

»Die Löcher für die Samen müssen tiefer sein.«

»Aha.«

Rosie sitzt neben mir in einem Liegestuhl, den sie aus ihrem Garten zu mir geschleppt hat. Denn ausnahmsweise verbringen wir den Nachmittag bei mir, eine ganz schöne Abwechslung, wie ich finde. Sie hat gerade eine eiskalte Dose Bier geöffnet und es in ein Weinglas gegossen. Ich für meinen Teil spüre noch die Ausläufer meines Katers und warte mit dem Trinken bis heute Abend. Rosie hat mich nämlich gefragt, ob ich mit ihr auf einen Drink hoch zum Gasthof kommen will. Die Aussicht von dort oben aufs Meer und den Hafen soll sensationell sein. Leider verspricht meine Wetter-App nicht so rosige Aussichten …

»Hallo, ihr beiden.«

Ich sehe auf, als ein Schatten auf mich fällt. Ein Schatten mit Anzug. Ich springe auf und bürste mir die Erde von meiner ohnehin schon sehr dreckigen Jeans. Mein Mund ist staubtrocken, und ich fühle mich erdig und nackt, wie eine Karotte, die aus der Erde gerupft wurde.

»Hallo.«

Ich weiß nicht, wie ich ihn begrüßen soll. Ihn umarmen? Oder die Hand schütteln? Schließlich hat er doch auf meinem Sofa geschlafen. *Er hat mit mir geschlafen!*

Adams Lächeln steht ihm unfassbar gut. Ein Lachgrübchen auf jeder Seite, volle Lippen und ein paar Bartstoppeln, die nicht älter als ein, zwei Tage sind. Ich mag frisch rasierte Männer.

Adam scheint sich regelmäßig zu rasieren. Und seine Haut hat in den letzten sonnigen Wochen einen schönen Teint bekommen. Oder er hat immer so eine umwerfende Hautfarbe.

In meinem Fall führt *Sonnenbaden* meistens zur Bildung einer rotfleckigen Haut, die nicht selten zu der neugierigen Frage führt, ob ich etwas gegessen hätte, wogegen ich allergisch sei.

»Hier ist wohl Gärtneralarm angesagt«, bemerkt er schmunzelnd.

»Ja, ich fand, es war allerhöchste Zeit. Ich muss doch diesen Garten in Schuss bekommen, schließlich will man nicht die Nachbarn gegen sich aufbringen.«

Er nickt und lächelt.

»Nein, das will man nicht.«

»Bekommt deine Mutter keine Umarmung?«, schimpft Rosie. »Oder planst du schon, mich in ein Heim abzuschieben und mich bis ans Ende meiner Tage zu ignorieren?«

»Ich komme.«

Adam umarmt Rosie herzlich, zieht sein Jackett aus und wirft es sich über die Schulter. Sein Hemd sitzt wie immer tadellos und sehr stramm.

Du machst mich fertig!

»Alles in Ordnung bei dir, Mama?«

»Oh, ja. Ich kann nicht klagen. Aber ein bisschen mehr Sonne würde nicht schaden, es ist ein bisschen ungemütlich heute. Nachdem wir die letzten Wochen so verwöhnt wurden.«

»Die kommt schon noch wieder«, sagt Adam. »Du trinkst jetzt schon Bier? Ist es denn schon so spät?«

»Jaja, ruf doch beim Krisentelefon an, die warten bloß auf deinen Anruf.«

Adam sieht mich an und verdreht die Augen. Ich lache. Dann kommt er zu mir und flüstert mir ins Ohr.

»Wie geht es dir?«

Seine Stimme ist warm, sie umarmt mich.

»Gut, danke. Den Umständen entsprechend.«

»Wie schön. Hast du meiner Mutter davon erzählt?«

»Wovon?«

»Was du drüben gefunden hast …«

»Ach so. Nein. Ich bin davon ausgegangen, dass es besser ist, das für mich zu behalten.«

Er atmet erleichtert aus.

»Danke, Cilla.«

»Kein Problem. Der Kamerabeutel mit Inhalt liegt in einer Plastiktüte im Besenschrank. Soll ich ihn holen?«

»Alles gut, ich schaffe das.«

Adam kommt kurz darauf wieder aus meiner Hütte und hat die Plastiktüte in der Hand. Erst da wird mir bewusst, dass *ich eine Mordwaffe in meinem Haus aufbewahrt habe.* Eine richtige Mordwaffe, die vielleicht sogar was mit dem Mord an Caroline zu tun hat. Ich schnappe mir einen Topf mit Basilikum und atme den süßen Duft tief ein, um so diesen gruseligen Gedanken zu vertreiben.

»Adam!«, ruft Rosie laut. »Wir wollen uns nachher oben im Gasthof einen Drink gönnen. Die machen doch so gute Drinks. Magst du nicht mitkommen?«

Er sieht erst seine Mutter, dann mich an.

»Also, ich würde euch gern begleiten, aber ich muss so schnell es geht zurück nach Nacka ins Büro.«

Er hält die Hand mit der Plastiktüte hinter seinem Rücken versteckt, um neugierige Fragen zu vermeiden. Natürlich muss er den blutigen Eiffelturm so schnell wie möglich in die Forensik bringen.

»Außerdem trinkt ihr mich nur unter den Tisch, das letzte Mal habe ich meine Fähre verpasst, wenn ihr euch erinnert.«

»Du bist ein Weichei«, sagt Rosie.

»Echt jetzt«, stimme ich mit ein. »Verträgst keine Mojitos. Das ist doch praktisch nur Saft.«

Da ist das Lächeln wieder. *Es war verschwunden, aber jetzt ist es endlich wieder da.* Es reicht von einer Seite bis zur anderen. Es ist kein übertriebenes Lächeln, er zeigt keine Zähne, öffnet kaum den Mund dabei. Es hat etwas Jungenhaftes, Ungezogenes trotz seiner Gewissenhaftigkeit. Obwohl es bestimmt komisch zwischen uns gewesen wäre, bin ich enttäuscht, dass er uns nicht in den Gasthof begleitet.

Wie es wohl wäre, mit einem Mann wie Adam sein Leben zu teilen? Er bietet Geborgenheit, allerdings nicht im Danne-Stil mit Tiefkühlpizza und Serien, sondern so richtige Geborgenheit. Volle Sicherheit. Und der Mann hat sogar eine Waffe …

Keine Frage, dass Adam zurück aufs Festland muss. Ins Büro. Und zu Sabina. Mein Blick fällt auf mein Beet. Am liebsten würde ich ins Loch hüpfen und mich vergraben.

»Also, ihr Lieben, ich muss los, die Zwei-Uhr-Fähre legt bald ab.«

»Also keinen Kaffee mehr?«, fragt Rosie.

»Ein anderes Mal. Es war schön, euch zu sehen. Und Cilla – vielen Dank.«

Ich nicke und lächele ihn an. Er ist schon am Gartentor, als es mir wieder einfällt.

»Ach, Adam! Wie ist es denn gelaufen? Mit …« Ich senke meine Stimme: »Mit Ludvig?«

»Das lief gut, danke der Nachfrage. Ich kann euch keine Details verraten, aber wie ich schon gesagt habe, wir haben aussagekräftige Beweise.«

Adam kommt noch einmal zu mir zurück, überprüft, ob kein Nachbar uns belauscht. Es ist wahrscheinlich nicht gängige Praxis, dass er solche Informationen mit uns teilt. Aber vielleicht ist er der Ansicht, dass ich das Recht dazu habe. Nach allem, was in den vergangenen Tagen so passiert ist.

»Wir haben uns sogar mit Amanda Leoré unterhalten, die ihn vor ein paar Jahren angezeigt hat. Nach ihrer Aussage ist er sehr brutal vorgegangen.«

»Hatten die ein Verhältnis?«

»Ein sehr kurzes Verhältnis, ja. Aber Amanda gab noch etwas anderes zu Protokoll.«

Unsere Ohren werden immer größer. Ich kann sie förmlich knacken hören.

»Amanda hat vor einer Weile einen Anruf von einem Mädchen bekommen. Achtzehn, aus Östermalm. Sie hat keine Anzeige bei der Polizei erstattet, aber hat Amanda erzählt, dass Ludvig sie Ende Mai zu Drinks in einer Bar eingeladen hätte.«

»Eine Achtzehnjährige? Aber er ist doch …«

Ich beende den Satz nicht. Es liegt auf der Hand, dass der Altersunterschied nicht das vordringlichste Problem ist.

»Ja.« Adam nickt. »Und der Abend endete nicht in der Bar. Sie sind offensichtlich noch zu ihm nach Hause gegangen.«

»In Ludvigs Wohnung?«

»Hm. Und dort dann …«

Adam muss seinen Satz ebenfalls nicht beenden. Rosie und ich verstehen es auch so. Ich hole tief Luft und puste sie durch die Nase wieder aus. *Diese Männer. Und die Frauen, deren Leben sie für immer zerstören.*

»Hat dieses Mädchen denn etwas mit Caroline zu tun?«, frage ich.

»Sie ging auf dieselbe Schule, sogar in dieselbe Klasse wie Caroline Axén und Alina Zethraeus.«

29

Zehn Jahre zuvor

Janna hat große Angst davor, dass ihre Mutter stirbt. Manchmal aber wünscht sie sich genau das. Sie sehnt sich danach, die Verantwortung abzugeben. Nicht mehr die Mutter ihrer Mutter sein zu müssen. Vielleicht wäre es gar nicht so schlimm, wenn sie eines Morgens nicht mehr aufwacht und auf ihrem verschwitzten Laken liegen bleibt. Vielleicht würde Janna dann in eine andere Familie kommen. In eine richtige Familie. Eine, die sie liebt.

Aber sie ist und bleibt eben auch ihre Mutter, und deshalb hat Janna die meiste Zeit Angst davor, dass Lollo stirbt. Janna weiß nicht, wie sie damit umgehen würde. Was tut man, wenn die eigene Mutter stirbt? Wem sagt man das? Was macht man mit der Leiche?

Zum Glück lebt Lollo. Es ist Mittsommer und schon zehn Uhr abends. Nachdem sich Lollo wieder erholt hatte, fing sie wieder von vorn an und hat den ganzen Nachmittag getrunken. Janna hat mitgezählt, wie viel Bier und Wein ihre Mutter in sich hineingeschüttet hat. Janna ist schon immer gut im Rechnen gewesen, auch bei großen Zahlen. Jetzt läuft Lollo der Speichel aus dem Mund, und sie schnarcht. Sie wird erst morgen früh wieder aufwachen.

Also ist die Luft rein.

Janna trägt noch ihr Sommerkleid, hat sich aber das Parfum ihrer Mutter ausgeliehen und sich damit eingesprüht. Es riecht nach frisch gemähtem Gras und Blumen. Ganz Bullholmen riecht so.

Sie betrachtet ihr Spiegelbild. Sie sieht hübsch aus.

Außerdem hat sie jetzt Freundinnen, die ihr die Gruben zeigen wollen. Sie treffen sich in zehn Minuten bei der Mittsommerstange. Das wird gruselig. Aber auch lustig. Ein Abenteuer.

Der Grubenmann klingt unheimlich, aber es gibt ihn nicht wirklich.

Geister und Gespenster gibt es nicht.

Janna weiß das.

30

»Zwei Strawberry Ducks, bitte!«

»Sie meint zwei *Daiquiris*«, sage ich.

Der Barkeeper gluckst, und Rosie verdreht die Augen.

»Tschuldigung! In meiner Zeit hieß das noch ›Grog‹. Und damit hatte es sich!«

Wir sitzen an der Bar vom Gasthof. Es ist ziemlich leer. Außer uns sind nur ein paar rüstige Rentnerinnen aus der Schrebergartenkolonie da (Karotten-Ingrid ist eine von ihnen) sowie ein paar Eltern mit ihren Kindern, die an den Fenstertischen sitzen. Da es nach wie vor bewölkt ist, sind die Plätze draußen auf der Veranda alle frei.

Wir bekommen unsere knallroten Drinks serviert, nippen daran und tauschen anerkennende Blicke aus. Wie verrückt sich das Leben auch aufführen mag, man kann den höheren Mächten immer dafür danken, dass es gute Drinks gibt.

»So«, sagt Rosie. »Ludvig Axén ist es also.«

»Hm.«

»Adam scheint sich seiner Sache ja sehr sicher zu sein.«

»Ja. Aber vor einer Woche waren sie sich noch ganz sicher, dass es Benjamin war.«

»Stimmt eigentlich. Heißt das, du glaubst nicht, dass er es war?«

Ich neige meinen Kopf zur Seite, streiche mir eine Strähne hinters Ohr.

»Vielleicht sollte ich aufhören, mich überall einzumischen.«

Rosie lacht ihr heiseres, jämtländisches Lachen.

»Aber bitte, warum das denn? Wenn wir Adam nicht den Hinweis mit Ina gegeben hätten, wäre sie nicht gefunden worden. Und das ist keine schöne Vorstellung, finde ich.«

»Nein. Okay, meinetwegen. Natürlich kann Ludvig seine Tochter und Ina umgebracht haben. Sie sind in dieselbe Klasse gegangen wie das Mädchen, das Ludvig vergewaltigt haben soll. Vielleicht wussten sie davon. Vielleicht musste Ludvig sie deshalb beseitigen, als eine Sicherheitsvorkehrung, weil er Angst hatte, dass es herauskommt.«

»Das klingt nach einem astreinen Motiv.«

»Ja, obwohl … findest du es nicht ein bisschen übertrieben, die eigene Tochter und eine Freundin aus Sicherheitsgründen umzubringen?«

Rosie nimmt einen Schluck von ihrem Drink und verzieht das Gesicht, weil er so süß ist.

»Wer weiß«, sagt sie nachdenklich, »vielleicht hat sich Ludvig auch an Caroline und Ina vergangen? Oder nur an Ina, und Caroline hat das herausgefunden …«

Mich schaudert es, und ich nehme einen besonders großen Schluck von meinem Daiquiri.

»Ja, so kann es gewesen sein. Aber … mir will nicht aus dem Kopf, wie sie gefunden wurden. Caroline wurde ertränkt, ihr Körper trieb am Meeresboden, weil jemand ihr einen vollen Wasserkanister ans Bein gebunden hat. Und Ina wurde erstickt. Beide Mädchen sind also auf eine Weise gestorben, die …

»… ziemlich klaustrophobisch ist?«

Ich nicke. Ganz genau. Klaustrophobisch ist das richtige Wort.

»Ja, du hast recht«, sagt Rosie. »Also, was denkst du?«

»Ich denke, Ludvig hätte die beiden Mädchen, wovon eine immerhin seine Tochter ist, anders getötet. Vielleicht hätte er sie erdrosselt oder vergiftet. Aber so *brutal*?«

»Er scheint ja ein ziemlich brutaler Mann zu sein.«

»Ja, aber was ist mit Ebba?«

Ich hatte Rosie von meiner Begegnung mit Ebba und Jenny erzählt, auch von Ebbas Instagram-Account Denimbitch, den ich mir natürlich sofort angesehen habe. Der Feed war typisch für einen Teenager von Östermalm. Selfies, Kinobesuche und Partys. Aber auch eine ganze Menge Zitate. Zitate auf pastellfarbenen Quadraten, die sie sich bestimmt aus dem Internet runtergeladen hat und bei denen mir der Angstschweiß ausbrach.

Love is not something you just get, it's something you work for.

Ein anderes lautete: *Have you ever been in love? Horrible, isn't it? It makes you so vulnerable. It opens your chest and it opens up your heart and it means that someone can get inside you and mess you up.*

Die Zitate waren offenbar aus einem Buch von Neil Gaiman. Wollte Jenny, dass ich diese Zitate entdecke? Beziehen sie sich auf Benjamin? Ist Ebba wirklich von ihm besessen?

Schweigend nippen wir an unseren Drinks. Die schmecken hervorragend, und Rosie und ich haben es gut miteinander. Außerdem hat Zacke sich heute gemeldet und angekündigt, dass er mich zusammen mit Jonathan nächstes Wochenende besuchen kommen will. Sie bringen Aretha Franklin mit, und wir wollen grillen und schwimmen gehen. Darüber habe ich mich sehr gefreut, ich wünsche mir, dass die Sachen wieder in normalere Fahrwasser kommen. Und ich wünsche mir, dass meine Gedanken nicht immer nur um Mord kreisen.

Ich stütze mein Kinn auf meinen Fäusten ab und sehe aus dem Fenster in den wolkenverhangenen Himmel. Ich bin müde. Vielleicht war es doch nicht die allerbeste Idee, heute gleich wieder was zu trinken. Aber ich kann Rosie keinen Wunsch abschlagen. Sie ist so schnell enttäuscht.

Plötzlich sehe ich etwas. Draußen vor dem Fenster. Beziehungsweise, ich sehe *jemanden.* Und schlagartig bin ich überhaupt nicht mehr müde. Ich zupfe an Rosies Ärmel.

»Rosie!«

»Was ist?«

»Sieh mal, wer da draußen ist!«

*

Der Kies knirscht unter meinen Schuhen, als ich über die Einfahrt vom Gasthof laufe. Auf der Bank vor der Wiese, auf der Mittsommer gefeiert wird, sitzt ein junger Mann. Er hat ein weißes T-Shirt an, dessen ohnehin schon kurze Ärmel er über den Bizeps gerollt hat. Sein Cap trägt er wie gewohnt verkehrt herum auf dem Kopf.

»Benjamin?«

Er dreht sich zu mir um.

»Ja?«

Ich zeige auf den freien Platz neben ihm.

»Darf ich mich kurz zu dir setzen?«

Er sieht mich verdutzt an und runzelt seine braun gebrannte ansonsten sehr glatte Stirn.

»Klar. Wer sind Sie?«

»Cilla. Cilla Storm, ich bin Journalistin.«

Er wirkt unschlüssig, sagt aber nichts. Ich setze mich neben ihn und überprüfe mit einem Blick über die Schulter, ob Rosie uns durchs Fenster beobachtet.

»Von welcher Zeitung sind Sie denn?«

»Ich bin, ähm, eine Freie.«

»Okay. Ich habe keine Ahnung, was Sie alle von mir wollen. Die rufen mich die ganze Zeit an. Und schicken SMS oder mailen mir. Kontaktieren mich über Facebook oder Instagram.«

Mich erfasst eine Welle der Sympathie, der Arme sieht vollkommen erledigt aus. Ich kann mir gar nicht vorstellen, wie anstrengend die letzten Tage für ihn gewesen sein müssen. Erst wird seine Freundin ermordet, und dann wird er des Mordes verdächtigt. Man kann wegen weitaus geringerer Dinge PTBS bekommen. Ehrlich gesagt, tritt das bei mir schon ein, wenn meine Weinflasche zur Neige geht.

»Es tut mir wirklich leid, was du erleben musstest«, sage ich.

Er sieht mich mit seinen großen Augen an, so türkis wie das Mittelmeer.

»Danke.«

»Wie geht es dir?«

»Was glauben Sie denn? Jetzt ist auch noch Ina tot. Das ist doch alles total krank. Als wäre hier eine Epidemie ausgebrochen oder so.«

Ich nicke.

»Kanntest du Ina?«

Er zuckt mit den Schultern.

»Na ja, was heißt kennen. Wir waren auf derselben Schule. Und sie ist früher als Kind mal mit Carro befreundet gewesen.«

»Aber jetzt nicht mehr?«

»Doch, die haben sich ab und zu unterhalten. Und wir waren alle zusammen in Paris mit dem Französischkurs. Da schienen die ganz gut miteinander klarzukommen. Aber die waren ja auch als Kinder beste Freundinnen.«

»Hm.«

Er tritt mit seinen Schuhen gegen die Steine, und mir fällt auf, dass er so Dinger unter der Sohle hat. Wie bei Fußballschuhen.

»Schicke Schuhe.«

Er schnaubt.

»Danke.«

»Spielst du Fußball?«

»Wieso?«

Ich zucke mit den Schultern.

»Nur so.«

»Ich habe mal gespielt. War im Verein – Djurgården. Aber letztes Jahr habe ich mich verletzt, meine Kniescheibe ist rausgesprungen, und seitdem kann ich nicht mehr dieselbe Leistung abliefern. Deshalb gehe ich meistens nur ins Fitnessstudio.«

Ich nicke.

»Aber du trägst Fußballschuhe?«

Ein kleines Lächeln umspielt seine Lippen.

»Ja, das ist etwas gestört, ich weiß. Ich trage sie gern, dann fühle ich mich …«

Er sieht mich an, und ihm wird in der Sekunde klar, dass er diese Dinge einer Fremden anvertraut.

»Ach, ist auch scheißegal.«

Ich wechsele schnell das Thema.

»Kennst du Ebba?«

»Ja. Auch von Östra Real und vom Französischkurs. Aber mehr auch nicht.«

»Okay. Ihr hattet also weiter nichts miteinander zu tun?«

Er streckt sich und richtet sein Cap. Ein paar dunkle Haarsträhnen kommen zum Vorschein. Mich überrascht es nicht, dass alle Mädchen auf ihn abfahren. Ich bin zwar über zehn Jahre älter als er, aber auch ich sehe, dass er etwas hat. Er ist auffällig gut aussehend.

»Was meinen Sie? Ob wir miteinander geschlafen haben?«

»Vielleicht?«

»Nein, haben wir nicht. Warum sollten wir auch? Und warum sollte ich das ausgerechnet Ihnen erzählen? Damit Sie es an irgendeine Zeitung verkaufen können?«

»Das würde ich nie tun.«

»Warum sitzen Sie dann hier? Ebba und ich haben nichts getan.«

»Okay. Ich bin nur daran interessiert, den Fall zu lösen.«

Zu meiner großen Überraschung lacht er.

»Das wollen offenbar alle. Und wissen Sie was? Ich bin fast dankbar, dass sie Carros Vater eingebuchtet haben. Das bedeutet nämlich, dass sie mich auf Östermalm nicht mehr so ansehen, als hätte ich sie umgebracht. Wissen Sie eigentlich, wie das ist, wenn alle einen so anstarren?«

»Nein, aber das muss schlimm sein.«

Er schnaubt.

»*Schlimm* reicht nicht.«

»Glaubst du denn, dass Ludvig es getan hat?«

»Ich weiß es nicht. Er ist ein Schwein. Ich konnte ihn noch nie leiden, und Carro hat sich so für ihn geschämt. Wussten Sie, dass er oft in der Stadt unterwegs war und mit jungen Mädchen abgehangen hat? Nur weil er so stinkreich ist. Das ist alles so erbärmlich und lächerlich. Ich habe gehört, dass er einigen auch richtig wehgetan hat. Also, ja, ich kann mir vorstellen, dass er es getan hat.«

Ich nicke. Bin irgendwie enttäuscht. Ich hatte mir heimlich gewünscht, dass Benjamin wie ich eine andere Spur verfolgt. Und mehr weiß. Aber vielleicht mache ich mir auch was vor und weigere mich, dieses Chaos einfach loszulassen.

Wahrscheinlich habe ich mich in diese Geschichte so verbissen, weil ich endlich was zu tun hatte – nach Wochen, in denen ich heulend und Eis essend auf dem Sofa hing. Vielleicht brauche ich eine Ohrfeige, um endlich aufzuwachen.

»Ich muss los«, sagt Benjamin.

»Klar. Wo wohnst du eigentlich?«

Das geht mich vielleicht nichts an, aber in mir existiert eine Art Mutterinstinkt. Obwohl ich nicht vorhabe, Kinder zu bekommen. Und der Junge ist auch erst neunzehn. Der wird doch nicht unter offenem Himmel im Wald schlafen?

»Ich wohne in der Jugendherberge. Unten am Hafen.«

»Okay. Bist du allein auf Bullholmen?«

»Ja. Ich musste zurückkommen, mir alles noch mal ansehen und wollte hier ein bisschen sitzen.«

Er sieht sich um, als würde er ein letztes Mal die Umgebung in sich aufnehmen.

»Hier waren wir an unserem letzten Abend«, sagt er.

»Ich weiß.«

Er nickt, ich nicke zurück. Benjamin läuft unter den großen Bäumen durch, in denen bunte Lichterketten hängen, und auf einmal verfärbt sich sein weißes Cap rot.

Ich starre ihm hinterher, dann die Lichterketten an, und mit Verzögerung trifft mich die Erkenntnis. Ich drehe mich um und winke Rosie zu, damit sie zu mir nach draußen kommt.

Es dauert einen Augenblick, bis sie schnaufend bei mir ankommt und sich die Hand auf die Brust drückt, als wäre dieser Sprint zu viel für sie gewesen.

»Was ist denn? Was ist los?«

»Geh mal da rüber.«

Ich zeige ihr die Stelle unter dem großen Baum.

»Was? Warum?«

»Tu es einfach.«

Rosie gehorcht, aber sieht aus, als würde sie mich für geistesgestört halten. Sie stellt sich unter die Lichterkette, und das rote Licht fällt auf ihre blonden Haare.

Ich presse mir die Hand vor den Mund.

»Shit«, stöhne ich. »Shit, shit.«

»Was ist los?«, ruft Rosie.

Ich mache mit meinem Handy ein Foto von ihr, winke sie zurück und zeige es ihr.

»Sieh dir das an!«, sage ich.

Es dauert einen Moment, bis Rosie begreift, worauf ich hinauswill.

»Oh, du lieber Gott. Meine Haare sind ja …«

»… knallrot«, beende ich den Satz.

Und tatsächlich sieht es aus, als hätte Rosie nicht wie sonst jasminreisweiße, sondern flammend rote Haare.

»Erinnerst du dich, was Paul uns erzählt hat?«, frage ich sie.

Rosie nickt mit weit aufgerissenen Augen.

»Dass er Benjamin in der Nacht, als Caroline umkam, mit einer Rothaarigen gesehen hat«, sagt Rosie. »Und wir haben alle gedacht, dass er Ina meinte.«

»Hm. Das kann also auch jemand vollkommen anderes gewesen sein.«

31

Lena starrt die Flasche mit dem Rosé an.

Die Flasche starrt zurück.

Seit Stunden geht das nun schon so. Jenny hat sich nach dem Abendbrot wie immer in ihre Kabine zurückgezogen, um zu lesen. Da hatte sich Lena die Flasche und ein Glas geschnappt und sich damit ins Cockpit gesetzt. Aber die Flasche ist bisher unangetastet. Denn Lena hat eine Abmachung mit sich selbst. Sie trinkt nicht allein. Nie. Sie findet Frauen, die allein trinken, haben etwas Tragisches an sich. Manchmal kommt sie beim Powerwalken abends an einer Weinbar auf Östermalm vorbei und sieht dort eine Frau allein vor ihrem Weinglas sitzen. Für Lena gibt es nichts Traurigeres. Sie will nicht so eine Frau werden. *Niemals.*

Aber hat sie sich nicht an diesem dunklen, wolkenverhangenen Abend ein Gläschen verdient? Ihre Stieftochter ist vor zwei Wochen ermordet worden, und gestern kam die Polizei in voller Montur nach Bullholmen, um ihren Mann festzunehmen.

Lena hatte von Anfang gewusst, dass es ein Risiko gewesen war, diesen Mann zu heiraten.

Jetzt ruft die Weinflasche sogar.

Nur ein Glas, Lena, komm schon. Das hast du dir verdient.

Okay, stimmt.

Sie sitzt auf Ludvigs riesigem Segelboot und hat die Plane über das Cockpit gezogen, weil Regen in der Luft liegt. Niemand kann sie sehen.

Sie öffnet die Flasche und gießt sich ein. Ludvig hat sie gekauft (wer sonst), und Lena hofft, dass sie nicht zu teuer war. Am besten, sie lässt die Flasche nachher verschwinden, Ludvig wird bestimmt sauer, wenn er die halb leere Flasche irgendwo an Bord findet. Ihm gefällt es nicht, wenn Lena allein trinkt. Genau genommen, will er überhaupt nicht, dass sie irgendetwas allein unternimmt. *Falls er überhaupt jemals zurückkommt.*

Kennengelernt haben sie sich an einem Freitagabend vor zwei Jahren im Riche.

Er war elegant wie immer und sah aus wie in den Zeitungen. Teure Kleidung, durchtrainierter Körper, Dreitagebart und markante Gesichtszüge. Sehr sexy. Lena machte aber auch was her. Dass Ludvig Axén an diesem Abend aber tatsächlich ein Auge auf sie warf, kam dennoch ein wenig überraschend. Allerdings hatte Lena vorgearbeitet und war in der letzten Zeit immer wieder ins Riche gegangen, weil sie ihn dort vermutete. In den einschlägigen Gazetten hatte sie mehrmals gelesen, dass das Riche Ludvig Axéns Lieblingslokal war. Seitdem war sie immer wieder dorthin gegangen. Sie blieb aber nie lange, drehte nur eine Runde durch das Lokal. Manchmal spendierte ihr einer der angetrunkenen männlichen Gäste einen Drink, aber wenn Lena sah, dass Ludvig nicht da war, ging sie meistens schnell wieder nach Hause.

Aber dann kam der Abend, an dem er tatsächlich da war. Und dann auch noch ohne Begleitung.

Ihre Blicke trafen sich, und Lena ging ohne Umschweife zu ihm und startete augenblicklich ihr Programm. Schnurren und klimpern, das ganze Programm, auf das nur Vollidioten reinfallen. Und Ludvig war einer. Ein wohlhabender, angeberischer und leichtsinniger Idiot. Aber einer, der Lena genau das geben konnte, wonach sie sich sehnte. Einen Ausweg. Und Ludvig war ihre Rettung. Denn jetzt, zwei Jahre später, sitzt sie auf seiner Luxusjacht und trinkt teuren Wein.

Nur schade, dass er seinen Schwanz nicht unter Kontrolle hatte.

Sich an jungen Frauen zu vergehen. Was für ein Arschloch.

Wenn es denn der Wahrheit entsprach.

Obwohl sie gewusst hatte, dass sie sich auf einen unzuverlässigen Mistkerl einließ. Aber ein Mörder?

Lena will gar nicht daran denken, was mit ihr passieren würde, wenn er ins Gefängnis käme. Was würden die Leute denken? Würden sie davon ausgehen, dass sie davon wusste? Und über die Mädchen Bescheid wusste, die er vergewaltigt haben soll? Lena hatte keine Ahnung davon. Absolut nicht.

Sie nimmt einen großen Schluck. *Oh Gott, tat das gut.*

Vierundzwanzig Stunden ist es her, seit sie Ludvig festgenommen haben. Der Staatsanwalt hat offenbar auch Untersuchungshaft angeordnet, da Ludvig noch nicht freigelassen wurde. Die Beweislast scheint zu groß zu sein. *Sie haben sein Portemonnaie in Inas Haus gefunden.*

Du Idiot! Wie kann man sein Portemonnaie verlieren? Wolltest du erwischt werden, oder was? Begreifst du nicht, was das für uns bedeutet? Was die Leute sagen werden? Sie nimmt noch einen Schluck, dann noch einen. Ihre Hand zittert. Kurz darauf hört sie die ersten Regentropfen auf die Plane fallen. Das Geräusch des trommelnden Regens klingt dumpf und monoton. Und wenig später liegt Lena im Cockpit und schläft. Entspannt und unwissend, wie diese Nacht enden wird.

*

Ein gellender Schrei reißt Lena aus dem Schlaf.

Es klingelt in ihren Ohren.

Sie setzt sich auf und wirft dabei das halb volle Glas um, das zu Boden fällt und zersplittert.

Es ist dunkel.

Mitten in der Nacht.

Es regnet.

Jemand hat die Plane geöffnet.

Was ist passiert?

Dann erneut ein gellender Schrei. Es kommt von unten, aus dem Bauch des Segelbootes. Lena springt auf, schwankt und klettert auf unsicheren Beinen die Treppe hinunter zu den Schlafkabinen.

Jenny. Lieber Gott, Jenny. Lenas Herz rast, sie hat das Gefühl, sich übergeben zu müssen.

Am Fuß der Treppe liegt ihre Tochter auf allen vieren und versucht, sich aufzurichten. Sie ist diejenige, die geschrien hat.

Ihr läuft aus vielen kleinen Schnitten an Wangen und Stirn Blut übers Gesicht. Ihre Augen sind weit aufgerissen, und sie stöhnt:

»Mama … hilf mir…«

32

»Donnerwetter, was ist denn das für ein Wetter!«, schimpft Rosie unter ihrer Jacke, die sie sich zum Schutz über den Kopf hält.

Es regnet auf Bullholmen, was ich sehr begrüße. Vielleicht schafft es der Regen, das Chaos in die Ostsee zu spülen.

Rosie und ich haben uns nach meinem Gespräch mit Benjamin einen zweiten Drink gegönnt und danach einen vernünftigen Tee. Wir haben gewartet, dass der Regen nachlässt, aber jetzt ist es schon nach zehn Uhr, und der Regen scheint keine Pause machen zu wollen. Also benutzen wir unsere Jeansjacken als Regenschirme und rennen los. Ich freue mich darauf, mich abzutrocknen und dann unter die Decke zu kriechen. Aber es kommt anders.

Rosie und ich halten beide den Atem an, als wir sehen, wer da auf uns zukommt.

»Hilfe!«, ruft Lena.

Sie kommt uns über den großen Fußballplatz entgegen, der hinter dem Hafen liegt, am Fuß des Hanges, der zum Gasthof hochführt. Aber sie ist nicht allein. Sie zerrt etwas hinter sich her. *Einen Körper.*

»Was ist passiert?«, ruft Rosie und hält sich die Hand vor die Stirn. Ach du liebe Güte.

Lena hat ihre Tochter Jenny im Arm, und trotz der Entfernung sehen wir, dass sie blutüberströmt ist. Wir rennen auf die beiden zu. Jenny kann sich kaum auf den Beinen halten.

»Hilfe!«, keucht Lena. »Jemand … ich weiß nicht, wer … hat Jenny verletzt …«

»Himmel!«, rufe ich. »Jenny! Kannst du mich hören?«

Rosie und ich greifen den beiden unter die Arme, da hören wir hinter uns Rufe. *Macht Platz! Aus dem Weg!* Der Schein von zwei wütend zuckenden Taschenlampen blendet uns, und dahinter tauchen zwei Frauen in Sanitäterkleidung auf.

»Wer seid ihr denn?«, fragt Rosie.

»Wir sind vom Krankenhaus. Haben Sie uns angerufen?«

Sie sprechen mit Lena, die schluchzend nickt und den beiden Jenny übergibt. Ihre Hände zittern, als sie versucht, zu erzählen, was passiert ist.

»Sie … hat überall geblutet! Überall hat sie Schnittwunden, an den Armen, im Gesicht und …«

»Kommen Sie mit, das wird schon alles wieder. Wir kümmern uns um dich, Jenny.«

Die beiden Frauen packen Jenny unter den Armen und nehmen sie mit zum Krankenhaus, das sich in der Nähe der Jugendherberge befindet. Lena springt wie ein hysterischer Chihuahua hinter ihnen her.

Rosie und ich bleiben wie versteinert stehen.

»Hier gibt es ein Krankenhaus?«, frage ich überrascht.

»Ja, ein ganz kleines. Das ist hauptsächlich für die Touristen gedacht, die vom Fahrrad kippen oder so. Hoffen wir mal, dass es nichts Ernstes ist.«

Wir folgen den Sanitäterinnen mit ihrem Bündel, denn die Schrebergartenkolonie befindet sich unweit vom Krankenhaus. Sie sind noch nicht weit gekommen, als Jenny sich zu uns umdreht und meinen Namen ruft.

»Cilla!«

Dann ruft sie einen Namen, den aber der Regen verschluckt. Meine Sneaker sind innerhalb von Minuten durchtränkt, und ich will nur noch eins: *nach Hause, nach Hause, nach Hause.* Da stößt mich Rosie in die Seite.

»Was ist?«

»Hast du gehört, was sie gesagt hat?«

»Nein, was denn?«

»Es klang wie ... *Ebba.* Jenny hat Ebba gerufen.«

*

Rosie und ich bleiben am Gartentor stehen. Der Regen hat den Weg in eine große braune Pfütze verwandelt, und diese Farbe haben auch meine ursprünglich weißen Sneaker angenommen.

»Was für ein Abend, Cilla ...«

»Ich weiß. Ein einziges Chaos.«

»Kannst du dir vorstellen, dass Ebba das getan hat?«

»Ich weiß nicht. Aber wir müssen Adam Bescheid sagen. Und zwar sofort.«

»Das mache ich. Und dann ziehen wir uns was Trockenes an. Soll ich danach zu dir rüberkommen?«

»Super gern. Ich will heute nicht allein sein.«

»Ich auch nicht. Ich bin gleich bei dir!«

Rosie winkt mir zu und verschwindet auf ihr Grundstück. Sekunden später höre ich, wie ihre Tür hinter ihr zuschlägt.

Ich stehe an meinem Tor und suche verzweifelt meinen Schlüssel in meiner klitschnassen Jeansjacke. *Verdammt, wo habe ich den Schlüssel hingetan?*

»Hallöchen, Cilla.«

Ich drehe mich um und sehe Karotten-Ingrid auf mich zukommen. Ich streiche mir die nassen Haare aus dem Gesicht und überwinde mich zu lächeln.

»Hallo!«

»Schlimmes Wetter, oder?«

»Ja, allerdings. Aber vielleicht haben wir das nach den heißen Wochen auch verdient?«

Ingrid lacht.

»Ja, vielleicht hast du recht. Ich habe dich vorhin mit Rosie im Gasthof gesehen. War es schön?«

»Superschön. Tolle Drinks haben die da!«

»Ja, das ist wahr.«

Ingrid sieht mich unverwandt an, während ich im Regen meine Schlüsselsuche fortsetze. Sie hingegen ist furztrocken, da sie unter einem großen Regenschirm steht, aber nicht bemerkt, dass ich im Begriff bin, vom Regen weggespült zu werden.

»Ihr beide seid ja richtig gute Freunde geworden«, sagte sie.

»Ja. Wir verbringen viel Zeit miteinander.«

»Ja, das habe ich in der Tat gemerkt.«

Ich lächele entschuldigend. Was will sie damit andeuten? Aber es ist mir auch egal, soll sie doch lesbische Gerüchte verbreiten.

»Es ist schon beeindruckend, wie Menschen sich verändern können«, sagt sie.

Endlich, mein Schlüssel war in der Brusttasche.

»Ach ja, was meinst du denn damit?«

»Na ja, Rosie und ich sind etwa zeitgleich nach Bullholmen gekommen. Ich war ein paar Monate vor ihr hier. Und ich hatte immer den Eindruck, dass sie, wie soll ich sagen, ein bisschen menschenscheu war. Es war schwer, mit ihr in Kontakt zu kommen.«

Ingrid hebt den Kopf und sieht nachdenklich in die Kuppel ihres Regenschirms.

»Du weißt schon, so ein bisschen geheimnisvoll. Nun ja. Ihr beide scheint euch ja gefunden zu haben. Man kann sich schließlich auch verändern!«

Ich weiß nicht, was ich dazu sagen soll. Als Ingrid den Schlüssel in meiner Hand sieht, hebt sie ihre.

»Was stehe ich hier und schwatze. Ab ins Warme mit dir. Wir sehen uns!«

»Auf jeden Fall!«

»Einen schönen Abend noch!«, ruft sie mir hinterher.

So schnell war ich noch nie in meiner Hütte. Sorgfältig schließe ich hinter mir ab. Die Stille, die mich empfängt, ist wunderbar. Als hätte ich mein sicheres, warmes Raumschiff betreten. Ich ziehe mir die Schuhe aus und schnappe mir meine Jogginghose und mein rosa T-Shirt von der Redaktion mit fettem *Chance*-Aufdruck. Die Zeitschrift hatte letztes Jahr zum Sommerfest einen Haufen von diesen Shirts gedruckt. Für den Fünfkampf. Mein Exemplar fungiert seitdem als Sportshirt. Nachdem ich mir die Haare trocken gerubbelt habe, lasse ich mich aufs Sofa fallen und habe das unwiderstehliche Bedürfnis, nie wieder aufstehen zu wollen.

Himmel, ich wollte auf Bullholmen eigentlich Urlaub machen und keine Folge von Broadchurch drehen.

Ich wiege mein Handy in der Hand. Vielleicht störe ich sie beim Abendessen? Oder sie sitzen gemütlich auf dem Sofa und gucken eine Serie? Vielleicht schmusen sie eng umschlungen, sie hat ihr Bein über seins gelegt, er streichelt sie. *Vielleicht will sie …*

Stopp. Nein. Das hier ist wichtiger. Es geht nämlich um Leben und Tod. Ich höre das Freizeichen und spüre, wie mein Herz schneller schlägt.

»Hallo, Cilla?«

»Hallo, Adam.«

Schweigen.

»Hallo?«

Seine Stimme klingt beunruhigt. So kenne ich ihn gar nicht.

»Alles in Ordnung bei euch?«, fragt er.

»Ja beziehungsweise nein … Hast du schon mit deiner Mutter telefoniert?«

»Ja, gerade eben. Tilly und ich sind auf dem Weg nach Bullholmen. Wir nehmen ein Boot der Wasserschutzpolizei und sind in etwa einer Stunde da.«

»Prima, das ist gut.«

»Bleib bitte zu Hause, Cilla. Und schließ die Tür ab, okay?«

»Ja, schon erledigt.«

»Keine weiteren Ermittlungen auf eigene Faust, versprochen?«

»Versprochen.«

»Sehr gut.«

Ich höre sein Lächeln, das tut mir gut.

»Du, Adam …«

»Ja?«

»Ich will mich dafür entschuldigen, dass ich in deine … du weißt schon … zwischen dir und …. Entschuldige. Das wollte ich nicht.«

»Du hast keinen Grund, dich zu entschuldigen. *Ich* muss dich um Entschuldigung bitten.«

Ich nicke und spüre mein Herz pochen. Denn ehrlich gesagt, will ich nicht, dass er sich entschuldigt. Ich will nicht, dass er unsere Nacht bereut. Keine einzige Sekunde soll er davon bereuen. Ich tue es nicht, obwohl ich weiß, dass es ein Fehler war. Und wenn ich die Möglichkeit hätte, es zu wiederholen, dann würde ich das auch tun.

»Heißt das, zwischen uns ist alles geklärt, Cilla?«

»Natürlich.«

»Wie schön, das freut mich.«

Ich fahre mir durch die Haare, als ich ihn meinen Namen sagen höre.

»Gut!«

»Überprüf bitte noch einmal, ob du auch abgeschlossen hast. Ich bin auf dem Weg.«

Wir verabschieden uns, und ich lege mein Handy neben mich aufs Sofa, obwohl ich gern mit ihm geredet hätte, bis sie in Bullholmen anlegen.

Während ich mir das Handtuch zu einem Turban um den Kopf wickele, fällt mein Blick auf die Fotowand und den Brief. Gleichzeitig klingeln mir Ingrids Worte in den Ohren. *Es ist schon beeindruckend, wie Menschen sich verändern können.*

Was hatte sie mir damit eigentlich sagen wollen? War das nur Geschwätz? Rosie war wohl alles andere als geheimnisvoll? Sie war eine Plaudertasche und sprudelte nur so. Sie war warm und herzlich und auf gar keinen Fall … *menschenscheu.*

Trotzdem kann ich nicht verhindern, dass sich ein Gedanke in mir festsetzt, ein Gefühl, das mir den Rücken hinaufkriecht. Rosie. Kenne ich diese Frau überhaupt richtig, die meine Freundin geworden ist, die jeden Morgen bei mir klopft und mich zum Kaffee einlädt, für mich kocht und mir das Gärtnern beibringt?

Was für eine Panikmache.

Natürlich kenne ich Rosie.

Trotzdem, wenn sie …

Ich schnappe mir meinen Laptop und öffne eine neue Seite. *Atmen, Cilla. Immer mit der Ruhe. Alles ist gut.*

›Supermarkt Ica Östermalm‹ ist meine erste Suchanfrage.

Ich bekomme sehr viele Treffer angeboten.

Was hatte Rosie erzählt? *Dreißig Jahre hinter der Fischtheke* … Aber wo noch mal? Karlaplan! Genau, der Supermarkt Ica am Karlaplan. Ich surfe über die Webseite und finde eine Telefonnummer. Sie schließen um 23:00 Uhr. Es ist 22:51 Uhr.

Tu es nicht, Cilla. Hör auf, dich so zu stressen.

Ich kann nicht anders und wähle die Nummer.

»Ica Karlaplan, hier ist Tord am Apparat.«

»Oh, hallo, … ich … könnten Sie mich mit der Fischtheke verbinden?«

»Sie sind bei der Fischtheke gelandet. Fisch und Hai, aber wir schließen in zehn Minuten.«

»Ich weiß, ich rufe an, weil ich …«

Ich muss schlucken. *Wie komme ich aus dieser Sache wieder raus?*

»Ich rufe an, um zu erfahren, ob … Sagen Sie, wie lange arbeiten Sie schon an der Fischtheke?«

»Wie bitte?«

»Wie lange Sie dort schon beschäftigt sind?«

»Ich habe jetzt keine Zeit, zu telefonieren, ganz egal, worum es geht. Wir schließen in zehn Minuten.«

»Verstehe, verstehe, hören Sie, ich wollte mich nach einer Kollegin erkundigen, die vor zehn Jahren bei Ihnen gearbeitet hat.«

»Aha, und wer soll das sein?«

»Rosie heißt sie.«

»Das kann nicht sein.«

Ich schließe die Augen. Versuche, meine Stimme fest klingen zu lassen.

»Doch, diese Frau hat vor zehn Jahren bei Ihnen an der Fischtheke gearbeitet. Und war davor fast dreißig Jahre bei Ica beschäftigt. Und sie heißt Rosie Ångström.«

»Hören Sie, gute Frau, ich weiß nicht, wer Sie sind, aber ich arbeite hier seit 1989, und eine Rosie gab es seitdem nicht. Sie können gern morgen noch mal anrufen, aber wir schließen jetzt.«

Ich höre das Klicken und gleichzeitig auf, zu atmen.

33

Es klopft an der Tür.

Ich wage kaum, zu atmen.

Da steht jemand vor meiner Tür.

Und ruft meinen Namen.

»Cilla! Cilla, ich bin es.«

Zum Glück habe ich die Tür abgeschlossen. Mein Herz schlägt wie wild in meiner Brust, ich muss meine Hände zu Fäusten ballen, damit sie nicht zittern. *Was sage ich denn jetzt?*

»Hallo! Cilla! Mach auf, verdammt. Es regnet.«

Wer bist du? Wer zum Teufel bist du, Rosie? Und was noch viel wichtiger ist: Wo bin ich hier hineingeraten? Bullholmen, eine Insel, auf der Teenager ermordet werden und nichts ist, wie es scheint.

»Rosie, mir geht es nicht gut!«

Meine Stimme klingt heiser und droht, zu brechen.

»Was hast du gesagt?«, ruft Rosie von draußen.

Ich mache einen Schritt auf die Tür zu.

»Ich habe mich übergeben. Ich … ich hab mir was eingefangen. Du kommst besser nicht rein.«

»Oh, du Arme.«

»Wir sprechen morgen, einverstanden? Wenn es mir wieder besser geht?«

»Ja, natürlich, mein Herz. Soll ich nicht doch reinkommen und dir helf…«

»Nein! Wir … wir sehen uns morgen.«

Ich drücke mir beim Sprechen eine Hand vor den Mund und höre kurz darauf, wie Rosie mein Grundstück wieder verlässt. Wie in Trance überprüfe ich erneut, ob die Tür auch ordnungsgemäß verriegelt ist, dann checke ich alle Fenster meiner kleinen Laube, ob auch sie fest verschlossen sind. Dann schalte ich das Licht aus.

Wenn sie noch dort draußen steht, soll sie mich wenigstens nicht sehen können.

*

Die Minuten verstreichen, wie viele weiß ich nicht genau. Vielleicht dreißig oder gar eine ganze Stunde? Es regnet zwar nach wie vor, aber der Regen hat nachgelassen.

Die Tropfen fallen gleichmäßig auf das Dach und prasseln leise auf die Fensterbretter.

Ich sitze im Dunkeln auf dem Sofa und habe mein Handy umklammert. Das ist meine einzige Lichtquelle. Um eine Lampe einzuschalten, fehlt mir der Mut.

Ich habe Zacke angerufen, aber er ist nicht rangegangen. Vielleicht schläft er schon. Oder er arbeitet, dann schaltet er sein Handy immer auf stumm. Auch meinen Vater konnte ich nicht erreichen. Er ruft in der Regel immer sofort zurück, wenn er nicht schon schlafen gegangen ist, was um diese Uhrzeit nicht ungewöhnlich wäre. Außerdem will ich ihn auch nicht beunruhigen, ich will nur mit jemandem reden. Jemanden, den ich wirklich kenne.

Zur Ablenkung habe ich auf meinem Handy Carolines Blog geöffnet und scrolle durch ihre Posts. Gleichzeitig habe ich eine Heidenangst, irgendetwas über Rosie zu finden, was die beiden miteinander verbindet. Aber das tue ich nicht.

Aber den Post über Paris sehe ich mir noch einmal an.

Der Eiffelturm.

Damit muss es zusammenhängen. Die Mädchen haben sich auf der Reise den Eiffelturm als Souvenir gekauft. Und dieses Souvenir wurde später benutzt, um sowohl Caroline als auch Ina niederzuschlagen, bevor die eine ertränkt und die andere erstickt wurde. Den Eiffelturm, den ich gefunden habe.

Ebba muss die Mörderin sein. Das ist ein ganz groteskes Liebesdrama. Ebba war wie besessen von Benjamin. *Ist* besessen von ihm. Deshalb hat sie Caroline und Ina ermordet, um die beiden Konkurrentinnen aus dem Weg zu räumen und ihn für sich allein zu haben. Vielleicht hat sie der Tod von Josefine schwer traumatisiert, und sie hat eine psychische Störung davongetragen.

Ich starre die Fotos an der Wand an. Rosie hat damit nichts zu tun. Überhaupt nicht. Rosie ist …

Ich zucke zusammen. Es klopft erneut an meiner Tür.

Donk, donk, donk.

»Cilla?«

Die Stimme erkenne ich nicht sofort wieder, aber sie gehört nicht Rosie.

Ich gehe auf Zehenspitzen zur Tür.

Versuche, tief und ruhig zu atmen.

»Cilla, sind Sie zu Hause?«

Die Stimme gehört einem jungen Menschen, aber wem. *Das wird doch nicht Ebba sein?*

»Cilla, ich bin es, Jenny.«

Ich umklammere mein Handy. *Jenny?* Ich schließe die Tür auf und schiebe meinen Kopf durch den Türspalt. Tatsächlich, Jenny steht vor mir, das Gesicht mit Pflastern übersät. Sie trägt einen blauweißen Kittel, wie man ihn im Krankenhaus bekommt.

»Oh, … hallo, Jenny.«

»Hallo.«

Ihre Stimme klingt gehetzt, verängstigt.

»Entschuldigen Sie bitte, dass ich mitten in der Nacht vorbeikomme.«

»Kein Problem, aber solltest du nicht im Krankenhaus sein? Haben sie sich um dich gekümmert?«

»Doch, die haben die Wunden gereinigt, das waren keine tiefen Schnitte. Mama ist eingeschlafen, aber ich konnte nicht dableiben, ich habe solche Angst. Deshalb bin ich gekommen. Aber mich hat niemand gesehen. Sie haben mir doch gesagt, dass ich jederzeit auf eine Tasse Tee vorbeikommen kann, stimmt's?«

34

Mein grüner Topf steht auf dem Herd, und ich warte darauf, dass das Wasser kocht. Jenny hat sich aufs Sofa gesetzt.

Mein Hals ist wie zugeschnürt, ich kann kaum atmen. Mein Puls rast. Aber ich versuche mir nichts anmerken zu lassen. Sie soll denken, dass ich am Herd stehe und schlottere, weil ich durch den Regen gelaufen bin und friere. Ich drehe mich zu ihr um. Sie hat ihre Hände gefaltet, lächelt mich an. Ich erwidere das Lächeln, aber mein Herz arbeitet auf Hochtouren.

Als ich Jenny reingelassen habe, fielen auf einmal alle Puzzlestücke an ihren richtigen Platz. Aber ich verstehe es noch immer nicht. Ich begreife es einfach nicht.

Als sie sich hinsetzte, mich dankbar anlächelte und ich ihre großen, spitzen Eckzähne sah, da wusste ich auf einmal, woher ich sie kenne.

Das Wasser kocht. Ich schalte den Herd aus, hänge je einen Beutel Earl Grey in die Becher und gieße das heiße Wasser hinein. Als ich mich umdrehe, ist Jenny in den Anblick meiner Fotowand vertieft.

»Sie interessieren sich also für die Morde?«, fragt sie.

Meine Hände zittern, und der Tee schwappt über. Ich bleibe stehen und sehe zur Fotowand.

»Ja. Wie ich dir gesagt habe, ich bin Kriminaljournalistin.«

All meine Lügen. Durchschaut sie mich?

Mein Blick bleibt an einem Foto hängen, von einem kleinen Mädchen und ihrer Mutter. Das kleine Mädchen mit den geflochtenen Zöpfen, das den Sommer vor zehn Jahren auch auf Bullholmen verbracht hat. An das sich Rosie erinnerte. Das mit Caroline und ihrer Gang gespielt hat.

Ein kleines Mädchen mit markanten, großen Eckzähnen.

Mein Blick wandert weiter zu einem Foto, das ich aufgehängt habe, bevor ich vorhin mit Rosie zum Gasthof hochgelaufen bin.

Es ist das Foto von Jennys Mutter Lena, das ich heimlich aufgenommen habe. Lena hat einen dunklen Fleck am Hals, den ich für ein Muttermal gehalten habe, aber jetzt weiß ich, was es ist.

Es ist kein Muttermal, sondern ein altes Tattoo, das weggelasert wurde.

Ein großer Skorpion, der den Hals hinaufklettert.

»Setzen Sie sich«, sagt Jenny.

Ihre Stimme ist alles andere als verlegen und ängstlich.

Ich folge ihrer unmissverständlichen Aufforderung und setze mich ans andere Ende des Sofas.

»Sie zittern ja«, sagt sie. »Frieren Sie?«

Ich schüttele den Kopf, muss schlucken. Will etwas sagen, aber die Worte verlassen nur zerstückelt meinen Mund.

»N-nein g-gar n-nicht … n-nur k-kalt vom R-Regen …«

Sie sieht mich an, ohne zu blinzeln. Es waren ihre mausgrauen Haare, die Paul in der Mittsommernacht als rot beschrieben hat, als sie unter der Lichterkette auf der Wiese stand und mit Benjamin redete.

Sie lächelt.

»Haben Sie Angst vor mir, Cilla?«

»Was? Warum sollte ich?«

Ich versuche möglichst entspannt auszusehen, aber meine Lippen zittern unkontrolliert.

»Weil Sie jetzt Bescheid wissen, stimmt's?«

»Wie meinst du das?«

»Ihre Fotowand zeigt mir, dass Sie wissen, wie das alles zusammenhängt. Wollen Sie, dass ich Ihnen die ganze Geschichte erzähle?«

Das Prasseln der Regentropfen ist das einzige Geräusch, das zu hören ist. Zum Glück nicht meine Gedanken, denn die brüllen: *Komm bitte wieder zurück, Rosie. Bitte klopf noch einmal bei mir an. Entschuldige, dass ich dich vorhin nicht reingelassen habe.*

»Soll ich Ihnen erzählen, was die vier mir angetan haben? Wollen Sie das hören?«

Meine Hand, die den Becher hält, zittert so stark, dass Tee überschwappt. Es brennt auf meiner Haut. Unsere Blicke begegnen sich.

»Erzähl es mir«, sage ich.

Erzähl es mir, Janna.

35

Zehn Jahre zuvor

Und dann auf einmal sind sie da. Sie stehen vor dem großen dunklen Loch, dem Grubeneingang.

Janna sieht sich staunend um, so etwas hat sie noch nie zuvor gesehen. Es ist überwältigend, geradezu unbegreiflich. Und so schön. Die hohen und schwarz funkelnden Felsenwände erstrecken sich bis in den Himmel. Und neben ihr stehen ihre neuen Freundinnen in ihren schönen Kleidern: Caroline, Ina, Ebba und Josefine. Obwohl Janna schreckliche Angst hat, ist sie auch glücklich. Weil sie mit dabei sein und das hier erleben darf. Es ist verboten, aufregend und neu. Für Janna eröffnet sich eine ganz neue Welt.

»Das ist cool, oder?«, fragt Caroline.

Janna nickt.

»Hör mal«, flüstert Ina.

Alle Mädchen sind ganz still und lauschen. Sogar Ina. Sie hören den Sommerwind, der an den steilen Wänden vorbeistreicht und klingt wie ein heiserer Atem. Caroline lächelt.

»Hast du das gehört?«, fragt Caroline.

»Nee, was denn?«

»Na, den Grubenmann. Manchmal hört man ihn atmen. Nachts. Hast du nichts gehört?«

Janna schüttelt den Kopf. Geister und Gespenster gibt es nicht. Die wollen sie nur reinlegen.

»Komm, lass uns dahin gehen«, sagt Josefine und zeigt auf ein paar kleine Hütten, die sich neben einem der tiefen Schächte an den Felsen drücken. Wie angeklebte kleine Puppenhäuser sehen sie aus, winzig klein.

»Was sind das für Hütten?«

Da wohnt doch niemand, oder? Janna macht sich Sorgen, dass die Bewohner wütend werden, wenn man sie mitten in der Nacht weckt.

»Dort haben früher die Bergleute gewohnt«, erklärt Caroline. »Das hat mir mein Papa erzählt.«

Sie stehen vor einer der Hütten, Janna gefällt es nicht. Das ist nicht mehr lustig. Was ist, wenn da jemand drin ist? Und die Tür plötzlich aufspringt und jemand hinter ihnen herjagt?

»Du musst da mal rein«, sagt Caroline.

Janna versteht nicht sofort, dass Caroline sie damit meint und die anderen sie anstarren.

Sie runzelt die Stirn.

»Was?«

»Du musst da rein und dir das ansehen. Das ist supercool da drin. Wie ein kleines Haus. Nur eben klitzeklein.«

Janna kratzt sich am Kopf.

»Nee …«

»Doch, los«, sagt Ina. »Komm, das haben wir alle schon gemacht, das ist supercool!«

Janna schluckt und macht einen Schritt auf die Hütte zu.

Dann dreht sie sich zu ihren neuen Freundinnen um, der ansteckend enthusiastischen Mädchengang.

»Aber … ist da jemand drin?«

»Nein«, lacht Caroline. »Na, geh und sieh es dir selbst an. Man kann nicht zu den Gruben gehen und sich die Hütten nicht ansehen. Von innen sind die noch toller.«

Janna fragt sich, wie toll eine Hütte von innen schon sein kann, aber will nicht widersprechen. Sie will die gute Stimmung nicht verderben. Und es ist auch ein bisschen spannend. Ein Spiel eben. *Nur so tun als ob.*

Sie legt die Hand auf die Türklinke, der Schweiß läuft ihr am Handgelenk entlang. Sie drückt sie herunter und öffnet die dicke Holztür. Sie knarrt, und das Geräusch hallt von den Felsenwänden zurück. Ein letztes Mal dreht sie sich zu den anderen um. Alle vier Mädchen nicken ihr auffordernd zu.

Sie geht hinein, es ist dunkel, sehr dunkel. Und wirklich nicht groß.

Es riecht feucht und gammelig. Steht da ein Bett?

Dann hört sie einen lauten Knall. Er ist so laut, dass sie vor Schreck in die Luft springt.

Sie wirbelt herum. Die Tür ist zu. *Nein. Nein, nein, nein.* Haben sie sie etwa eingeschlossen?

Janna rüttelt an der Türklinke, aber die bewegt sich nicht.

»Hilfe!«

Sie schreit. Einmal. Zweimal. Lauter, immer lauter.

»HÖRT AUF DAMIT! LASST MICH HIER RAUS!«

Sie hämmert panisch gegen die Tür, schlägt so lange gegen das Holz, bis ihre Hände brennen. Sie hat Todesangst im Dunkeln. Ob der Grubenmann auch in der Hütte ist? Sie fängt an, zu weinen. Schreit wieder. Sie hört das Kichern der

Mädchen draußen, das schließlich in schallendes Gelächter übergeht.

Sie haben sie eingesperrt.

Warum haben sie das getan?

Sie wird sterben.

Janna ist sich ganz sicher. Sie wird sterben.

Sie muss die Tür aufbekommen. Unbedingt. Unbedingt. Sie wirft sich mit dem ganzen Körper gegen das feuchte Holz der Tür. Immer und immer wieder. Aber die bewegt sich keinen Millimeter.

Dann versucht sie es mit Anlauf, geht ein paar Schritte zurück und stürzt sich auf die Tür. Aber auch das verändert nichts.

Die anderen kichern immer weiter, aber dann hört Janna eine Stimme sagen: *Es reicht jetzt! Lasst sie wieder raus!* Und eine andere ruft: *Nein!* Und eine dritte bekommt einen Lachanfall.

Das ist wie in einem Albtraum.

Janna sehnt sich nach ihrer Mama. Sie will von Lollo in den Arm genommen, von ihr gestreichelt werden. So wie damals als Baby, bevor ihr Papa starb und ihre Mama so anders wurde. *Bevor alles anders wurde.*

Janna hört nicht auf, sich gegen die Tür zu stemmen und zu werfen. Sie keucht vor Anstrengung. *Bald ist sie tot.*

Ein letztes Mal nimmt sie Anlauf und stürmt auf die Tür zu. Da hört sie ein Knarren, Licht blendet sie. Janna kann nicht mehr bremsen. Die Tür springt auf, als sie sich dagegenwirft und dahinter einen Widerstand spürt.

Es ist so hell draußen, dass Janna nichts sehen kann. Sie stürzt zu Boden, schlägt sich den Kopf auf, schabt sich die Haut an Beinen und Armen auf.

Für den Bruchteil einer Sekunde ist es ganz still, bis auf das Echo von einer Bewegung. Etwas fällt? Dann hört sie entfernt einen Aufprall. Und ein Knacken.

Gefolgt von Schreien.

Alle schreien.

Ina, Caroline und Ebba. Sie springen herum und schreien panisch, Janna platzt fast das Trommelfell von den schrillen Schreien. Dann stürmen sie davon.

Weg von Janna.

Weg von dem Grubenschacht.

Das Geräusch ihrer Ballerinaschuhe, die über den Felsenboden klackern, hallt von den Wänden wider.

Janna rappelt sich auf, sieht sich verwirrt um. Wo ist die vierte hingelaufen. Josefine. *Sie hat die Tür geöffnet.*

Eine unsichtbare Kraft zieht Janna magisch an den Rand des Grubenschachtes. Sie will nur nach Hause. Zu ihrer Mama. Am liebsten sofort.

Ihre kleinen Füße schieben sich bis zum Rand des Schachtes, sie späht hinunter und sieht dort unten den blutigen Haufen von Armen und Beinen in zwanzig Metern Tiefe.

Alles ist rot.

Alle Gliedmaßen sind verdreht.

Janna sinkt an Ort und Stelle zu Boden und fängt an, zu weinen.

Als kurz darauf die Stimmen der Erwachsenen näher kommen, wünscht sich Janna, sie würde dort unten im Schacht liegen anstatt Josefine.

36

Zehn Jahre zuvor

Es ist alles wie in einem Traum.

Einem Albtraum.

Janna sitzt auf dem Boden, jetzt etwas weiter weg vom Schacht. Vor einer halben Stunde noch war niemand hier, jetzt ist es voller Menschen. Sie alle schluchzen und keuchen. Janna weiß nicht, was sie tun soll. Wie sie sich verhalten soll. Soll sie mit jemandem sprechen? Soll sie einen der Erwachsenen um Hilfe bitten?

Die Leute sind von der ganzen Insel hierhergekommen, betrachten das Spektakel wie ein Theaterstück. In Jannas Ohren pocht es, als würde sie krank werden. Ihr ganzer Körper fühlt sich krank an und nicht wie ihr eigener. Er tut fürchterlich weh und sticht und zittert und ist taub.

Der Kies bohrt sich in ihre Knie, ihre Haut ist ganz knubbelig und wund geworden.

Plötzlich hört sie jemanden schreien. Eine rundliche Frau mit roten Wangen schreit. Sie wird von einem Mann festgehalten, aber die Frau schreit immer weiter. Ihre Stimme bricht, aber sie schreit. Da sieht Janna, wie zwei Männer in grüner Kleidung etwas aus dem Grubenschacht hochholen.

Sie tragen eine Bahre, und darauf liegt ein kleiner Körper, der vor einer halben Stunde noch Josefine war und jetzt nur noch ein blutiger Haufen von Körperteilen und zerrissener Kleidung ist.

Jannas Lippen zittern. Die Frau hört nicht auf, zu schreien. Aber sie soll aufhören. *Aufhören, aufhören, aufhören.* Dann sieht sie die drei anderen aus der Mädchengang, und ihr Herz bleibt fast stehen. Sie haben sich hinter ihren Eltern versteckt und zeigen auf sie.

Sie zeigen alle drei auf Janna.

Sie dreht den Kopf weg, will sie nicht ansehen. Dafür sieht sie eine andere Frau, die schwankend auf sie zukommt und vor ihr auf die Knie fällt.

Janna fängt wieder an, zu weinen, und ihre Mama nimmt ihr Gesicht in die Hände und schüttelt Jannas Kopf. Ihr Atem stinkt nach Alkohol und Zigaretten.

»Was hast du getan, mein kleiner Schatz«, flüstert sie. »Was zum Teufel hast du getan?«

37

Janna nimmt einen Schluck von ihrem Tee, wahrscheinlich hat sie einen trockenen Hals bekommen, denn sie hat sehr lange geredet. Sie hat mir ihre Version davon erzählt, was vor zehn Jahren passiert ist. In der Grube. Wie es dazu kam, dass Jenny, oder Janna, Josefine umgebracht hat. Aus Versehen.

Mein Tee bleibt unberührt in meinem Becher. Ich wage es nicht, mich zu bewegen. Ich habe Angst, was das auslösen könnte. *Was hat sie vor? Will sie mich auch umbringen?*

Der Regen hat nachgelassen. Jetzt ist es ganz still. Ich hole tief Luft.

»Janna …«

Sie neigt den Kopf zur Seite, mustert mich.

»Ja?«

»Es tut mir schrecklich leid, was dir damals passiert ist. Ich hoffe, du weißt, dass es nicht deine Schuld war.«

»Nicht?«

»Nein.«

Sie lächelt.

»Das ist nicht so einfach. Sie haben mich glauben lassen, es sei meine Schuld gewesen.«

Janna dreht den Kopf zur Fotowand. Welche Fotos sieht sie sich an? Die von der Mädchengang? Oder von sich selbst?

»Meinst du Caroline? Und Ina?«

»Alle. Ebba auch. Und deren Eltern und meine Mutter.«

Meine Beine zittern. Ich drücke meine Unterarme auf die Oberschenkel, damit das Zittern aufhört. Meine Stimme hört sich an wie die einer anderen. Viel älter.

»Aber es war nicht deine Schuld, Janna. Du warst ein Kind, du warst nur ein Kind, und …«

»Sie haben mein Leben zerstört, Cilla.«

Ihre Stimme klingt jetzt tiefer, dunkler. Sie hört sich an wie eine Erwachsene und nicht wie ein Teenager.

»Verstehen Sie das? Die haben mir mein Leben zerstört. Plötzlich war überall Polizei, die haben mit meiner Mutter gesprochen, und die war zu dem Zeitpunkt nicht so kooperativ und zuverlässig.«

Ich nicke, kann mich daran erinnern, was Rosie über Lollo gesagt hat. Dass sie jeden Abend feiern war und niemand wusste, wo das Kind die ganze Zeit verbracht hat.

»Hat das Jugendamt dich ihr weggenommen?«

Janna nickt.

»Ja, meine Mutter hat ihren Namen geändert. Ich meinen auch. Dann bin ich viele Jahre von einer Pflegefamilie zur nächsten gereicht worden. Immer weiter und weiter. Glauben Sie, dass sich auch nur einer für mich interessiert hat?«

Ich schüttele den Kopf.

»Nein, weil sie früher oder später herausbekommen haben, was passiert ist, und dann musste ich wieder weg. Niemand will ein Kind bei sich in der Familie haben, das andere Kinder umbringt. Das kann ich sogar verstehen. Das hätte ich auch nicht gewollt. Niemand will das.«

Mir laufen die Tränen übers Gesicht. Ich kann sie nicht zurückhalten.

»Janna, das war nicht d…«

»Vor zwei Jahren durfte ich endlich zurück nach Hause kommen.«

»Nach Hause?«

»Ja, nach Hause. In unsere Wohnung in Västertorp. Zu meiner Mutter. Sie hatte ihr Leben im Griff, hatte aufgehört, zu trinken, war in einer Entzugsklinik gewesen. Das ganze Programm. Und sie hatte jemanden kennengelernt. Deshalb durfte ich wieder bei ihr einziehen. Oh, habe ich mich darüber gefreut. Ich hatte sie so sehr vermisst… Man soll die Hoffnung ja nie aufgeben, oder?«

Ich nicke, wische mir die Tränen aus dem Gesicht.

»Ich verstehe dich sehr gut, Janna, aber wie ich schon sagte, das ist alles nicht…«

»Zwei Wochen war ich wieder zu Hause, als meine Mutter mir verkündete, dass wir zum Essen bei ihrem neuen Typen eingeladen sind. Ich hatte kein Interesse, ihn kennenzulernen, ich wollte am liebsten nur mit ihr allein sein. Aber sie zwang mich mitzukommen.«

»Und da bist du ihr begegnet?«

Jannas Augen sind so dunkel, dass ihr Blick mir Schmerzen verursacht.

»Ja, an dem Abend habe ich Caroline das erste Mal wiedergesehen.«

Oje, die Arme. Trotz der fürchterlichen Umstände kann ich nicht anders als Sympathie für dieses arme junge Mädchen haben. Erst nimmt man ihr ihre Kindheit, dann ihre Mutter, und als sie endlich zu ihr zurückkehren kann, hat ihre Mutter einen neuen Mann kennengelernt und sie eine Stiefschwester bekommen. Und zwar nicht irgendeine Stiefschwester.

»Und … hat sie dich auch wiedererkannt?«

»Nein. Zum Glück hat sie das nicht. Keine von denen hat das getan. Ich habe mich auch sehr verändert, sehe heute ganz anders aus. Heiße anders. Außerdem haben die mich schon damals nicht angesehen, ich war nur ein Schatten, der ihnen folgen sollte. Aber *ich* habe Caroline wiedererkannt, denn sie hatte sich überhaupt nicht verändert. War ganz die Alte. Genauso … boshaft wie vor zehn Jahren.«

Sie wird mich umbringen.

Ich kann an nichts anderes mehr denken.

Sie wird mich genau wie die anderen beiden töten.

Warum ist sie sonst zu mir gekommen?

Sie wusste, dass ich herumschnüffele und es herausfinden würde.

»Wie konntest du mit ihnen unter einem Dach leben?«, frage ich leise. »Mit Caroline und Ludvig?«

»Ich habe mich unsichtbar gemacht. Habe mein Ding gemacht. Die waren bestimmt dankbar, dass ich nicht weiter aufgefallen bin, wollten mich auch gar nicht dabeihaben. Ich bin nicht wie die. Meine Mutter schon eher, sie hat es auf jeden Fall versucht. Es war ein sehr unglücklicher Zufall, dass sie sich ausgerechnet Carolines Vater ausgesucht hat. Ich habe immer wieder überlegt, es ihr zu sagen, damit sie weiß, in welchen Sumpf sie hineingeheiratet hat. *Wir* hineingeheiratet haben. Aber meine Mutter ist schnell in

Ludvigs Leben aufgegangen. Und nach einer Weile dachte ich, dass …«

Sie verstummt, aber ich kann ihren Gedanken beenden. Sie hatte Angst, dass Lollo sich womöglich für Ludvig entschieden hätte statt für die eigene Tochter.

»Ich habe mich damit abgefunden, mich noch unsichtbarer gemacht. Aber obwohl ich wütend war, *unfassbar wütend*, habe ich mir von Anfang an gesagt, dass ich es sein lassen muss, nichts unternehmen sollte. Ich musste nur die Schule beenden, volljährig werden und dann würde ich meinen eigenen Weg gehen und diese widerlichen Menschen für immer hinter mir lassen. Aber dann …«

Ich kann die Worte aus dem Post von Caroline hören, sie laufen wie Untertitel durch meinen Kopf. Schwarz auf weiß. *Nur dass du es weißt: Ich habe dich gesehen. Ich habe gesehen, wie du versucht hast, ihn auf dem Frühlingsball zu küssen. Ich habe gesehen, wie du dich ihm an den Hals geschmissen hast.*

»… kam Benjamin«, beende ich ihren Satz.

»Hm.«

»Du hast ihn beim Frühlingsball in der Schule geküsst.«

»Er hat mich geküsst«, schreit Janna unvermittelt.

Ich zucke zusammen und rücke noch ein Stück weiter weg.

»Entschuldige.«

»Er hat *mich* geküsst, in einer Ecke der Tanzfläche. Caroline war schon nach Hause gegangen und … ich weiß nicht. Er war betrunken. Vielleicht fand er es aufregend, Carros hässliche Stiefschwester zu küssen. Die, die niemand sieht. Und er hat wahrscheinlich gedacht, dass auch ihn dann niemand sieht.«

Aber Caroline hat es gesehen, das weiß ich.

»Die blöde Tussi hat ihm offenbar hinterherspioniert. Sie hat gesehen, dass Benjamin mich küssen *wollte*. Er hat *mich* geküsst.«

Jetzt zittern auch Jannas Hände, aber nicht vor Angst, sondern vor Wut. Ich muss an Pauls Aussage denken, dass er Benjamin mit einem Mädchen gesehen hat.

»Und was ist dann passiert?«, frage ich vorsichtig. »Mit Benjamin, meine ich. Habt ihr euch öfter gesehen? Habt ihr euch zum Beispiel auch am Mittsommerabend gesehen?«

Janna schweigt, während mir am ganzen Körper der Schweiß ausbricht. Als hätte etwas sehr Warmes seinen Weg durch alle Ritzen und Spalte in die Hütte gefunden.

»Ja, ich war oben beim Gasthof in der Nacht. Nachdem ich … Caroline verabschiedet habe. Aber er war betrunken. *Wie immer.*«

»Und, was hast du ihm gesagt?«

»Wir haben uns nur ein bisschen unterhalten. Ich weiß nicht, vielleicht wollte ich ihm die Chance geben, die Initiative zu ergreifen. Und dieses Mal würde Caroline uns nicht beobachten können.«

Weil sie tot war.

»Aber er war nicht interessiert?« Ich flüstere fast.

Sie starrt mich an.

»Nicht an dem Abend, nein. Aber er *wird*, das weiß ich. Denn ich werde ihn trösten. Ich bin die Einzige, die für ihn da sein wird, weil alle seine Freundinnen weg sind. Haben Sie schon gemerkt, dass alle ihn haben wollten? Ina, Ebba, Carro. Aber sie werden mir nie wieder etwas wegnehmen. Sie haben mir meine Kindheit, meine Würde genommen, mein … mein ganzes Leben. Das muss reichen.«

Ich nicke, mehr wage ich nicht.

»Aber … warum der Eiffelturm?«, frage ich und kenne die Antwort in dem Moment, als ich die Frage stelle. Ein Windstoß lässt die Fenster klappern.

Weil Caroline das Souvenir in Paris gekauft hat. Auf einem Trip, den sie mit Ina und Ebba zusammen unternommen hat.

»Du hast also vor, das alles Ebba in die Schuhe zu schieben?«

Jetzt lächelt Janna.

»Ja, ich werde das alles Ebba in die Schuhe schieben. Was für einen Sinn hätten denn sonst die Schnittwunden in meinem Gesicht?«

Ich will mich übergeben. Mein Magen rebelliert. Was hat dieser vollkommen verwirrte und fehlgeleitete Teenager angestellt? Hat sie sich wirklich die Schnittwunden selbst zugefügt, nur um einen Angriff glaubwürdiger zu verkaufen?

»Ebba ist der perfekte Sündenbock«, sagt Janna. »Ich habe das hier von langer Hand geplant.«

Sie kommt ein Stück näher, ihr Atem riecht abgestanden und unappetitlich, als hätte sie sich seit Wochen nicht die Zähne geputzt.

»So lange schon, dass ich genau darauf geachtet habe, alles nur mit Handschuhen zu machen. Man bringt Mädchen mit Plastikhandschuhen um, und man platziert Beweismaterial damit. Man schreibt auch Briefe mit Handschuhen.«

Ich habe Blutgeschmack im Mund, als wäre ich gerade einen Marathon gelaufen. Der Brief. *Natürlich.* Sie wollte sichergehen, dass alle im Sommer auf Bullholmen sein würden.

»Und das Portemonnaie von Ludvig in Inas Haus?«

»Ich brauchte eine falsche Fährte. Mamas Mann ist ein Schwein, ein Monster, wie seine Tochter. Das Böse liegt in der Familie.«

»Und Ebba …«

»Ebba wird sich in einer Woche das Leben nehmen. Sie weiß nur noch nichts davon.«

Wieder dieses sanfte Lächeln. Janna steht auf und schiebt eine Hand in ihren Bademantel. Mein Herz bleibt fast stehen, als ich sehe, was sie in der Hand hält. Einen Korkenzieher.

»Janna, bitte … Du … kannst mich doch nicht auch noch umbringen. Die Leute werden verstehen, warum du es getan hast, sie werden es verstehen. Ich habe doch nichts mit diesen Mädchen zu tun und …«

»Ich habe nicht vor, Sie umzubringen, Cilla.«

»Was?«

»Sie sollen mir helfen.«

Ich starre sie an, dann den funkelnden Korkenzieher. Mein Kopf ist nur damit beschäftigt, sich vorzustellen, damit erstochen zu werden. Gehört er Lena … *ich meine Lollo?* Woher hat sie den?

»Ich soll dir helfen?«

»Sie sollen meine Geschichte aufschreiben und die wahre Mörderin entlarven. Nicht Ludvig, sondern Ebba hat die beiden auf dem Gewissen. Und dann schicken Sie den Artikel an Ihre Chefin. Und zwar jetzt sofort!«

Sie ist verrückt. Diese Kleinigkeit in Verbindung mit der Tatsache, dass ich keine Kriminaljournalistin bin, sondern für die Chance arbeite, die sich hauptsächlich mit dem Gewichtsverlust von C-Promis beschäftigt, könnte für einen ordentlichen Lachanfall sorgen.

Aber natürlich beherrsche ich mich.

Außerdem bin ich viel zu sehr damit beschäftigt, nicht vor Panik ohnmächtig zu werden.

»Ich habe Sie zuerst nicht richtig einordnen können. Was Sie hier auf der Insel wollen. Sie wirkten genauso fehl am Platz wie ich. Eine Outsiderin eben. Aber dann habe ich Sie mit dem Polizisten oben bei Inas Haus gesehen. Ist er Ihr Freund?«

Ich schlucke und spüre, dass sich zu meiner Angst auch Wut gesellt.

»Du warst das gestern Abend in der Dusche, stimmt's?«

Janna nickt ganz langsam. Sie wirkt gerührt, dass ich jetzt endlich verstehe, wie alles zusammenhängt.

»Ich habe Ihnen eine Frage gestellt. Ist der Polizist Ihr Freund?«, wiederholt sie.

Ich zittere am ganzen Körper. Wie lautet die richtige Antwort? Soll ich es bejahen oder verneinen? Welche Antwort wird mich retten?

»Ja«, stammele ich.

»Sehr gut. Dann werden Sie ihn davon überzeugen können, wer die Schuldige ist. Und dass Ebba gefährlich ist. Gemeingefährlich. Einverstanden?«

»Ja.«

Sie zeigt auf meinen Laptop.

»Dann fangen Sie jetzt mit dem Schreiben an«, befiehlt Janna.

Wie in Zeitlupe greife ich nach meinem Laptop. Jannas Mundgeruch füllt den ganzen Raum aus, ich muss würgen.

Armes Mädchen. *Armes, böses Mädchen.*

Adam. Wenn alles anders gelaufen wäre, hätte er heute

Abend hier sein können. Hätte neben mir stehen können, als ich Jenny die Tür öffnete. *Er hätte mich beschützen können.* Das ist jetzt sinnlos, so zu denken. Aber sonderbarerweise kommt mir ausgerechnet in dieser absurden Situation eine sehr wichtige Erkenntnis, während mich diese geisteskranke Neunzehnjährige mit einem Korkenzieher bedroht. *Es ist ein Ding der Unmöglichkeit.* Und das muss ich akzeptieren. Er ist Polizist, er trägt eine Waffe, aber er gehört mir nicht. Er wird mich niemals beschützen können.

Als Janna für einen Moment aus dem Fenster sieht, packe ich meinen Laptop mit beiden Händen. Denn wenn es einen richtigen Zeitpunkt gibt, um Mut zu beweisen, dann ist er jetzt gekommen. Ohne einen Schluck Wein im Körper. Ohne jemanden an meiner Seite. Ich benötige noch nicht einmal Babbens Stimme und Auszüge aus *Auf eigenen Beinen*, um das zu begreifen. Ich muss nur handeln. *Es ist an der Zeit.*

Meine Knöchel sind ganz weiß, weil ich meinen silbernen Laptop so fest umklammere.

Ich flüstere leise und undeutlich. Janna dreht sich um und sieht mich fragend an, kommt näher.

»Was haben Sie gesagt?«

Dieses Mal sage ich es laut und deutlich.

»Ich sagte, dass ich keine Angst vor dir habe.«

Mit diesen Worten springe ich auf und hole gleichzeitig mit dem Laptop aus. Ich treffe sie mit der Kante im Gesicht.

Sie fliegt rückwärts, fällt auf den Couchtisch und stürzt zu Boden. Mein Rechner knallt gegen die Wand und zerfällt in Einzelteile.

»DU SCHWEIN!!«, brüllt sie.

Ich muss mich übergeben. Ich muss raus hier. Nur raus,

ganz schnell raus hier. *Rosie, bitte, komm und hilf mir. Bitte komm zurück.*

An der Tür drehe ich mich um. Ich habe ihre Nase getroffen, das Blut läuft ihr in Strömen über das Gesicht und den Krankenhauskittel.

»KOMMEN SIE ZURÜCK!«

Nie im Leben, du Psycho.

Mir gelingt es, den Schlüssel innerhalb einer Hundertstelsekunde umzudrehen, die Tür aufzureißen, so laut ich kann um Hilfe zu rufen und loszustürmen.

Aber ich stolpere und stürze kopfüber auf den Rasen.

Und dann explodiert etwas über mir.

Mein ganzer Körper zuckt zusammen. Es hört sich an wie der Schuss aus einer Waffe.

Ich glaube, ich werde ohnmächtig. Mein Körper entspannt sich und lässt los.

Das Letzte, was ich sehe, bevor alles schwarz wird, sind zwei polierte Herrenschuhe vor mir. Braune Lederschuhe. Klassisch und stilvoll.

Adam.

38

Was für ein Sonnenaufgang.

Ich sitze unten am Hafen auf einer der Bänke auf dem Steg und beobachte die schaukelnden Segelboote. Es ist halb sieben, und ich bin die einzige Inselbewohnerin, die schon wach ist. So fühlt es sich zumindest an. Und ich hatte befürchtet, dass ich nie wieder einen Sonnenaufgang erleben werde.

Es war knapp. Aber Adam hat mich in letzter Sekunde gerettet. Er hat Janna ins Bein geschossen und sie damit ausgeschaltet.

Danach habe ich alles wie in einem Nebel wahrgenommen. Obwohl ich keine Verletzungen hatte, bestand Adam darauf, dass mich die Sanitäter abholen und durchchecken. Kurz darauf hörten wir den Helikopter, der auf Bullholmen landete, um Janna mitzunehmen.

Ich weiß nicht, wo sie ist und vielleicht will ich es auch gar nicht wissen. Aber sie wurde festgenommen.

Das ist das Einzige, was mir wichtig war.

*

»Kaffee?«

Plötzlich steht Rosie einfach neben mir und leuchtet in einer ihrer farbenfrohen Tuniken. Ich nicke, und sie setzt sich neben mich, gießt uns beiden ein und reicht mir einen Becher.

»Danke.«

»Mensch, Cilla. Was soll ich dazu noch sagen.«

Sie seufzt und sieht aufs Meer hinaus.

»Ja, ich weiß auch nicht.«

»Stell dir mal bitte vor, wir hätten Adam nicht sofort angerufen, und stell dir vor, er wäre nicht gekommen. Ich … ich hätte nie gedacht, dass sie …«

»Ich weiß, Rosie, ich weiß.«

Ich lege eine warme Hand auf ihr Bein, sie legt ihre Hand auf meine. Rosie, meine warme, wunderbare Rosie.

»Vielleicht hat diese schreckliche Geschichte jetzt endlich ein Ende«, sage ich.

»Ja, das hoffe ich doch sehr.«

»Das ist so tragisch, so furchtbar tragisch. Sie war doch nur ein kleines Kind.«

»Ich weiß, das waren sie alle. Und dann auf einmal sind sie es nicht mehr.«

Rosie nickt. Schweigend sitzen wir nebeneinander und trinken unseren Kaffee. Dann spreche ich aus, was wir beide insgeheim denken.

»Komischerweise bin ich enttäuscht, dass Ludvig Axén nichts mit den Morden zu tun hatte. Glaubst du, die Polizei wird die Anklage wegen sexueller Nötigung und Vergewaltigung weiterverfolgen?«

»Davon gehe ich aus. Und ich hoffe sehr, dass dieses

Mädchen, das er mit nach Hause genommen und vergewaltigt hat, doch noch Anzeige erstattet.«

Die Morgensonne scheint uns in die Augen, zu unseren Füßen gluckert das Meer. In wenigen Stunden wird die Insel zum Leben erwacht sein, dann sind die Strände voller Touristen, die baden und sich vergnügen. *So wie immer.* Die Fähre wird ihre Touren machen und die Tagesbesucher von Stockholm nach Bullholmen bringen. So wie immer.

»Rosie …«

»Ja?«

»Warum hast du mich angelogen?«

»Was meinst du?«

Ich sehe sie an. Ganz ohne Wut und Vorwurf, dazu habe ich auch gar keine Kraft. Ich will es nur wissen.

»Ich weiß, dass du gelogen hast. Du hast keinen einzigen Tag in deinem Leben hinter der Fischtheke gestanden. Ich habe dort angerufen.«

Sie reißt die Augen auf, dann verbirgt sie ihr Gesicht in den Händen. Schüttelt den Kopf und schnauft vor sich hin.

»Ach, du meine Güte … bitte entschuldige, Cilla. Was bin ich für eine Idiotin.«

»Aber ich verstehe nicht, warum?«

»Ich hätte dich niemals anlügen sollen. Ich kann es dir ein anderes Mal ausführlicher erklären, warum ich es getan habe. Hat Karotten-Ingrid wieder gebabbelt?«

Ich nicke.

»Hm. Das hätte ich mir denken können. Die ist das größte Plappermaul der gesamten Kolonie.«

»Aber wo hast du denn dann gearbeitet, bevor du hierhergezogen bist?«

»Ich war Polizistin.«

Am liebsten würde ich laut aufschreien, aber ich halte mich zurück. Diese jämtländische, rundliche, gemütliche Tunikatante war mal Polizistin?

»Du machst Witze, oder?«

»Nein. Ich war über zwanzig Jahre lang im Polizeidienst. Als mein Mann und ich nach Stockholm gezogen sind, habe ich angefangen, Kriminologie zu studieren. Davon hatte ich immer geträumt. Und danach bin ich auf die Polizeischule gegangen. Ist das zu fassen? Da war ich über dreißig.«

Sie kichert, nimmt einen Schluck Kaffee. Rosie macht wirklich den besten Kaffee der ganzen Welt.

»Aber dann sind ein paar schlimme Dinge passiert, über die ich jetzt nicht sprechen will. Das erzähle ich dir mal bei einer guten Flasche Wein. Auf jeden Fall musste ich von der Bildfläche verschwinden und habe mich entschieden, mich vorzeitig pensionieren zu lassen. Und dann habe ich mir dieses Grundstück hier gekauft.«

»Hast du allen erzählt, dass du im Supermarkt gearbeitet hast?«

»Einigen schon, ja. Aber am Anfang habe ich sehr zurückgezogen gelebt, mich hauptsächlich um meinen Garten gekümmert. Gärtnern und durchatmen, das war alles, was ich wollte. Und mich von einem Leben erholen, das hauptsächlich aus Mord und Totschlag bestand. Ich wollte noch mal von vorn anfangen und das alte Leben hinter mir lassen.«

»Das kommt mir aber nicht so vor …«

Sie lacht, und ich stimme ein.

»Nein, neugierig bin ich auch heute noch, das kann man nicht einfach ablegen. Aber eins muss ich dir sagen: Du gehörst zu den ganz wenigen, die ich kennengelernt habe, die auf meinem Niveau unterwegs sind.«

»Danke.«

»Aber vielleicht können wir beide eine kleine Ermittlungspause vertragen?«

Sie lächelt und schenkt uns Kaffee nach.

»Ja, recht hast du. Aber Rosie, ich habe auch ein Geständnis zu machen.«

Sie sieht mich fragend an. Pustet in ihren dampfenden Kaffee.

»Ich habe dich auch angelogen.«

Sie hebt eine Augenbraue.

»Ach ja?«

»Hm. Adam und ich … also wir …«

Sie fängt schallend an, zu lachen, ihr heiseres norrländisches Lachen, während ich sie verdutzt ansehe. Dann verdreht sie die Augen.

»Was denn?«

»Meinst du mit *deiner* Lüge euer Schäferstündchen neulich?«

Ich schlucke.

»Ja.«

»Du liebe Güte, Cilla, für wen hältst du mich? Das habe ich in der Sekunde gewusst, als ich Adam am nächsten Morgen auf deinem Sofa gesehen habe. Und ein einziger Blick in eure Gesichter reichte aus, um meinen Verdacht zu bestätigen. Vergiss nicht, ich war bei der Polizei. Mich führst du nicht so schnell hinters Licht.«

Ich lache erleichtert, und Rosie klopft mir aufmunternd auf die Schulter.

»Ich bin vielleicht zweihundert Jahre alt, Cilla, aber ich habe auch den einen oder anderen weinlastigen One-Night-Stand gehabt. Wir waren doch alle mal jung.«

»Aber ich hatte so ein schlechtes Gewissen wegen Sabina.«

Rosie seufzt und neigt den Kopf zur Seite.

»Das musst du nicht.«

»Wie meinst du das?«

»Adam und Sabina sind nicht zusammen.«

Ich starre sie fassungslos an.

»Wie bitte?«

»Sie *waren* mal zusammen, aber jetzt nicht mehr. Ich hatte dir doch gesagt, dass sie eine On-Off-Beziehung hatten. Das war auch so. Die Beziehung war von Anfang an stürmisch. Sabina *ist* stürmisch. Sie ist kein schlechter Mensch, aber ziemlich anstrengend. Ich musste mir oft auf die Zunge beißen, um Adam nicht mit guten Ratschlägen zu kommen. ABER ich hatte immer gehofft, er würde die Beziehung aus eigenem Antrieb beenden. Beiden zuliebe. Und das hat er dann auch. Vor etwa einem Jahr. Aber dann …«

Sie legt eine dramatische Pause ein, ich würde sie am liebsten schütteln, damit sie weiterspricht. Ich will alles erfahren, und zwar schnell.

»Aber dann?«

»Dann wurde Sabina schwer krank. Direkt nach der Trennung.«

»Oh nein.«

»Doch. Eierstockkrebs. Mit zweiunddreißig Jahren.«

»Oh Gott, wie schrecklich, so jung!«

»Hm. Das war keine schöne Zeit. Und obwohl sie offiziell kein Paar mehr waren, konnte Adam sie nicht im Stich lassen. Er hat in diesem vergangenen Jahr unglaublich viel für sie getan, sie unterstützt, wo er konnte. Hat Sachen in ihrer Wohnung repariert, sie zu den Arztterminen begleitet. Du weißt ja, man lässt niemanden im Stich, der …«

Ich nicke. Sie muss den Satz gar nicht beenden. *Seinen kranken Partner verlässt man nicht.* Ich kann Adam vor mir sehen, auf einem Stuhl in einem Krankenzimmer, in dem Sabina untersucht wird. Ich kann alles ganz genau vor mir sehen. Wie er ihre Hand hält, für sie da ist. Sie ruft ihn an, wenn sie nicht schlafen kann, und er schreibt ihr aufmunternde Nachrichten, dass alles wieder gut wird.

»Und was ist dann passiert?«

Rosie runzelt die Stirn.

»Wie dann?«

»Na, du hast gesagt, dass sie jetzt nicht mehr zusammen sind. Dann muss doch etwas …«

»Ja, Anfang des Sommers hat sich Sabina verliebt. Und zwar in ihren Onkologen.«

Es fällt mir schwer, mein Grinsen zu unterdrücken.

»Das ist ein Scherz, oder?«

»*Nope.* Die sind jetzt ein Paar, er heißt Henrik und hat eine schicke Villa auf Ekerö. Wie ich schon sagte, Sabina ist ein bisschen speziell. Kein böser Mensch, überhaupt nicht. Nur ein bisschen speziell.«

Ich kratze mich am Kopf und frage mich ehrlich, wie man mit seinem Arzt flirten kann, wenn man jemanden wie Adam an seiner Seite hat? Jemand, der mit einem durch dick und dünn geht.

»Es endete also damit, dass sie sich endgültig getrennt haben, und das ist gerade mal einen Monat her. Das ist also noch ganz frisch, und ich vermute, Adam hat noch nicht realisiert, dass er nicht mehr mit ihr zusammen ist. Er fühlt sich nach wie vor verantwortlich, für sie da zu sein. Obwohl sie offensichtlich ganz gut ohne ihn zurechtkommt.«

»Puh!«

»Ja. Und in der Woche, bevor du kamst, hatte ich ihm einen meiner ungefragten Ratschläge gegeben.«

»Und was war das für ein Ratschlag?«

Rosie lächelt. *Ich kann mir schon denken, wie der Ratschlag lautete.*

»Ich habe ihm gesagt, dass er es mit den Frauen erst einmal ruhig angehen lassen soll. Du kannst dir denken, meine Liebe, dass mein werter Sohnemann sich nie über mangelndes Interesse beschweren konnte. Er ist wie eine Mietwohnung in der Innenstadt. Die Frauen würden alles tun, um ihn sich zu krallen.«

Ich lache.

»Du hast sie nicht mehr alle, Rosie.«

»Das sagt ja die Richtige. Was hast du denn zu melden?«

»Du hast ja recht.«

Sie grinst mich an.

»Ich habe ihm gesagt, dass er sich eine Weile lieber auf seinen Job konzentrieren soll als auf die Frauen. Vor allem, weil er bisher einen eher bescheidenen Geschmack hatte. Bis du um die Ecke gekommen bist.«

Sie zwinkert mir zu.

Eine große Welle schlägt gegen den Kai. Ich atme tief ein, lege den Kopf in den Nacken und sehe in den Himmel.

»Zugegeben, das erleichtert mich ein bisschen.«

»Ganz genau. Adam ist frei wie ein Vogel, fang ihn ein.«

»Aber du hast ihm doch geraten, eine Beziehungspause einzulegen.«

»Ja, aber doch nicht generell. Ich meinte nur die anstrengenden Bräute.«

Ich kichere und schüttele den Kopf.

Da höre ich, wie sich jemand hinter uns räuspert. Rosie dreht sich um und ruft »Nein, also echt!«, und ich weiß sofort, wer da hinter uns steht. Außerdem erkenne ich ihn an seinem Geruch.

Ich halte mir schützend eine Hand über die Augen und drehe mich zu ihm um.

»Hallo, Adam.«

»Hallo.«

Rosie hat es plötzlich fürchterlich eilig. Ich erkenne sie kaum wieder.

»So, ihr Lieben, ich muss jetzt auch los … was zu essen machen. Für heute Abend vorbereiten und so. Bevor die Touristen den Laden wieder leer kaufen. Die alten Aasgeier. Dann könnt ihr … also, ihr wisst schon … dann bin ich mal …«

»Elegant«, sage ich schmunzelnd.

Sie zwinkert mir erneut zu und verschwindet Richtung Supermarkt.

Adam fegt den Sand von der Bank, bevor er sich neben mich setzt. Er nimmt seine Sonnenbrille ab und sieht mir tief in die Augen.

»Ich dachte, du bist schon wieder zurückgefahren?«, sage ich.

»Ja, wir brechen gleich auf.«

Ich nicke.

»Ich hatte meine Mutter gebeten, allein mit dir sprechen zu dürfen, aber wie ich sie kenne, hat sie …«

»Ich weiß jetzt alles, Adam. Inklusive deiner Blutgruppe.«

Er lacht und fährt sich mit der Hand durch die Haare.

»Verstehe, ich …«

»Du musst nichts erklären.«

»Aber ich *will*. Ich hätte es gleich von Anfang sagen und dir die Situation schildern müssen. Statt zu versuchen alles unter einen Hut zu bekommen.«

Ich nicke. Die Sonne blendet mich, ich muss den Blick senken. Adam holt tief Luft.

»Du musst wissen, es ist anders, wenn jemand krank wird, der dir nahesteht. Da sind sehr viele Gefühle im Spiel. Man fühlt sich ohnmächtig und schuldig. Ich war ziemlich jung, als ich meinen Vater verloren habe, und ich glaube, seitdem trage ich diese Angst in mir. Deshalb konnte ich Sabina nicht verlassen, obwohl unsere Beziehung in jeder Hinsicht längst vorbei war. Sie hatte sich weiterentwickelt, ich auch. Sie hat sich in ihren behandelnden Arzt verliebt, und ich hatte auch keine Gefühle mehr für sie.«

Er reibt sich die Stirn, wirkt verlegen. Ich entscheide mich, ihm nicht zu sagen, dass ich diesen Teil seiner Geschichte schon kenne.

»Aber irgendwie wollte ich es wohl nicht wahrhaben. Ich wollte nicht derjenige sein, der verlässt. Auf keinen Fall.«

Ich streichle ihm über die Hand.

»Ich kann dich gut verstehen. Ich habe auch früh meine Mutter verloren. Und auch ich habe nie verlassen, sondern bin immer nur verlassen worden.«

Er lächelt.

»Da haben wir doch was gemeinsam. Aber ich wollte, dass du es von mir hörst und nicht von meiner Mutter.«

Wir sehen uns an. Lange. Ohne etwas zu sagen.

»Danke, Adam. Ich weiß das zu schätzen.«

»Und nur dass du es weißt, ich freue mich sehr, dich kennengelernt zu haben.«

»Ich auch.«

Schweigend sitzen wir nebeneinander und lauschen den Wellen. Die warmen Sonnenstrahlen brennen auf meiner Schulter. Leider hält das Idyll nicht lange, Adams Handy klingelt, und nach einem kurzen Blick aufs Display steht er auf. Obwohl seine Hose geradezu unanständig sauber ist, bürstet er sie mit den Händen ab.

»Die Arbeit ruft.«

»Verstehe. Na dann los, geh und löse ein paar Rätsel.«

»Das ist der Plan. Bis bald.«

»Das hoffe ich sehr.«

Er streicht mir über die Schulter. Seine Hand passt perfekt auf meinen Körper. Als würde sie einfach dorthin gehören.

Sekunden später ist er verschwunden, wie vom heißen Wind verweht. Ich bleibe noch eine Weile sitzen, ich habe schließlich nichts zu tun. Kein Grund zur Eile. Keine Verpflichtungen, die auf mich warten.

Ich sitze und atme. Schließe die Augen. Trinke Kaffee und lausche dem Meer. Bis ich das Horn der Fähre höre.

EPILOG

Eine Woche später

»Hallo, wann ist das Essen denn endlich fertig? Wir sterben hier vor Hunger!«

»Bitte nicht sterben. Es dauert nicht mehr lange. Trink Wein und gedulde dich, Zacke!«

»Und bloß nicht durchgebraten.«

»Bist du jetzt still!«

Zacke schnaubt und lehnt sich in seinem Sonnenstuhl zurück. Es ist ein herrlicher Sommerabend, wie in der Werbung. Ganz Bullholmen ist auf den Beinen. Die Kinder spielen Fußball, kleine Segelboote kreuzen im Hafen auf der Suche nach einem Liegeplatz.

Ich stehe an einem großen roten und nagelneuen Grill. Zacke und Jonathans Geschenk zum Einzug.

Ich habe mich gebogen vor Lachen, als ich die beiden von der Fähre abholte und sie den riesigen Grill von Bord hievten. In den Schären wird gegrillt, so Zacke. Im Gepäck hatten sie noch ein Flankensteak und einen Haufen frischer Kräuter vom Markt in den Hötorgshallen. Alles nur vom Feinsten. Das ist Zackes Lebensmotto.

Auf diesem brandneuen Grill liegen inzwischen das

Flankensteak sowie Auberginenscheiben und Spitzkohl, aus denen wir einen Salat machen wollen. Jonathan sitzt ebenfalls auf einem zweiten Sonnenstuhl und macht das Dressing. Sie haben zwei Flaschen Wein mitgebracht – einen pelzigen Barolo (für Zacke der Inbegriff des Himmels auf Erden – außerdem passt er hervorragend zum Steak) und dazu einen vulgären, cremigen amerikanischen Chardonnay (weil er weiß, dass ich den liebe).

Ich lege das Fleisch und das Gemüse auf eine große Platte und bringe sie zu den Jungs an den Tisch. Aus meinen Lautsprechern singt Dolly Parton »Jesus & Gravity«, einer meiner Lieblingssongs von ihr, obwohl ich wirklich nicht besonders religiös bin.

»Das Fleisch muss ruhen, bevor du es anschneidest, Cilla!«, ruft Zacke aufgebracht.

»Aber mein lieber Herr, das weiß ich doch!«

»Du tust so, als hätte Cilla noch nie in ihrem Leben Essen gemacht«, sagt Jonathan und gibt seinem Freund einen Klaps.

»Entschuldige. Ich verliere meine Mitte, wenn ich auf dem Land bin.«

»Wir sind gerade mal eine Stunde von der City entfernt, Schatz«, bemerkt Jonathan.

Da kommt der kleine Wattebausch der beiden, Aretha Franklin, angeschossen, springt an meinem Bein auf und ab und bellt ausgelassen.

»Du bekommst später die Reste, Aretha«, sage ich und kraule sie hinter den Ohren.

Ich schenke mir meinen Chardonnay ein, schwenke ihn ein paarmal und schnuppere daran.

»Dann wollen wir mal …«

»Da bin ich aber mal gespannt«, sagt Zacke.

Seit wir uns kennen, versucht Zacke, mir etwas über Wein beizubringen, was keine leichte Aufgabe war. Bevor ich bei ihm in die Lehre ging, gab es für mich nur drei Sorten Wein: »sehr lecker«, »trinkbar« und »oh nein, den nicht, davon musste ich mich das letzte Mal übergeben«.

Zacke eröffnete mir eine ganz neue Welt. Eine Welt, die nach so viel mehr schmeckt. Obwohl es mir nach wie vor schwerfällt, es in Worte zu fassen.

Ich schließe die Augen. Lasse den Duft in meiner Nase tanzen.

»Okay, also, er ist nussig. Vanille. Karamell. Und … ich würde sagen, da ist auch ein bisschen Ananas drin.«

Zacke lächelt, und Jonathan verdreht die Augen.

»Ich bin beeindruckt!«

»Danke!«

Zacke nimmt meine Hand und küsst sie. Ich wuschele ihm durch die Haare. *Wie schön, dass die beiden da sind.* Bei mir. Das ist wunderbar.

Morgen soll das Wetter auch so schön sein, und ich habe vor, mit ihnen zu einem der Strände zu gehen und den Tag mit Schwimmen, Essen und Quatschen zu verbringen. Sonntag müssen sie leider wieder zurück, weil Zacke höchstens zwei Tage am Stück freinehmen kann. Aber an zwei Abenden kann man so einiges erleben …

Als mein Handy ein Klingelzeichen von sich gibt, hole ich es sofort aus der Tasche. Ich hatte es den ganzen Tag auf volle Lautstärke aufgedreht, falls eine Mail oder Sonstiges reinkommen sollte.

Ich habe gestern Nachmittag nämlich in der Redaktion bei meiner Chefin angerufen und gekündigt. Vielleicht war das überstürzt, keine Ahnung. Das wird sich zeigen. Ich habe ihr versprochen, meine Kündigungsfrist von zwei Monaten einzuhalten, bis zum Ende mein Bestes zu geben und auch bei der Suche nach einem angemessenen Ersatz zu helfen.

Ich bin durch mit dieser Zeitschrift. Vielleicht war ich das schon, bevor ich nach Bullholmen gekommen bin. Oder die beiden Mordfälle haben mir gezeigt, dass mich das Oberflächliche nicht mehr interessiert. Dass ich keine Lust mehr auf Promis habe und ich es viel spannender finde, was sich hinter der Fassade verbirgt.

Vor ein paar Tagen hatte ich Rosie abends zu mir in den Garten auf einen Tee eingeladen, und wir haben darüber gesprochen. Wenn Rosie mit über dreißig einen Neuanfang wagen konnte und dann noch einmal als Frührentnerin, dann kann ich das auch.

Und heute früh habe ich dem Chefredakteur der Beilage *True Crime* vom Aftonbladet meine Bewerbung gemailt. Die machen eine monatliche Ausgabe, in der es um historische, aber auch aktuelle schwedische Kriminalfälle geht. Inwiefern ich etwas dazu beitragen kann, weiß ich noch nicht so richtig.

Aber ich *will* etwas beitragen, so viel ist sicher. Auch wenn ich dann vielleicht bis ans Ende meiner Tage bei eingeschaltetem Licht schlafen muss. Und genau das habe ich ihm auch geschrieben. *Ich bin kein mutiger Mensch, aber ein sehr neugieriger. Und ich will in Ihrer Redaktion arbeiten.*

Meine Hoffnung ist also groß, aber es ist keine Mail von True Crime, sondern eine SMS von Adam.

Hallo, du!

Ich bin gerade auf Bullholmen angekommen. Hast du Lust auf ein Glas Wein? Wenn du nichts anderes vorhast, natürlich. Meine Mutter hat mir erzählt, dass du den Garten voller Männer hast. Du betreibst doch kein Bordell, oder? Die Insel hat eine Verbrechenspause verdient.

Habe oft an dich gedacht.

A.

Ich spüre, wie mein ganzes Gesicht lächeln will.

Seit Jannas Verhaftung habe ich kaum mit Adam gesprochen. Aber ich habe in der letzten Woche ab und zu an ihn gedacht. Okay, bitte ab und zu streichen, das ist Quatsch. Ich habe *sehr, sehr oft* an ihn gedacht. *Lust auf ein Glas Wein?* Natürlich, wenn es mir gelingt, die zwei Städter hier für eine Weile abzuschütteln …

»Warum grinst du so?«, ruft Zacke und reißt mich aus meinen Gedanken.

»Ach, nichts.« Ich trinke einen Schluck.

»War das dein Polizist?«

»Vielleicht.«

»Oh, wie herrlich! Ich finde, er sollte dich bald mal festnehmen. Und dich richtig intim verhören.«

»Alles klar, für dich keinen Barolo mehr.«

Zacke lacht. Ich habe ihm bisher noch nichts von unserer gemeinsamen Nacht verraten, was ungewöhnlich ist, weil ich Zacke sonst alles erzähle. Aber die Nacht im Mondlicht ist noch ganz frisch in meiner Erinnerung. Außerdem weiß ich nicht, ob es ein schöner, einmaliger One-Night-Stand bleibt oder wir es wiederholen.

»Er hat bestimmt richtig gute Handschellen.«

Ich verdrehe die Augen und tätschele seinen Kopf, denn ich weiß, dass Zacke zwar markige Sprüche reißt, aber im Herzen ein Romantiker ist.

»So, dann können wir jetzt das Fleisch aufschneiden. Holst du das Messer?«

»Yes.«

Auf dem Weg zum Grill sehe ich Rosie nebenan, wie sie ihren Liegestuhl hochklappt, um sich in eine ihrer Lieblingszeitschriften zu vertiefen. Wir nicken uns zu, dann schnappe ich mir das Messer und bringe es Zacke.

»Es ist besser, wenn du das machst, dann wird es auch so, wie es sein soll.«

»Ganz deiner Meinung«, sagt er. »Das ist so schön hier, Cilla. Richtig idyllisch.«

»Ja, das finde ich auch.«

»Weißt du schon, wie lange du bleiben willst? Wann kommst du zurück in die Großstadt?«

»Na ja, nach dem Sommer. Zurück ins Gedrängel in der U-Bahn, zurück zu den Autoabgasen.«

»So ist das Leben. Oder bist du auf den Geschmack gekommen und wirst den nächsten Sommer wieder hier verbringen?«

Zacke widmet sich dem Schneiden des Fleisches, und ich proste mir derweil mit Rosie über die Hecke zu.

»Ich weiß es noch nicht, wir werden sehen. Die Zukunft ist ungewiss.«

Für Zacke und Jonathan wäre es kein Problem, wenn ich Adam zum Essen einlade. Da bin ich mir ganz sicher. Die Frage ist nur, wie Adam es findet, meine engsten Freunde ohne Vorwarnung kennenzulernen. Ist es doof, ihn einzuladen? Ich lese seine SMS noch einmal, dann tippe ich meine Antwort.

Meine Bordelljungs und ich grillen. Wenn du Lust hast, auf ein Glas vorbeizukommen: Du bist herzlich eingeladen :)

Ich lege mein Handy weg und weiß nicht, welche Antwort ich mir wünschen soll. Zum Glück muss ich nicht lange darüber nachdenken, denn plötzlich steht er einfach an meinem Gartentor. Die Hecken und Büsche bilden einen magischen Rahmen.

Zacke ist beschäftigt mit seinem Fleisch und Jonathan mit seinem Handy. Nur ich sehe ihn dort stehen.

»Die Zukunft ist also ungewiss«, wiederholt Zacke in dramatischer Tonlage, ohne aufzusehen. »Das hast du schön gesagt, Cilla. Klingt wahnsinnig aufregend.«

Ich nicke, ohne meinen Blick von Adam abzuwenden. Denn er sieht so anders aus.

Er trägt nämlich keinen Anzug, sondern ganz schlicht helle Jeans und ein hellgelbes T-Shirt. Das eng anliegt, *natürlich.* Seine Sonnenbrille steckt in seinen krausen dunklen Haaren, und er lächelt mir zu.

Ich winke ihn zu mir.

»Ja, Zacke, die Hoffnung stirbt zuletzt.«